世界侦探推理名著文库

[法] 莫里斯·勒布朗 著
孙桂荣 逸 风 译

水晶瓶塞

群 众 出 版 社
·北 京·

图书在版编目（CIP）数据

水晶瓶塞/（法）勒布朗（Leblanc，M.）著；孙桂荣，逸风译．—北京：群众出版社，2012.6

（世界侦探推理名著文库）

ISBN 978-7-5014-4981-1

Ⅰ．①水…　Ⅱ．①勒…　②孙…　③逸…　Ⅲ．①侦探小说—法国—现代

Ⅳ．①I565.45

中国版本图书馆 CIP 数据核字（2011）第 282448 号

世界侦探推理名著文库

水晶瓶塞

［法］莫里斯·勒布朗　著

孙桂荣　逸　风　译

出版发行：群众出版社

地　　址：北京市西城区木樨地南里

邮政编码：100038

经　　销：新华书店

印　　刷：北京泰锐印刷有限责任公司

版　　次：2012 年 8 月第 1 版

印　　次：2012 年 8 月第 1 次

印　　张：11.25

开　　本：787 毫米×1092 毫米　1/16

字　　数：218 千字

书　　号：ISBN 978-7-5014-4981-1

定　　价：29.00 元

网　　址：www.qzcbs.com

电子邮箱：qzcbs@163.com

营销中心电话：010-83903254

读者服务部电话（门市）：010-83903257

警官读者俱乐部电话（网购、邮购）：010-83903253

文艺分社电话：010-83903973

总序

阅读经典　收获智慧

于洪笙

在色彩缤纷的世界文学园林里，侦探推理小说是一株盛开着奇异的花朵、分外引人入胜的巨大乔木。《中国大百科全书》“外国文学卷”对“侦探推理小说”这个词条是这样定义的：它是西方通俗文学的一种体裁，与哥特式小说、犯罪小说以及由它们衍生出来的间谍小说、警察小说、悬疑小说同属惊险神秘小说的范畴。侦探推理小说主要描写具有惊人推理、判断能力的人物根据一系列的线索，破解犯罪（多是凶杀）的疑案。它的结构、情节、人物，甚至环境都有一定的格局和程式，因此它也是一种程式文学。

但就是这种文学样式，在自己并不太长的发展历史中，创造出两个奇迹：其一，产生了一个读者不准其死去的文学形象“福尔摩斯”。英国作家柯南·道尔一八八七年在《血字的研究》中创造了他，从此福尔摩斯成为人类智慧的符号并承担起人类“保护神”的重任。这不仅标志着福尔摩斯这个人物形象在文学意义上的不朽，更重要的是在现实生活中世界读者对它的需求，这是从人类文学产生之日起任何文学形象所不能比拟的。其二，它产生了一位被称作“侦探小说女王”的作家——阿加莎·克里斯蒂。在她生前，即二十世纪六十年代，她的作品就在一百多个国家发行了四亿多册，仅次于《圣经》。如果考虑到《圣经》的销售主要依赖于悠久的宗教历史和庞大的教会系统作为背景的话，那么克里斯蒂就是世界文学史上最受读者欢迎的作家了。

不朽的人物形象、世界上最高的图书销售量，均是在侦探推理小说领域创造的。如果我们还不能就此下结论说侦探推理小说是最好的文学样式，那么至少可以说它是最受读者欢迎、极具文学魅力的文学样式。

自一八四一年美国作家爱伦·坡创作《莫格街凶杀案》之后，侦探推理小说便以其曲折的情节、强烈的悬念、严谨的逻辑为表现手段，闪耀着理性的光芒，以智慧文学的形式显示出独有的魅力，在世界文坛上脱颖而出。从此，侦探推理小说便在世界各国拥有广大的读者，有关图书始终占据着国际图书市场销售量的四分之一以上，成为其他文学类图书难以企及的畅销、长销的图书类型。究其原因，侦探推理小说强大的生命力无非是由它的内容和形式所决定的。首先，侦探推理小说的巨大魅力，在内容上与它在审美上的主体意识被读者认可有关。一篇（部）优秀的侦探推理小说，不管故事发生在何国何时，不论篇幅长短，它都不能缺少一位正面人物。这个正面人物继承的是世界文学传统，如史诗、悲剧中的英雄原型。在这个带有英雄色彩的正面人物即“侦探”身上，体现着人文精神和对人性的优点的描述，如正义、智慧、维护文明秩序，为纠正法制生活中的失衡、偏颇而奋不顾身等。他的主体人格应该是伸张正义、嫉恶如仇、尽忠职守、视死如归。这样一个在社会生活中具有奉献精神、牺牲精神的文学角色被创造者赋予的理想的色彩，是人类在生存、繁衍、发展、进步、创造文明的过程中所必须发扬光大的。正如比利时著名诗人维尔·哈伦所说：“文学的主旋律是对人的肯定和人性的张扬。”因为信仰、理想犹如阳光对于万物，是被人类自己肯定、歌颂的，所以它便具有了永久的魅力。这种理想色彩的魅力，满足着人类对英雄的崇拜需求，也就是人类对自己理想的肯定。

与此同时，侦探推理小说是用故事的载体，反映着人类同自身存在的毒瘤——犯罪的斗争，是人类对自身文明进化过程的不断反思。文明与犯罪，是人类历史进程中的双生子，而人类是必须要前进的，因此，同形形色色的犯罪作斗争，则集中反映着正义与邪恶、文明与贪欲、"真善美"与"假恶丑"的较量，体现着人类对自身理想的坚定捍卫。在这种较量中，文学的真谛得到了阐述。从这个角度讲，侦探推理小说还应在"智慧文学"前面加上"理想文学"。

同时，关于侦探推理小说在文本形式上的魅力，早在二十世纪三十年代，意大利杰出的马克思主义理论家安东尼·葛兰西就做了研究。他写道："侦探推理小说这类书籍为什么总是令人读得如此入迷？它们能使人们得到什么样的满足？符合怎样的兴致？它们能给予人们什么样的特殊幻美？……阅读时，人们在幻想着'美丽的'、'有趣的'冒险，这种冒险应是个人不受约束的主动的精神表现。"

好奇地逗留在事物面前，屏住呼吸并密切地注视它们的奇异性，这是人的特性。而正是这种好奇心，促使人类产生了区别于动物的伟大的想象功能。想象，这一人类本身所具有的天性，是人类生存、发展和创造文明的需要。正是想象才构成了人类行为中的创造性的基本特征。没有了想象，只知道追求近前的目标，人们就会减弱并失去活力。正是想象，激发着人类走向一个又一个未知的世界。在想象中去探秘，去历险，去体验英雄般的感受，人们这一古老的愿望正是在侦探推理小说中得到了满足。

作为一种智慧文学，侦探推理小说情节的主要框架是解谜，而读者的阅读实质上即是参与分析、判断、推理的解谜过程。对青少年读者来说，这更能激发他们的好奇心及探险、揭秘的心理，进而满足他们想象的乐趣、思索的乐趣、发现的乐趣、参与的乐趣，使他们在阅读的愉悦中不知不觉地进行了思维训练，提高了智能。因此，人们称侦探推理小说是“脑力体操”，这种脑力体操对当今的青少年尤为重要。

日本东京创造力开发研究所所长山上定也先生认为：“推理锻炼可以使头脑聪明，而作为一个现代人，应当及时掌握当代独特的成功利器——信息推理术，并把它和演绎法相结合，这能使你由此及彼、由表及里、举一反三、触类旁通，从而以高超的创造力迎接信息社会的挑战。”这番话倒是从另一个角度回答了孩子们为什么爱读侦探惊险作品的问题。一九九八年，由中国出版工作者协会少儿读物工作委员会和中华读书报社联合进行的“中国的孩子爱读什么书”的调查结果显示，侦探惊险作品超过“卡通漫画”及“寓言童话”，独占鳌头。

基于以上原因，由北京侦探推理文艺协会和群众出版社联合策划，决定推出《世界侦探推理名著文库》这套丛书，作为献给全国热爱这一文学样式的广大读者的一份珍贵的礼物。北京侦探推理文艺协会是我国目前在侦探推理文学研究、创作领域唯一的专业协会；群众出版社则是最早翻译出版《福尔摩斯探案全集》和大量世界侦探推理佳作的全国著名的出版机构，在此样式的出版上声誉卓著。协会与出版社强强联合推出这套丛书，意在从权威的角度向读者推荐世界侦探推理文学领域的泱泱名作，其中包括这一文学样式在一百七十多年发展历程中涌现出的众多流派的巅峰之作。与此同时，对收入本套丛书的每部作品，我们均特邀专家撰写导读文章，发挥他们各自独特的审美才华，对文库收纳的众文本进行阅读上的尽情评点，从而使广大读者更加明白什么叫精彩、什么是名著、悬疑之美是如何形成的……从某种角度上看，我们这种阅读加欣赏、点评的做法是希冀读者在读完文库后能有一个宏观上的史线般的阅读收获，即知晓在世界侦探推理文学领域有哪些优秀的代表作家，那些精彩绝伦的作品为什么能够影响至今。如果这些不是我们的奢望的话，那么丰富的知识信息定会使这些图书成为读者朋友阅读、收藏、研究这一文学样式的最佳文本。

爱因斯坦说："我们所能有的最美好的经历是对神秘的感悟。它是坚守在真正艺术和真正科学发源地的基本感情。谁要是体验不到它，谁要是不再有好奇心，也不再有惊讶的感觉，那就形同行尸走肉……"让我们放松心情，敞开胸怀，捧上这些充满神秘、惊险、智慧并能引发我们的好奇心的经典之作！让阅读这些作品成为我们人生最美好的经历吧！

（本文作者为中国人民公安大学教授、北京侦探推理文艺协会常务副会长）

导读

好一个侠盗与神探亚森·罗平

钟利平

在法国作家莫里斯·勒布朗的侦探推理小说中，描述了一位可以与英国作家柯南·道尔塑造的大侦探福尔摩斯相媲美的侦探，那就是神探亚森·罗平。

莫里斯·勒布朗出生于法国里昂的一个富裕家庭，青年时代受著名作家福楼拜与莫泊桑的影响，走上了文学创作的道路。一九〇五年，他在《我什么都知道》杂志上连载了小说《亚森·罗平被捕记》。故事以法国精干的大探长葛尼玛追捕亚森·罗平为开端，描写了被捕后的亚森·罗平不但在狱中指挥自己的手下犯下了惊天大案，而且以妙计金蝉脱壳的过程，内容精彩而刺激。小说一炮打响，取得了空前的成功。之后，莫里斯·勒布朗陆续写下二十一部以亚森·罗平为主人公的系列侦探推理小说，畅销全世界，其中有多部作品被搬上了银幕与舞台。

柯南·道尔塑造的大侦探福尔摩斯，严肃而深沉，不苟言笑，是一个以私家侦探的身份出现的大英雄。而莫理斯·勒布朗笔下的亚森·罗平则英俊潇洒、风流倜傥。他劫富济贫，为人豪爽，性格更加鲜明，具有“侠”和“盗”的双重性。他精于“易容之术”，可以化身为任何身份的人。他时而以强盗的身份窃取富翁的财产，时而又以侦探的身份捉拿江洋大盗，可谓“来无影，去无踪”，“没有人能抓住他，包括作者本人”。

从创作手法来看，莫里斯·勒布朗独具特色。与福尔摩斯破案主要是解谜不同，亚森·罗平往往置身于现实事件之中，如各种政治冲突、经济丑闻等，有时也会被卷入某个事件，身陷重围。但他总能凭借聪明和毅力，最终死里逃生，化险为夷。

在《水晶瓶塞》一书中，亚森·罗平以俄国亲王、西班牙贵族、警察总署官员等多种身份与他的对手斗智斗勇，加之扑朔迷离的悬疑情节，大大增加了故事的戏剧性和人物的传奇色彩，从而深刻揭示了当时法国社会制度阴暗和腐败的一面，同时使小说的社会背景更为广阔。

时至今日，莫里斯·勒布朗的作品依然拥有众多的读者。人们之所以如此爱戴和痴迷亚森·罗平，不仅是因为勒布朗的小说人物塑造得成功、情节安排得紧凑、推理判断得合情合理，以及语言的简洁明快，更重要的是，他的小说有着深刻的社会意义。借用导演让－保罗·萨洛美的话，就是“一个年轻人在尊重他人的同时向整个社会发出挑战，他利用制度的腐朽同腐朽的制度作斗争”。好一个侠盗与神探亚森·罗平！

（本文作者为《中国民政》杂志编辑部主任、北京侦探推理文艺协会副秘书长）

目录

目录

第一章　被　捕

两只小船被拴在花园外面的防波堤上，在黑暗中摇荡着。透过浓雾，依稀可以看到湖岸上的窗子里闪着星星点点的灯光。虽然已是九月底了，湖对面的昂吉安赌场却依然是灯火辉煌。天空中，有几颗星星透过云彩眨着眼睛。一阵微风掠过湖面，泛起一层层涟漪。

亚森·罗平吸着烟，从一座小亭子里走出来，朝湖堤尽头张望着。

"格罗戈纳尔，勒巴鲁……你们在吗?"

随着问话，每只小船里都钻出一个人来，其中一个答道：

"在，老板。"

"你们作好准备吧，我去接吉尔贝和沃什莱的汽车。"

他穿过花园，围着一座正在修建中的房子转了一圈。夜幕里，可以看到施工工地。他轻轻打开临带子大街的大门，果然没有搞错：一道强烈的汽车灯光从大街拐弯处射了过来。接着，一辆很大的敞篷汽车停在花园门口，从里面跳出两个身穿大衣、头戴鸭舌帽的男人，大衣的领子都翻了起来。

他们就是吉尔贝和沃什莱。吉尔贝年纪在二十岁到二十二岁之间，长着一张讨人喜欢的脸，动作敏捷、有力。沃什莱个头比吉尔贝矮小，灰头发，脸色发青，一脸病容。

"喂，"罗平问道，"你们看到议员了吗?"

"看到了，老板。"吉尔贝回答，"我们看见他上了七点四十分开往巴黎的火车。情况跟我们事先所了解的完全一致。"

"这么说来，我们可以自由行动喽?"

"绝对自由。咱们现在是这座玛丽—特莱丝别墅的主人了。"

罗平看到司机还待在方向盘前不动，就对他说：

“不要停在这里，这会惹人注意的。你九点半再把车开到这里，要准时。好装车——如果这次行动不落空的话。”

“你为什么说它会落空呢?”吉尔贝问了一句。

汽车开走了。罗平一边跟新来的伙伴一起朝湖边走着，一边回答道：

“为什么吗？因为这次行动不是我亲自策划的。每当参加不是由我亲自策划的行动时，我总是只有一半信心。”

“咳，老板，我已跟您一块儿干了三年啦……我已经学会怎么干了!”

“是的……我的孩子，你是开始入门儿了。”罗平说道，“可正因为这样，我才担心会出差错……来，上船吧……你呢，沃什莱，你上那只船……好了……现在，划吧，孩子们……声音越小越好。”

持桨人格罗戈纳尔和勒巴鲁朝赌场左边不远的对岸划去。

一路上，他们先是碰到一只小船，上面一对男女在互相拥抱着，任小船随波逐流；然后，又遇到一只小船，上面有一群人在声嘶力竭地唱歌。之后，他们再没遇到别的人。

罗平靠近吉尔贝，轻声问道：

“告诉我，吉尔贝，是谁想出这个主意的?是你，还是沃什莱?”

“这个，连我也说不清……我们俩一起商量了好几个星期。”

“我问这个问题，是因为我对沃什莱不太放心……一个卑鄙的家伙……下流坯子……我真不明白自己为什么不甩掉他……”

“噢！老板!”

“是的！是的！这是个危险的家伙……且不说他肯定干过不少坏事。”

他停顿了片刻，又接着说：

“这么说，你肯定亲眼看见德伯莱克议员了?”

“我亲眼看见的，老板。”

“你肯定他在巴黎有约会?”

“他要到剧院去。”

“这很好。不过，他的仆人们还留在昂吉安别墅里啊……”

“女厨子已经被他辞掉了，他的贴身男仆列奥纳尔正在巴黎等着主人，他们不可能在夜里一点钟之前回来。不过……”

“不过?”

“不过，咱们还得提防德伯莱克可能会心血来潮，改变主意，突然回来。所以，要尽量在一小时之内干完。”

“你是什么时候了解到这些情报的?”

“今天早晨。我和沃什莱立刻觉得时机已到。我选择了这座正在修建中的房子前面的花园为出发点，就是咱们刚刚离开的那座房子，夜里里面没人看守。我还通知了伙伴们，让他们划船来，然后给您打电话。事情的全部经过就是这样。”

“你有别墅的钥匙吗?”

“有台阶上那扇门的钥匙。”

“就是前面那座有庭院的别墅吗?”

“对，叫玛丽—特莱丝别墅。它跟另外两座别墅一样，已经有两个星期没人住了。所以，咱们有足够的时间搬走自己喜欢的东西。我可以向您保证，老板，这件事是很值得一干的。”

罗平咕哝着说：

“这件事未免太轻而易举了，因此毫无吸引人之处。”

他们划到一个小湖弯处，那里有几级石阶通向湖岸，石阶上方有一个被虫蛀了的屋檐遮盖着。罗平认为过一会儿从这里把家具装上船很方便。可是，他突然说道：

“别墅里有人！瞧……灯光!”

“那是一盏煤气灯，老板……灯光是不动的……”

格罗戈纳尔留在船上警戒。勒巴鲁和另外一个持桨人到临带子大街的栅栏边去放哨。罗平跟他的两个伙伴在黑暗中一直爬到别墅的台阶下面。

吉尔贝第一个走上去，摸索着把门上的锁打开，然后又去开插销上的锁，两道锁都应声而开。门被推开一道缝儿，三个人走了进去。

前厅里点着一盏煤气灯。

“您看，老板……”吉尔贝说。

“不错，不错……”罗平小声说着，“可是，我觉得刚才看到的灯光不是从这里射出来的。”

“那是从哪里呢?”

“我一点儿也不知道……放家具的大厅在这里吗?”

“不，”吉尔贝无所顾忌，大声回答着，“不在这里。德伯莱克出于谨慎，把所有的家具都集中到二楼，放在他的卧室和卧室旁边的房间里了。”

“楼梯在哪里?”

“在右边，帘子后面。”

罗平走近那个帘子，把它撩开。正在这时，在他左边四五步远的地方，一扇门突然开了，从里面伸出一个脑袋，脸色灰白，瞪着两只惊恐的眼睛。

“救命啊！抓凶手!”那人吼叫着。

然后，他急忙退回到隔壁房间里。

“是列奥纳尔！那个仆人!”吉尔贝喊道。

“他要是找麻烦，我就干掉他。”沃什莱骂道。

“你让我们安静点儿好不好，沃什莱?”罗平说着，朝那个仆人追去。

他穿过一间餐厅，里面点着一盏灯，旁边还放着几个盘子和酒瓶。罗平在餐具室里找到了列奥纳尔，他正在拼命地开餐具室的窗子。

“别动，你这个小丑！别干蠢事！啊！你这个粗野的家伙!”

罗平看到列奥纳尔向他伸过手来，就赶紧卧倒。紧接着，从昏暗的餐具室里传出三声枪响，可是列奥纳尔自己却突然摇晃起来。原来是罗平抓住了他的双腿，夺过他的手枪，并且掐住了他的脖子。

“好个粗野的家伙!”罗平咕哝着，“……差一点儿就把我给干掉了……沃什莱，把他给我捆起来!”

然后，他用手电筒照着那个仆人的脸，挖苦地说：

“这位先生这张面孔并不怎么好看嘛……你一定做过亏心事，列奥纳尔，再说，来给德伯莱克当仆人……捆好了吗，沃什莱？我希望咱们不要在这里耽搁。”

“没有任何危险，老板。”吉尔贝说。

“啊！真的吗？那么枪声呢？你认为别人听不到吗?”

“绝对听不到。”

“不管怎么说，咱们必须快点儿干。沃什莱，拿着那盏灯，咱们上楼。”

他抓住吉尔贝的胳膊，一直把他拉到二楼，说道：

“笨蛋！难道你就是这样搜集情报的吗？难道我还不该不放心吗?”

“您看，老板，我怎么能料到他会改变主意，回家来吃晚饭呢?”

“当你要采取行动的时候，你就必须预料到一切。你和沃什莱，你们这两个蠢货……你们俩可真行!”

看到二楼的家具，罗平这才平息下来，并且像一个收藏家搞到了几件艺术珍品那样，满意地清点着这些家具。

“嘿！东西虽不算多，倒还不错。这位人民代表还真有点儿鉴赏力呢……四把奥比松扶手椅……一个文件橱，我敢保证，是贝西尔①和封代纳②亲手所制……两盏古蒂埃尔③的壁灯……一幅出自弗拉高纳尔④之手的壁画……还有一幅纳迪耶⑤的仿制品。一个美国百万富翁会把它们一下子全买下来的……总之，是一笔财富。有些自以为是的家伙硬是说再也找不到古董了，真是的！他们应当跟我学学！应当到处去寻找!”

吉尔贝和沃什莱遵照罗平的命令，按照他的吩咐，立刻先搬运起那些最重的家具来。过了半个小时，第一只船就装满了。他们决定让格罗戈纳尔和勒巴鲁先把船划走，然后再把东西搬到汽车上去。

罗平看着他们走了以后，回来经过前厅时，听到餐具室那边好像有说话声。他走进去，看到确确实实是列奥纳尔一个人待在里面，趴在地上，被反

---

① 贝西尔（一七六四～一八三八），法国建筑家。

② 封代纳（一七六二～一八五三），法国建筑家，贝西尔的朋友与合作者。

③ 古蒂埃尔（一七三二～一八一三），法国著名雕刻师和镀金师，十八世纪下半叶最有名的装饰艺术家之一。

④ 弗拉高纳尔（一七三二～一八〇六），法国画家。

⑤ 纳迪耶（一六八五～一七六六），法国画家。

捆着手脚。

“是你在咕咕哝哝吗？你这个议员大人的贴心仆人！别着急，马上就要完了。不过，如果你叫得声音太大，那我们就不得不对你采取严厉措施……你想让我们把你的嘴给堵上吗？”

罗平上楼的时候，又听到同样的说话声。他侧耳细听，确实有一个人在餐具室那边用一种嘶哑、颤抖的声音说着：“救命啊！快来抓凶手！救命啊！他们要杀死我了……快去报告警察局长！”

“这家伙简直是疯子！”罗平心想，“真是的，都已经晚上九点钟了，还去打扰警察，实在太不合适了！”

他又动手干了起来，用的时间比预料的要长，因为他在柜橱里又发现了不少有价值的小玩意儿，不拿走又舍不得；而且，沃什莱和吉尔贝也寻找得过分仔细，完全打乱了他的计划。

最后，罗平终于不耐烦了。

“够了！”他命令道，“我们不能为几件破烂东西贻误了大事，让汽车老在那里等着。我要上船了！”

他们已经走到了湖边，罗平已经开始下台阶了，可这时，吉尔贝又把他拉住了。

“听我说，老板，我们还得再回去一趟……五分钟就够了，不会更长的。”

“你们到底要回去干什么呢？真是的！”

“是这样的……别人告诉我们这里有一件圣物……一件很不错的东西……”

“那你们为什么不把它拿走呢？”

“我们怎么找也没找到它。我想到了餐具室……那里有一个食橱，上面锁了一只很大的锁……您应该明白，咱们不能就这样……”

吉尔贝说着，已经朝台阶上走去，沃什莱紧跟着。

“给你们十分钟……一分钟也不能再多停留了。”罗平冲他们喊着，“过十分钟不回来，我就走了。”

可是，十分钟过去了，他却还在等。

他看了看表。

“已经九点一刻了……他们简直是疯了。”他心想。

他又想到，在这次行动过程中，吉尔贝和沃什莱表现得很奇怪，他们两个人总是形影不离，而且似乎还在互相监视着。这到底是怎么回事呢？

罗平被一种无名的忧虑所驱使，不知不觉地朝那座房子走去。与此同时，他听到昂吉安那边有声音，而且越来越近……大概是闲逛的行人吧……

他马上吹了一声口哨，然后朝栅栏走去，想看看大街周围的情况。正当他要推门出去时，突然从房子里面传出一声枪响和一阵痛苦的吼叫声。他赶紧往回跑，绕过房子，跳上台阶，朝餐厅奔去。

“真该死！你们俩到底在这儿搞什么鬼？”

只见吉尔贝和沃什莱扭打成一团，一边互相愤怒地叫骂，一边在地板上滚着，衣服上滴着血。这时，吉尔贝已经把对手打倒在地，并从他手里夺过了一件东西。罗平没来得及看清那是一件什么东西。沃什莱肩上的伤口在流血，他晕过去了。

“是谁把他打伤的？是你吗，吉尔贝？”罗平生气地问道。

“不是我……是列奥纳尔。”

“列奥纳尔？可他的手被捆着啊……”

“他把绳子挣脱开了，又拿起手枪。”

“这个坏蛋！他在哪儿？”

罗平拿起煤气灯，走进餐具室。

仆人躺在地上，两手交叉在胸前，脖子上插着一把匕首，脸色灰白，血从他的嘴里往外流。

“啊！”罗平检查了一下，喃喃地说着，“他死了！”

“您认为……您认为……”吉尔贝声音颤抖着问。

“我告诉你，他已经死了！”

吉尔贝咕哝道：

“是沃什莱……是他刺的……”

罗平气得脸色发青，抓住吉尔贝，说：

“是沃什莱……但还有你，混蛋！你在这儿，竟让他杀人……流血！流血！你们明明知道我最不希望流血的！我情愿让别人把我杀死！哼！活该，你们这两个混蛋……到时候你们去偿命吧！这个代价可不小啊……要上断头台的！”

罗平一看到死尸，心里就非常不舒服。他粗暴地摇晃着吉尔贝，问道：

“为什么？沃什莱为什么把他杀了？”

“沃什莱想搜他的身，找食橱上的钥匙。当沃什莱向他俯下身去时，发现他的双手已经从绳索中挣脱开了……沃什莱害怕了……就捅了他一刀。”

“那么，枪声呢？”

“是列奥纳尔开的……他手里拿着枪……临死前，他用尽力气瞄准，开了枪……”

“那么，食橱的钥匙呢？”

“沃什莱拿去了……”

“他把食橱打开了？”

“打开了。”

“他找到了？”

“找到了。”

“那么你是跟他争夺那件东西喽……那件圣器？不，这东西很小……比圣器要小……到底是什么？快回答！”

从吉尔贝那沉默和坚定的神色，罗平明白自己是得不到回答的。他做了一个威胁的动作，说道：

“你迟早会说出来的，你这个家伙！我以罗平的信誉发誓，我一定要让你讲出实话。不过，现在，咱们要先撤离这里。来，帮帮我……咱们把沃什莱抬到船上……”

他们回到餐厅，吉尔贝朝受伤的沃什莱弯下身去，但罗平拦住他：

“听！”

他们互相交换了一下不安的眼色：餐具室里有人在说话……一个很低的、奇怪的声音，像是从很远的地方传来的……可是，他们很快就证实了餐具室里除了那具死尸之外，再无别人。他们只看见了那尸体模糊的影子。

然而那个声音又响起来，时高，时低，时快，时慢，颤抖着，尖叫着，怒吼着，话音模糊不清，字句断断续续。

罗平觉得自己头上直冒冷汗。这个不连贯的、神秘的，像从坟墓里发出来的声音到底是怎么回事呢？

他朝仆人弯下身去。那声音停了片刻，又接着说起来。

“把灯弄亮一点儿！”他对吉尔贝说。

一阵无法克制的恐惧使他轻轻地颤抖着。现在，事情已毫无疑问了，当吉尔贝把灯罩掀开后，罗平清楚地听到声音是从死人身上发出来的，但那尸体并没有动，那张流着血的嘴连翕动一下都没有。

“老板，我怕！”吉尔贝结结巴巴地说。

还是那个声音，一阵鼻音很重的窃窃私语。

罗平突然笑起来。他抓起尸体，把它挪开。

“果然如此！”罗平看着一个闪光的小东西，说道，“……果然如此！这回行了！可说真的，它还真让我费了不少工夫呢！”

原来，尸体下面有一个电话的话筒，电线一直通到墙上一人左右高处的一架电话机上。

罗平把话筒放到耳边。很快，那声音又响了起来。声音很乱，里面混杂着各种呼唤声和喊叫声，好几个人在同时说话：

“你还在那里吗？他不回答了……这太可怕了……他们大概已经把他杀死了……你还在那里吗？出了什么事呀？勇敢一点儿……救援马上就到……有警察……还有宪兵……”

“他妈的！”罗平骂了一句，扔下话筒。他突然恍然大悟：当他们刚开始搬运东西时，列奥纳尔便因为被捆得不紧，挣扎着站了起来。他大概是用牙齿叼住了话筒，并把它放到地上，然后向昂吉安电话总机呼救。

罗平在把第一只船打发走之后回来时，听到的就是这种呼救：“救命啊！抓凶手！他们要杀死我！”

而现在，则是总机在回答他。警察已经来了。罗平想起，刚才，最多五六分钟之前，自己在花园里听到的那一阵嘈杂声。

“警察来了！快跑吧！”他一边穿过餐厅往外跑，一边喊着。

吉尔贝问：

“那沃什莱怎么办?”

“他活该!”

可是，沃什莱这时从惊恐中清醒过来，乞求着：

“老板，您总不能就这样把我扔下不管啊!”

罗平停下来，尽管情况危急，可还是在吉尔贝的帮助下，扶起了这个伤员。这时，外面响起一片喊叫声。

“太晚了!”罗平说道。

随着一阵敲门声，前厅的门开了。罗平跑到通向台阶的门前，看到很多人已经把房子给包围了，正在往里面冲。看样子他和吉尔贝两个人还可以在警察到来之前跑到湖边，可是，在敌人的炮火之下，又怎能上船逃走呢?

他关上门，上了闩。

“咱们被包围了……完了……”吉尔贝喃喃地说。

“住口!”罗平喝道。

“可是，他们已经看见我们了，老板。听！他们在敲门。”

“住口!”罗平重复着，“别出声！别动!”

他自己真的一动不动，非常沉着地思考着，好像一个时间充裕的人在从容不迫地从各个角度斟酌一个非常棘手的难题。此刻，他正处在用他自己的话来说是“生活中最关键的时刻”，一个可以显示他的价值和本领的时刻。每当这种时候，不管情况有多么紧急，他总是不慌不忙地在心中数着：“一……二……三……四……五……六……”一直数到他的心跳正常为止。直到这时，他才开始思考，而且是用一种极为敏锐的思维，一种极为惊人的毅力，以及对局势极为准确的判断来进行思考。每当这种时候，他对有关事情所占有的全部材料就一下子全都展现在他的脑海里。因此，他可以纵观一切，预见一切，从而采取既符合实际又把握十足的决策。

过了四五十秒钟之后，警察们还在拼命地敲门、撬锁。罗平对自己的伙伴说：

“跟我来。”

他来到大厅，轻轻推开侧面的一扇窗子和外面的百叶窗。外边出出进进地全是人，从这里逃跑是不可能的。这时，他突然装成气喘吁吁的样子，用尽全身的气力，拼命喊叫起来：“到这里来！快来帮帮我！我把他们抓住了……在这边!”

他拿起手枪，朝树上打了两枪，然后走到沃什莱身边，朝他俯下身子，用他的血涂了自己满手满脸。接着，他转向吉尔贝，猛地抓住他的肩膀，把他推倒在地。

“您要干什么，老板？亏您想得出来!”

“听我的!”罗平用命令的语气说，“一切都有我……我为你们俩担保……听我的……我会把你们从监狱里救出来的……可是，要达到这个目的，我必须自由才行。”

警察们在窗下叫喊着，骚动着。

“在这儿!”罗平喊道，“我把他们抓住了！快来帮忙!”

然后，他又不慌不忙地小声说：

“你好好想想……还有什么话要跟我说吗？有什么信要转吗?”

吉尔贝愤怒地挣扎着。他心里非常慌乱，一下子弄不清罗平的意图。沃什莱比他有经验，而且他的伤势也迫使他丢掉一切逃跑的幻想。他说：

“你听老板的好了，傻瓜！只要他能逃出虎口……这是最要紧的!”

罗平突然想起了吉尔贝从沃什莱手里抢过来，并且藏到衣袋里的那件东西。现在，他也想把它夺过来。

“啊！这个，绝对不行!”吉尔贝挣脱开来，咬着牙说。

罗平又把他打倒在地。可是，正在这时，有两个警察出现在窗口。吉尔贝立刻松开手，把那件东西交给了罗平。罗平没顾上看一眼，就把它塞到了口袋里。吉尔贝小声说：

“拿去吧，老板……我以后再给您解释……您可以放心，这……”

他还没来得及把话说完……两个警察，后面还跟着很多人，还有不少宪兵，已经从四面八方赶来“帮助”罗平了。

吉尔贝立即被抓住，并被牢牢地捆起来。罗平站起身来。

“把他捆起来是理所当然的，”罗平说，“这家伙可真让我费了不少劲。我把另一个打伤了，可是这一个……”

警察局长急忙问道：

“您看到仆人了吗？他们把他杀死了吗?”

“我不知道。”他说。

“不知道?”

“天哪！我是听到凶杀的消息后跟你们一起从昂吉安赶来的呀！只是，你们是从左边绕过来的，而我是从右边。那边有个窗子开着。这两个强盗正要从那里逃走，我就爬上去，向他开了一枪……”他指着沃什莱，“然后，我就抓住了他的同伙。”

有谁能怀疑他呢？他满身是血，是他把杀害仆人的凶手抓住的，有十几个人亲眼目睹了他所进行的英勇搏斗。

再说，当时情况太乱，谁也顾不上仔细思考，或浪费时间去寻找疑团。而且，附近的居民一听到警察的嘈杂声便纷纷闯进这座别墅里来了，所有的人都在瞎忙着，前前后后、上上下下地乱跑一气，一直跑到地窖里。人们互相喊着，叫着，没有一个人想到要去验证一下罗平那套貌似可信的话。

当人们在餐具室里发现仆人的尸体之后，警察局长才意识到自己的责任。他命令在栅栏门那儿站岗的警察不准放任何人进出，自己随即赶到出事地点察看，并进行了一系列的调查。

沃什莱说出自己的姓名，但吉尔贝拒绝开口，理由是只有律师在场他才讲话。由于警察指控他犯了凶杀罪，他便揭发了沃什莱；而沃什莱则进行自卫，说吉尔贝是凶手。他们两个人同时叫喊着，目的很明显，是要吸引警察局长的注意力。当局长转身找罗平作证时，方才发现那个陌生人已经无影无踪了。

局长丝毫未起疑心，反而对一个警察说：

"去请那位先生来，就说我要问他几个问题。"

于是，警察便去找那位先生了。有人说看见他在台阶上点烟；后来人们说他曾请一群宪兵抽烟，然后自己朝湖边走去，并说什么时候需要他，只需喊他一声就可以。

人们喊他，可是无人回答。

有个宪兵朝湖边奔去，看到那位先生刚刚登上小船，正在拼命划桨。

局长看了吉尔贝一眼，才恍然大悟，知道自己上当了。

"快抓住他！"局长喊道，"……向他开枪！他是他们的同伙……"

他一边喊，一边向湖边跑去。后边跟着两名警察，其余的人都在看守那两个俘虏。局长来到岸边，看到那位先生已划出一百多米远，并在黑暗中摇着帽子向他致意。

警察明知无用，但还是朝他开了一枪。

微风传来一阵歌声。那位先生一边划桨，一边唱道：

"前进吧，水手，风儿在帮助你……"

警察局长看到附近一家门前的防波堤上拴着一条小船，于是，领着部下攀过两座花园之间的栅栏，然后命令士兵监视湖岸，一旦逃亡者企图上岸，就立即逮捕。说完，他就带着两个人上船去追赶逃犯了。

月光时隐时现，人们可以很容易地辨别出逃亡者的踪迹，知道他打算穿过湖面，向偏右边一点儿的圣—格拉蒂安村划去。

警察局长不久便发现，由于自己这一方人多，再加上小船很轻，前进的速度很快，所以十分钟之后，他们和他之间的距离已缩短了一半。

"没有问题。"警察局长说道，"咱们不需要步兵的帮忙也能阻止他上岸。我很想认识这个家伙，他的胆子真不小。"

令人不解的是，他们之间距离的缩短快得让人吃惊，似乎逃亡者已意识到自己无法逃脱，因此已没有劲头再划了。警察们又加快了速度，小船在水中飞快地前进，最多只剩下一百米就可以抓到他了。

“快停下！”警察局长向那个人喝道。

逃亡者待在船上一动不动。人们隐约可以辨认出他蜷缩在那里的身影，船桨顺水漂着。这情景很令人不安。一个像他这样的匪徒，很可能要孤注一掷，甚至可能在警察动手之前，就先开枪把他们干掉。

“快投降吧！”警察局长叫道。

这时，四周一片漆黑。警察们仿佛看到前面船上的人做了一个威胁他们的动作，又连忙卧倒了。

这样一来，他们的船反倒顺势更加靠近那只小船了。

警察局长咕哝着说：

“咱们总不能等着挨打啊！向他开枪吧，都准备好了吗？”

他又朝前面喊道：

“快投降吧……否则……”

没有回答。

敌人一动不动。

“快投降！放下武器！你不愿意吗？那就咎由自取了……我现在开始数数……一……二……”

警察没有等命令就开枪了，并且奋力划桨，向前冲去，只几下便靠近了前面的小船。

警察局长手里举着枪，警惕着对方的每一个动作，监视着对方。

他伸出手，喊道：

“你只要动一下，我就打碎你的脑袋！”

但敌人依然一动不动。当他们靠近小船，两名警察放下桨冲上去时，警察局长才明白，船上根本没有人！敌人早已游泳逃走，留给胜利者的只是一堆偷来的家具，上面放了一件衣服和一顶软帽，在昏暗中，很像一个模糊不清的人影。

警察们点着火柴，查看敌人留下的东西。帽子里面一个字母也没有；衣服口袋里既无证件，也无钱包。不过，人们还是找到了一个对此案将会产生重大影响，并将严重影响吉尔贝和沃什莱命运的东西：在那件衣服的一个口袋里，留下了逃亡者的名片——亚森·罗平的名片。

当警察拖着那条截获的船，并在上面进行简单的搜查时，当岸上那群无所事事的宪兵睁大眼睛望着水上的激战时，亚森·罗平已不慌不忙地在他两小时前上船的地方登了岸。

在那里迎接他的是另外两个同伴：格罗戈纳尔和勒巴鲁。他简单地向他们讲了一下刚才发生的事，便上了汽车，坐到德伯莱克议员的家具中间，裹上皮大衣，让司机走偏僻的小路，把车一直开到奈伊——他准备放家具的地方。他把司机留在那里，自己乘出租汽车回到巴黎，在圣—菲利浦—杜—鲁尔附近下了车。

离那儿不远，在玛蒂翁大街上，他有一间可以单独出入的夹层①套房。除了吉尔贝，其他同伙谁都不知道这套房子。

回到家里，他换了衣服，擦了身，顿觉清爽了许多。他虽然身体健壮，但刚才还是被冻得发僵。随后，他照每晚睡觉前的习惯，把口袋里的东西全倒了出来。直到这时，他才在皮夹子和一串钥匙中间看到了吉尔贝在最后一分钟塞到他手里的东西。

他不禁愕然：这件“圣品”原来不过是一只瓶塞，一个放在酒瓶上的水晶瓶塞，而且是一个毫无特色的普通瓶塞。但罗平注意到，这块多面晶体的玻璃有一半是镀金的。

不过它的确没有丝毫引人注目的地方。

“难道吉尔贝和沃什莱那么渴望得到的就是这样一个瓶塞吗？难道他们就是为了它才杀死仆人；为了它才浪费宝贵的时间；为了它甘冒坐牢、受审……甚至上断头台的危险吗？这未免太可笑了……”

这件事尽管很离奇，但他实在太累了，实在顾不上再去仔细琢磨了。他把瓶塞放到壁炉架上，便上床睡觉了。

这一夜，他做了许多梦，梦见吉尔贝和沃什莱跪在牢房的石板上，绝望地向他伸出双手，嘴里还发出可怕的叫喊声。

“救救我们啊！救救我们啊！”他们这样号叫着。

但他费尽全身的气力也无法动弹。他自己也被一种无形的绳索紧束着，眼前总是闪现十分可怕的幻觉：他浑身颤抖着，看着别人在为两个难友做死刑犯人赴刑前的洗礼。他在目睹着这可怕的悲剧。

“他妈的！”噩梦醒来之后，他心里想，“多么不祥的预兆啊！幸亏我不是个神经脆弱的人，否则……”

他又想：

“我身边还有一个护身符呢！单凭吉尔贝和沃什莱对它的态度，就足以证明有了它，再加上罗平的努力，我们完全可以摆脱噩运，逢凶化吉。现在，让我们来看看这只水晶瓶塞吧。”

他站起来，想去拿那个瓶塞仔细研究一番时，却惊讶得不禁大叫起来：瓶塞不翼而飞了……

---

① 夹层指位于一层和二层之间的房间。——译者注

第二章 九减八余一

虽然我跟罗平关系极好，他也每每表示出对我极为信任，但是，他有一个谜我始终没有揭开，这就是关于他那一伙人的组织状况。

组织肯定存在，这一点是毫无疑问的。他们的很多行动，都是无数献身精神、顽强毅力和有力合作的结晶。这表明他们大家都服从于一个独特的和非凡的人的意志。然而，这个人究竟是怎样来实现他的意志的？他通过哪些渠道、哪些人来传达自己的意志呢？对此，我一无所知。罗平始终对我保守这个秘密，而凡罗平要保守的秘密，都是不解之谜。

我所唯一能作的假设，就是这个在我看来人数有限，却因此而精干有力的集团，肯定是由很多独立的或临时性的外围组织形成的，其成员来自各个国家、各个阶层。他们执行着一个自己并不认识的人的命令。在他们与头头之间有一些了解内情的人，即罗平的忠实伙伴充当联系人。这些人在罗平的直接领导下，起着重要作用。

吉尔贝和沃什莱无疑都属于这类人。正因为如此，司法部门才对他们格外严厉。这是当局第一次抓到罗平的同伙，并且是货真价实、确凿无疑的同伙。尤其是，这些同伙还犯了杀人罪！若能证明凶杀是预谋，并且他们两个人确实是杀人犯的话，那他们就肯定要上断头台了。对此，人们至少掌握了一个确切的证据，那就是列奥纳尔死前一分钟的电话呼救：“救命啊！快来抓凶手！他们要杀死我了……”这个绝望的呼救被两个人——值班电话员和他的同事听到了，他们两个人都作了明确的证明。而且，警察局长是得到呼救情报才立即带着手下人和一群宪兵赶到玛丽—特莱丝别墅来的。

罗平从一开始就明确地意识到了这件事的严重性。他向社会发动的这场激烈挑战，如今已进入一个新的可怕的阶段。现在，八字倒转了。事情关系到凶杀——对此，连他本人都坚决反对——而不再只是一次寻开心的盗窃活动。过去，每当他要弄那些财路不明的阔佬和为非作歹的金融家之后，总能得到社会舆论的同情。但如今，他所能做的不再是进攻，而是防守，还要拯救自己两个伙伴的性命。

我从一本他经常用来记录和概述自己所处困境的笔记本上抄录下来的这段话，足可以说明他当时的思想状况：

"首先，可以肯定，吉尔贝和沃什莱是欺骗了我。昂吉安行动表面上是为了盗窃玛丽—特莱丝别墅，实际上还有一个暗藏的目的。而且，在整个行动中，他们俩都是为这后一目的而忙碌着的。他们在家具下边和壁橱里面要寻找的正是这个水晶瓶塞。因此，如果我要识破他们的秘密，首先就必须弄清这个瓶塞是怎么回事。毫无疑问，由于某种我不知道的原因，这个神秘的瓶塞在他们眼里是无价之宝……也许不仅在他们俩的眼里是如此，因为昨天夜里，又有一个非常勇敢和机敏的人进入我的房间，偷走了这个瓶塞。"

罗平对这次盗窃事件大惑不解。

有两个问题萦绕在他的脑际：首先，夜间进来的这位不速之客到底是什么人？吉尔贝是自己的心腹，自己的私人秘书，也是唯一知道这座位于玛蒂翁大街的据点的人。可是，吉尔贝现在被关在监狱里，难道可以设想是吉尔贝出卖了自己，并把警察领来的？如果是这样，警察为什么不逮捕他罗平，而只满足于拿走那个水晶瓶塞呢？

还有一件更奇怪的事，就算是有人撬开了他的房门——尽管没有任何迹象可以证明这一点，但他还是接受了这种假设——那么，这个人是怎样进入他卧室里来的呢？因为他昨晚依然按照多年来养成的习惯，把卧室的门上了锁，并且插上了插销。锁和插销都纹丝未动——这是不可否认的事实——而水晶瓶塞却不翼而飞了。罗平本来总以耳朵尖、睡觉警惕为自豪，但这次竟没有听到一点儿声音！

他没有费力去寻找，因为他非常清楚，这类问题除非靠后来事情自身的发展，否则是解决不了的。他的计划全被打乱了，心里很不安，因此决定关闭这套位于玛蒂翁大街的夹层套房，并发誓永远不再迈进它的门槛。

在这以后，他便忙着设法跟吉尔贝和沃什莱建立联系了。

然而，在这个问题上，一个新的打击又在等待他。司法部门虽然没有确凿的证据证明罗平参与了这一案件，但仍然决定把它纳入整个罗平案件之中，并在巴黎，而不是在塞纳—瓦兹进行审理。因此，吉尔贝和沃什莱就被关进了巴黎的桑台监狱。监狱和司法部门都非常警惕，严防罗平与犯人之间发生任何联系。为此，警察局采取了一系列防范措施，专门派有经验的警察日夜寸步不离地监视着吉尔贝和沃什莱，并且从不更换看守。

这时的亚森·罗平还没有晋升为保安处处长——他冒险生涯中的最高荣誉——所以不能在司法部里采取必要的措施来实现自己的计划。他进行了半个月的无效努力之后，只好屈服了，心里却十分恼火，而且忧心忡忡。他想：

“做一件事最难的不是结束，而是开头。眼前这件事究竟从何着手？应当走哪一条路呢?”

他想到水晶瓶塞的第一个主人德伯莱克，他肯定知道这个瓶塞的价值。这里还有一个问题，那就是吉尔贝究竟是怎样了解到德伯莱克议员的行踪和活动规律的？他是用什么手段监视德伯莱克的呢？又是谁告诉他德伯莱克当晚的去向的呢？有一连串类似的问题需要解答。

玛丽—特莱丝别墅被盗之后，德伯莱克便搬到巴黎他过冬的房子里去了。他那座公馆坐落在拉马丁街心公园的左侧，公园朝着维克多·雨果大街。

罗平化装成一个拄着手杖在街上闲逛的退休老头，开始在公馆附近活动，常常在街心公园或维克多·雨果大街的长凳上闲坐。

他从一开始就注意到一件事：有两个人在监视议员的公馆。尽管这两个人都是工人打扮，但他们的行动足以说明他们的身份。德伯莱克议员一出门，他们就跟上他；他回来时，这两个人也总是跟在他身后；晚上公馆的灯光一灭，他们便“下班”了。

于是，罗平又跟踪起这两个人来，得知他们是保安处的侦探。

“啧，啧，”罗平心里想，“这可真是意想不到的事，难道德伯莱克先生也受到怀疑了吗?”

到了第四天傍晚，又有六个人来到这两个人身边。他们一起在拉马丁街心公园最昏暗的地方商谈了一阵。罗平从其中一个人的身材和动作上，认出是那个大名鼎鼎的普拉斯维尔。这位原来的律师、体育明星和探险家，如今是总统府的宠儿，并且由于某种神秘的原因，被任命为警察局秘书长。

突然，罗平想起来了：两年以前，在波旁宫广场，普拉斯维尔与德伯莱克议员之间曾有过一场颇为轰动的未遂决斗。究竟是为了什么，无人知晓。普拉斯维尔那天曾派了自己的证人去，可是德伯莱克却拒绝同他决斗。

事过不久，普拉斯维尔就被任命为秘书长了。

“奇怪……真是奇怪……”罗平一边注视着普拉斯维尔的行动，一边想着。

到了七点钟，跟普拉斯维尔一起来的那伙人朝亨利—马丹大街那边走去了。这时，公馆右侧一座小花园的门开了，德伯莱克走了出来。于是，那两个监视他的侦探马上跟上去，并尾随着他在泰布街登上了有轨电车。

这时，普拉斯维尔很快穿过街心公园，按了公馆的门铃。公馆和门房之间有一道栅栏门。门房开了，看门的女人同警察之间一阵窃窃私语之后，普拉斯维尔和他的人被带了进去。

“这是一次非法的秘密搜查。”罗平心里想，“按照礼节，他们应当邀请我参加才是，我的出席是必不可少的。”

这时，公馆的门还没关，罗平便毫不犹豫地跟着走了进去。经过门房时，他用一种“别人在等他”的语气问：

“那些先生都进去了吗？”

“进去了，在书房里。”

他的计划很简单：万一被人撞见，就佯称自己是来送货的。实际上连这种借口都用不着。他穿过空荡荡的前厅，又走进空无一人的餐厅。透过餐厅与书房之间的玻璃门，可以看到普拉斯维尔和他的五个伙伴。

普拉斯维尔用自己配的钥匙打开了办公桌上的所有抽屉，然后翻阅里面的全部文件。其余的人则把书一本一本地从书架上拿下来，打开书皮，看硬皮面里是否藏着东西。

“他们肯定是在找一张纸……”罗平心里想，“也许是一张钞票……”

这时，普拉斯维尔突然大声说道：

“咱们真够笨的！什么都没找到……”

但他并没有因此而放弃搜查。他突然抓住从陈酒窖中取来的四瓶酒，拔掉瓶塞，仔细察看。

“瞧！他也研究起瓶塞来了！”罗平暗自说道，“这么说他们要找的并不是一张纸了？真的，我一点儿都弄不明白。”

接着，普拉斯维尔又拿起别的东西，一件一件地检查着。

“你们到这里来过几次了？”

“去年冬天来过六次。”有人回答道。

“你们仔细搜查过吗？”

“每个房间都搜查过了，而且是用整天时间搜查的，因为他当时正在外地参加竞选。”

“可是……可是……”

他又问：

“难道现在他家里没有用人吗？”

“没有，他正打算雇呢。他在饭馆里吃饭，由看门的女人为他马马虎虎地打扫房间。那女人完全听我们的……”

普拉斯维尔用了整整一个半小时进行搜查，把每件东西都拿来仔细翻看，然后又小心地放回原处。到九点钟时，跟踪德伯莱克的那两个侦探突然出现了。

“他回来了！”

“步行吗？”

“步行。”

“咱们有足够的时间吗？”

“噢，那当然！”

普拉斯维尔和他手下的人又看了看房间，发现没有留下痕迹，这才不慌不忙地走了。

这样一来，罗平便进退维谷了。走吧，会在路上碰到德伯莱克；留下吧，很可能出不去了。他看到餐厅的窗子是朝街心公园开的，于是决定留下来。这样，他将可以从近处观察德伯莱克。这种机会对罗平来说真是太难得了。再说，德伯莱克既然刚刚吃过晚饭，他就不太可能到餐厅里来。

他在里面等着，准备一有情况就藏到玻璃门的帘子后面。

他听到了开门声。有人进了书房，开了电灯。他认出是德伯莱克。

此人身材矮胖，脖子很短，留着灰色的络腮胡子，头发几乎掉光了。他眼睛不好，因而总是戴着一副眼镜，外面还要再套上一副夹鼻眼镜。

罗平注意到这张脸十分刚毅，方下颏，高颧骨。他长着一双毛茸茸的大手和两条弯弯的短腿，走起路来驼着背，臀部一扭一扭的，活像一个四条腿的动物。不过，他那布满皱纹和疙瘩、流露出焦虑不安的宽宽的前额，还是使他脸上的线条显得很突出。

他身上有一种类似野兽的、让人讨厌的野蛮气。

罗平想起来了，在国会里，人们都把德伯莱克称做“森林里的人”。这不仅仅因为他不合群，不跟别人来往，也由于他那副长相、他的动作、他那发达的肌肉和走路的样子。

德伯莱克在办公桌前坐下来，从口袋里拿出一支烟斗，从一个盛着烟丝的罐子里取出一包玛里兰烟丝，打开来，装满烟斗，点燃后便抽了起来。之后，他就开始写信。

过了一会儿，他停下笔沉思，目光注视着办公桌上的某一处。

忽然，他拿起一只盛邮票的小盒子仔细察看，随后又审视那些被普拉斯维尔动过又放回原处的东西。他用眼睛看，用手摸，又弯下腰去细细地端详，似乎某种只有他才熟悉的细枝末节使他看出了破绽。

最后，他按了电铃。

过了一分钟，看门的女人来了。

他问道：

“他们来过了？”

看到那个女人犹豫不决的样子，他又问：

“快说嘛，克蕾蒙丝，是你把这个盛邮票的盒子打开的吗？”

“不是我，先生。”

“我本来用一条很窄的纸把盒子盖粘起来了，可是这条纸被撕断了。”

“我可以保证……”那女人说。

“你有什么必要说谎呢？”他说，“我既然答应过可以让他们来搜查。”

“因为……”

“因为你想在两边都捞到好处……也好！”

他递给她一张五十法郎的钞票，又问：

“他们来过了？”

“来过了，先生。”

“还是春天来过的那些人吗？”

“对，还是那五个……又来了一个，指挥他们的。”

“一个高个儿？棕色头发？”

“对。”

罗平注意到，德伯莱克的脸抽搐了一下。他又问下去：

“就这些吗？”

“后来又进来一个人找他们……接着，刚才，另外两个，就是老在公馆前面盯梢的那两个人也来了。”

“他们是待在这个书房里吗？”

“是的，先生。”

“很好。”

那女人走了。德伯莱克又写起信来。过了一会儿，他伸直胳膊，在桌子尽头的一个白纸做的小本子上写了几个符号，又把那个小本子竖起来，似乎怕看不见它。

他写的是几个数字。罗平看出是一道减法：

“9 - 8 = 1”

德伯莱克全神贯注地把这些数字念了一遍。

“绝对正确。”他大声地说。

然后，他又写了一封短信，在信封上写了地址。他把信放到白纸做的小本子旁边，罗平辨认出上面的字是：

“警察局秘书长普拉斯维尔先生收”

接着，他又按了铃。

“克蕾蒙丝，”他问看门的女人，“你年轻时上过学吗？”

“当然了，先生！”

“你学过算术吗？”

“先生，您……”

“因为你的减法不太灵。”

“您为什么这样说？”

“因为你不知道九减八等于一，而这一点是非常重要的。你要是不懂得这个真理，那就没法活下去了。”

他边说边站起来，背着双手，扭着臀部在房间里走了一圈儿，又走了一圈儿，然后对着餐厅停下来，打开门，说道：

“这个问题还可以这样问：九个人走了八个，还剩下谁？剩下的这个人就留在这里，对不对？我算得很正确。这位先生本人将为我们充分证明这一点，对不对？”

他用手拍了拍丝绒门帘的皱褶，罗平刚刚才匆忙藏到里面去。

“说真的，先生，您待在里面一定会闷死的，且不说我还可能寻寻开心，用匕首挑破这个帘子呢……请您想一想哈姆雷特的谵语和波洛涅斯之死①吧……‘是哪一个鼠贼？我对你说，一只又肥又大的老鼠……’喂，我说波洛涅斯先生，从你的老鼠洞里出来吧！”

罗平可是从来没有出过这种洋相！他心里真是气得要死。如果是他自己戳穿了别人的西洋景，并把他们挖苦一番，那当然可以，但他不能容忍别人拿自己开心，拿自己取笑。然而此时此刻，他又有什么办法呢？

“波洛涅斯先生，怎么脸色有些苍白啊……噢，您就是前几天老在街心公园里傻等着的那位绅士吧！这么说您也是警察局的人喽，波洛涅斯先生？喂，打起精神来！我并不想把您怎么样……你看，克蕾蒙丝，我计算得很准确吧！根据你刚才所说的，一共进来九个暗探。可是我刚才回来时，从远处数了数，是八个。九个减去八个还剩一个。这一个肯定是留下继续侦查了。他就是这个留下来的人。”

“你还想说什么？”罗平喊道，他此刻真恨不得跳到那家伙身上去，逼他住口。

“还想说什么吗？我什么也不想说了，伙计。您还想要我说什么呢？这场喜剧已经演完了。我只想请您把我刚才写的这封短信交给您的主子普拉斯维尔先生。克蕾蒙丝，快给波洛涅斯先生带路。什么时候他再光临，你尽管给他敞开大门。您在这里就像在自己家里一样，波洛涅斯先生。我是您忠实的奴仆……”

罗平犹豫了一下，他很想说点儿什么，最后占占上风，至少要保住自己的面子，就像演员在落幕之前，再从舞台深处向观众致一下意，然后神气十足地退场一样。可是自己的失败实在太可悲了，实在找不出什么话好说了，他只好把帽子使劲往头上一戴，跺着脚跟着看门的女人走了。这样的回答实在是太软弱无力了。

“无耻的家伙！”罗平一到了外面，就回过头来冲德伯莱克的窗子骂道，“流氓！无赖！你等着吧，议员！你说我什么‘先生竟敢如何如何……’，什么‘胆大包天……’好吧，我向上帝发誓，总有一天……”

他简直怒不可遏，但内心深处又不得不承认这个新对手很厉害，在这件事上竟料事如神。

德伯莱克的沉着冷静，同警察暗探周旋时的自信，对他们搜查自己房间

---

① 莎士比亚的著名悲剧《哈姆雷特》中的情节。——译者注

的不屑一顾，尤其是对这第九个监视自己的人所采取的那种既从容又无礼的态度，都说明他是一个有个性、有头脑、有毅力、很能干、很镇定、对自己以及自己手中的王牌充满信心的人。

但他到底掌握了什么样的王牌呢？这究竟是一场什么样的赌博呢？是谁掌握着赌注呢？赌博的双方又都下了什么样的本钱呢？对此，罗平均一无所知。可他却在这场斗争最激烈的时刻，糊里糊涂地一头扎了进来，介入这极为对立的双方之间。他既不了解他们各自的立场、所掌握的武器和手段，也不了解他们的秘密计划。不过，他总不能相信他们费这么大的力气，仅仅是为了要占有一个水晶瓶塞！

只有一件事使罗平感到宽慰，那就是德伯莱克没有认出他是谁，以为他也是为警察局干事的。这样一来，无论是德伯莱克，还是警察局，都不知道如今又有个第三者介入其中。这是罗平唯一的一张王牌，有了这张王牌，他就可以行动自由了。对他来说，这是最要紧的。

他没有耽搁，立刻打开那封德伯莱克要他交给警察局秘书长的信。信上说：

“它就放在你伸手可及的地方，我的好普拉斯维尔！你的手已经碰到它了！再往前一点儿，就到手了……可是，你实在太蠢，他们竟找不出一个比你强一点儿的人来对付我，可怜的普拉斯维尔！再见了，普拉斯维尔。如果你被我当场抓住，那么就算你活该倒霉，那时我可就不客气了。

德伯莱克”

“伸手可得……”罗平看过信后，重复着这句话，“这家伙说不定说的是真话呢。实际上，最不引人注意的藏财之处才是最保险的！不过，无论如何，无论如何也得亲眼去看一看才是……还必须弄清为什么德伯莱克会成为别人严密监视的对象，并且需要把这个人的来历调查一番。”

罗平从一家专门的事务所搞到的情报卡片上记录着：

“阿列克西·德伯莱克两年来一直是罗纳河口地区议员，属自由党派。此人主张并不明确，但由于花费巨款进行竞选，所以地位很稳固。此人并无任何财产，但在巴黎有私人公馆，在昂吉安和尼斯都有别墅，并在各种赌博中大肆挥霍。他的财源不明。他从不出入政府各部，在政界既无朋友也无关系，但在各界都颇有影响，有求必应。”

“不过是一些商务性质的材料，”罗平看了这张卡片之后，心里想，“我需要的是一张关于他生活情况的卡片，一张警察局的卡片，以便了解他的私生活，便于我在暗中行动，并且能使自己清醒地知道同他打交道会不会耽误大事。天哪，时间过得实在太快了!”

罗平那段时间的住所之一，也是他最常下榻的地方，位于凯旋门附近的沙多布里昂大街上。他的化名是米歇尔·伯蒙。这所房子很舒适，有一个仆人，叫阿希尔，对他很忠诚。仆人的任务就是把罗平的手下人打来的电话集中起来向他禀报。

罗平回来之后，得到了一个非常使他吃惊的消息：有一名女工已经等了他一个多小时。

“什么？从来没有人到这里来找过我啊！她年轻吗?”

“不年轻……我觉得她不太年轻。”

“什么叫你觉得不年轻?”

“她没有戴帽子，而是包了一块头巾，因此看不清她的脸……她样子更像一个职员……像一个不太时髦的商店店员……”

“她要找谁?”

“找米歇尔·伯蒙先生。”仆人说。

“奇怪。她说为什么了吗?”

“她只是说关于昂吉安事件……所以，我以为……”

“嗯？昂吉安事件？她竟然知道我跟这件事有关！她既然能找到这里，一定是知道……”

“我没法了解到更多的情况，但我觉得无论如何都应当接待她。”

“你做得很对。她在哪里?”

“在客厅里。我给她开了灯。”

罗平急忙穿过前厅，打开了客厅的门。

“你到底胡说些什么呀?”他对仆人说，“房间里根本没有人嘛!”

“没有人?”阿希尔说着，跑了过来。

客厅里果然空无一人。

“啊！这个女人可真神了!”仆人喊起来，“二十分钟前，我出于谨慎还来看过。她当时明明还在里面，我总不至于眼花吧!”

“你看，你看，”罗平发着火说，“刚才她等在这里时，你在哪儿?”

“我就在前厅，老板，我一秒钟也没离开过！她要是出去，我一定会看见的。真是活见鬼!”

“可她明明已经走了……”

“是啊……是啊……”仆人不知所措地说，“她可能是等得不耐烦了，所以走了。可我很想知道她是从哪里出去的，上帝啊!”

“从哪里吗?”罗平说，“那倒并不神秘。”

“您说什么?”

“她是从窗子走的。看，窗子还开着呢……这里是楼下……晚上，街上经常是没有什么人的……她肯定是从这里出去的。”

他在客厅里看了看，发现什么也没有少，也没有被动过。再说，客厅里也没放任何值钱的东西，没有重要文件，不能成为这个女人的来访和突然离去的理由。然而，她又为什么偷偷离开呢？

“今天有人打电话来吗？”罗平问道。

“没有。”

“晚上也没有信吗？”

“有，末班邮差送来一封信。”

“给我。”

“跟平常一样，我把信放到先生卧室的壁炉台上了。”

罗平的卧室就在客厅隔壁，但是罗平把连接两个房间的门锁上不用，因此，要回到卧室，还得经过前厅。

罗平开了灯，找了半天，说道：

“我怎么找不着啊？”

“肯定在上面，我把它放在酒杯旁边了。”

“这里什么也没有。”

“您一定是没好好找。”

可是，阿希尔白白挪开酒杯，掀起座钟，又弯下腰往地上看……信果然不见了。

“啊！他妈的……他妈的……”阿希尔嘟嘟囔囔地说着，“是她干的……是她把信给偷走了……她一拿到信就溜了……啊，这个娼妇！”

罗平却说：

“你疯了！这两个房间根本不通啊！”

“那您说是谁呢，老板？”

他们俩谁都不说话了。罗平竭力克制着自己的愤怒，集中精力思考着。

他问道：

“你仔细看过那封信吗？”

“看过。”

“那封信有什么特殊的地方吗？”

“一点儿也没有，用的是普通信封，地址是用铅笔写的。”

“啊？铅笔写的？”

“对，而且好像是匆匆忙忙写的，简直可以说是乱画的。”

“信封是怎么写的……你还记得吗？”罗平着急地追问着。

“记得，因为我觉得写得很滑稽。”

“快说！快说啊！”

“上面写着‘德·伯蒙·米歇尔先生收’。”

罗平用力摇着仆人的肩膀问：

“是写的‘德·伯蒙’吗？你肯定吗？‘米歇尔’是写在‘伯蒙’后面吗？”

“绝对没错。”

“咳！”罗平声音颤抖地说，“这是吉尔贝写来的信啊！”

他一动不动地站在那里，苍白的脸抽动着。这毫无疑问是吉尔贝的信！多年以来，根据他的指示，吉尔贝一直是用这种暗号和他联系的。这一次吉尔贝在牢房里不知付出了多少代价，等待了多少时间，发挥了多少智慧，才想出办法把信送到邮局的！他当然是匆匆忙忙写的了。可是，这样一封信，如今却被别人截走了！这封信的内容到底是什么呢？这个可怜的囚徒到底说了些什么呢？他要求什么样的帮助呢？他想出了什么主意呢？

罗平扫了一眼自己的卧室。跟客厅相反，这里倒是放着很多重要文件，但没有一把锁被撬开。看来，那个女人除了要拿走吉尔贝的信之外，并无别的目的。罗平让自己镇定下来之后，又问道：

“信是在那个女人等在这里时到的吗？”

“是跟她同时到的。看门女人跟她同时按的门铃。”

“那她一定看到信封上的字喽？”

“一定看到了。”

这样一来，结论就自然产生了。余下的问题，就是这个来访的女人是怎样把信偷走的。是从客厅的窗子爬出去，又从卧室的窗子爬进来的吗？这不可能，因为罗平看到卧室的窗子是关着的。那么，是把两个房间中间的门打开了吗？这也不可能，因为罗平看到这个门依然锁着，外面还上了两道闩。

然而，她总不至于穿墙越壁吧！要想进入卧室，然后再出去，那就一定得有个出入口；而她的进和出是在几分钟之内进行的，所以这个出入口一定是在卧室外面，并且是事先准备好的。这个女人也一定是早就知道它的存在了。经过这样一番推理之后，罗平便缩小了他的检查范围，把注意力全部集中到了那扇门上。因为墙壁是平的，上面是光光的，既没有壁橱、壁炉，也没有任何其他可以遮掩一个通道的帘子。

罗平回到客厅，开始研究起那扇门来。他突然激动得发起抖来，因为他一眼就发现门的左下方，在那几道横梁之间的六块板中，有一块不在原来的地方，而且上面的光泽也暗淡了。他弯下腰，发现有两枚很小的铁钉在支撑着这块门板，就像人们用铁钉卡住镜框后面那块板一样。只要把钉子一挪，那块门板就会掉下来。

阿希尔不由得发出一声惊叫。可是罗平却说：

“这又怎么样？难道这能对咱们有什么帮助吗？这块长方形的空间，长不过十五到十八厘米，宽不过四十厘米，你总不能说那个女人可以从这个小洞里钻进去吧！别说是她，就算是一个十岁的孩子，不管他有多么瘦小，也钻不进去!”

“钻是钻不进去，但她可以伸进胳膊，把门闩拉开。”

“拉开底下的门闩倒还可以，可是上面的不行，距离太大。你自己试试就知道了。”

阿希尔试了一下，也承认不行。

“那么，这到底是怎么回事呢?”他问。

罗平没有回答。他考虑了很长时间。

然后，他突然用命令的口气说:

“给我帽子……大衣……”

他头脑中闪过一个念头，匆忙走了出去。到了外面，他跳上了一辆出租汽车。

“到玛蒂翁大街，快!”

一到那座他丢了瓶塞的住所，他便急忙下车，打开暗门上了楼，跑进客厅，打开灯，蹲到连接客厅与卧室的那扇门前。

他猜对了:这扇门上也有一块门板是活动的。

这扇门上的洞也跟沙多布里昂街的那个一样，只够伸进一只胳膊和一个肩膀，也够不着上面那个门闩。

“他妈的!”罗平气得骂起来，他再也压抑不住两个多小时以来在他胸中升腾的怒火了，“狗娘养的!我绝不会饶过他们!”

现在，噩运总是缠着他，逼得他乱闯，不能靠自己的顽强意志去争得成功，也没能靠事物本身固有的有利因素去取得胜利。吉尔贝把水晶瓶塞交给了他，并给他写了信，但这两件东西都立即消失了。

这些事看来并不像他原来所想象的那样，是互不相关的。很显然，这是有人在同他作对，而且是出于某种既定目的，以一种惊人的聪敏、超人的智慧，在他最隐蔽的住处打击他，用种种严酷的、让他料想不到的手段打乱他的计划。而他连自己究竟应当对付什么人都不知道，因而无法防备。在他的一生中，还从未遇到过这样的困难呢。

他心里慢慢产生了一种对未来越来越深的忧虑。一个日期突然闪现在他眼前，一个他自己不自觉地为法院定下的，让他们对自己进行报复的日期。这一天，也就是四月的某一天的清晨，两个曾同他并肩战斗的伙伴将要踏上断头台，受到最可怕的惩罚。

第三章 德伯莱克的私生活

警察搜查他家后的第二天，德伯莱克议员吃过午饭回来时，被看门的女人克蕾蒙丝叫住了。她终于为他找到了一个十分可靠的女厨子。

几分钟之后，这个女厨子就来了。她出示的证件都毫无问题，在证件上签字的，都是他随时可以打电话去了解情况的人。女厨子年纪虽然不轻，但手脚还很利落。她同意自己一个人承担全部家务，无需雇别的仆人帮忙。这是德伯莱克提出的条件，他希望被人监视的可能性越小越好。

到这里来之前，她是在国会议员索勒瓦公爵家干活。德伯莱克马上给这位同僚打电话了解情况。索勒瓦公爵的管家给他的回答全是关于她的好话，于是她被雇用了。

刚把行李搬来，她就开始干活了。她打扫了一整天，还准备了晚饭。

德伯莱克吃过晚饭便出门了。

当晚约十一点钟的时候，看门的女人已睡下。女厨子轻轻地打开花园的栅栏门，一个男人从那里走了进来。

“是你吗?”她问。

“是的，是我，罗平。”

她把他领到四层楼上自己住的那间朝花园的房间里，然后开始抱怨起来：

“你又要搞什么鬼名堂？总是搞这种鬼把戏！你就不能让我有片刻的安宁，非要让我来这里，干这么多活儿!”

“有什么法子呢，我的好维克多娃！每当我需要一个举止令人尊敬、品德无可指责的人时，总是想到你。你应当感到受宠若惊才对呢。”

“你还觉得挺得意呢!”她咕哝着说，“你又把我投进虎口，却反倒为此开心!”

“可你到底要冒什么风险呢?”

“冒什么风险?我所有的证件都是假的!”

“证件本来就都是假的嘛!”

“如果德伯莱克发现了怎么办?他要是去调查呢?”

“他已经调查过了。”

“啊!你说什么?”

“他已经给那位你荣幸地服务过的索勒瓦公爵的管家打过电话了。”

“你看,这下我不就完了吗?”

“管家可是对你赞不绝口哪!”

“他并不认识我啊!”

“可我认识他,是我把他安置在索勒瓦公爵家的。现在,你该明白了吧……”

维克多娃显得稍微放心一点儿了。

“好吧!但愿一切都按上帝的旨意行事……或者说,按你的旨意吧。那么,我在这里应当做些什么呢?”

“先给我安排个地方住下。过去,你用你的乳汁哺育了我;今天,你也完全可以把你的房间分给我一半。我可以睡在椅子上。”

“然后呢?”

“然后?然后给我饭吃啊!”

“再然后呢?”

“再然后?和我配合,在我的指挥下进行一系列搜查,目的是……”

“目的?”

“是要找到我跟你说过的那件宝贝。”

“什么宝贝?”

“一个水晶瓶塞。”

“水晶瓶塞?耶稣,玛丽亚!这叫什么啊!要是找不到这个瓶塞呢?”

罗平轻轻地握住她的胳膊,神情严肃地说:

“要是找不到这个瓶塞,那么吉尔贝,那个你认识并且非常喜欢的小吉尔贝,还有沃什莱,就很可能上断头台。”

“沃什莱,他死不死对我无所谓……一个无赖!可是,吉尔贝……”

“你今晚看报了吗?事情越来越糟了。沃什莱控告吉尔贝刺杀了仆人。这很自然,沃什莱所用的那把匕首恰好是属于吉尔贝的,这一点今天早晨就被证实了。吉尔贝虽然很聪明,但没有胆量,所以他被吓得张口结舌,甚至胡说八道,乱编一气了。这样做,他是要毁掉自己的。情况就是这样。你愿意帮助我吗?”

……

半夜，议员回来了。

从那天起，罗平一连好几天都按照德伯莱克的生活规律安排自己的活动。德伯莱克一离开公馆，罗平便开始搜寻。

他有条不紊地干着，把每个房间都分成几部分，然后一部分一部分地仔细搜查，每个角落都要翻过，每一处能藏东西的地方都要查看。

维克多娃也在寻找。可以说任何地方都不会被他们忽略：桌脚、椅棱、刀片盒、电线槽板、镜框、画框、挂钟、塑像底座、窗帘的卷边、电话和其他电器，等等，一切可以被用来藏东西的地方都被仔细地搜查了一遍。

他们还严密地监视着议员的每一个行动，甚至每一个下意识的动作，诸如他的目光、他读的书籍以及他写的信都在他们的监视范围内。

这些事做起来很容易，因为议员好像没有什么秘密。他的房门从来不关；他从不会客；他的生活就像机械一样有规律：下午去议会，晚上去俱乐部。

“不管怎么说，他身上总有那么一点儿不光明磊落的东西。”罗平说。

“我跟你说吧，这纯粹是浪费时间。”维克多娃嘟囔着，“咱们早晚要给人抓住的。”

警察局暗探的出现，以及他们在窗前来来回回的走动把维克多娃给吓坏了。她简直无法相信这些人到这里来不是来抓她维克多娃，而是为了别的目的。每次出去买东西，她都奇怪为什么这些人不来抓她。

有一天她买菜回来时，神色非常慌张，盛食品的篮子在她的胳膊上抖动着。

“喂，你怎么了，我的好维克多娃？”罗平问道，“你的脸都吓白了！”

“吓白了……是吗……有情况……”

她不得不坐下来，费了好大的劲才结结巴巴地说：

“有一个人……有一个人刚才凑到我身边来……在卖水果的女人那边……”

“怎么，他是要绑架你吗？”

“不是……他交给我一封信……”

“看你，还不高兴呢！这一定是封情书！”

“不是……‘把它交给你的主人’他这样说。‘我的主人？’我问。‘对，就是住在你房间里的那位先生！’他说。”

“啊？”

这一回轮到罗平发抖了。

“快把信给我！”他说着，从她手里夺过了信。

信封上没有写收信人的地址和姓名。

不过，在这个信封里面还有一个信封，上面写着：

“烦请维克多娃交亚森·罗平先生”

"啊!"罗平咕哝着,"这一手可真厉害!"

他打开第二个信封,里面有一张纸,上面用粗笔写着:

"您所做的一切既徒劳又危险……请不要再坚持下去了……"

维克多娃呻吟了一声便晕过去了。罗平感到自己受了最粗暴的侮辱,脸一直红到耳根,就像一个决斗者藏在心底里的秘密被对手用讥讽的口气大声地给揭露出来了一样。

他一句话也没有说。维克多娃依旧在议员家干活,他自己则整日躲在她的房间里冥思苦想。

夜间,他睡不着觉。

他心里总是在想:

"这样苦苦思索又有什么用呢?我遇到的并不是一个能靠思索解决的难题。可以肯定,我不是唯一在搞这件事的人,在德伯莱克与警察局之间,除了我这个第三者之外,还有一个第四者在为自己的目的活动着。这个第四者不仅认识我,而且对我的意图了如指掌。可这个第四者到底是谁呢?我会不会弄错了呢?还有……唉!算了吧……睡吧!"

然而,他却睡不着。大半夜就这样过去了。

快到清晨四点钟时,他似乎听到这座房子里有声音。他赶紧起来,从楼梯上面看到德伯莱克正从一楼往下走,然后朝花园走去。

一分钟之后,议员打开花园的门,跟一个把头缩在大衣皮领子里的人一起走回来,并把那人领进自己的书房。

罗平早就料到会有这种情况发生,因此早已作好了准备。那间书房的窗子和罗平所住的房间的窗子都在房子后面,朝着花园。他在自己房间的阳台上拴了一条软梯,轻轻地展开,然后顺梯而下,一直下到书房窗子的上面。

书房窗子的护窗板全部紧闭着。不过,由于窗子是圆形的,所以上面有个半圆形的气窗还开着。

通过这个气窗,罗平立刻认出自己误以为是男人的来客,原来是个女子。她看上去很年轻,虽然黑发中已夹杂着灰发。她穿着并不讲究,身材颀长,那张脸很漂亮,眼睛里流露出精神上受过折磨的人才有的疲倦和忧郁。

"我好像在哪里见过她,"罗平暗想,"因为她脸上的线条、她的眼神、她的相貌,我都感到熟悉。"

她靠桌子站着,一动不动,听着德伯莱克讲话。德伯莱克也站着,嘴里在激烈地说着。他背对着罗平,不过罗平弯下身,看到对面恰好有一面镜子反射着议员的形象。罗平吃惊地看到他正在用一种奇怪的目光,一种充满野蛮和兽欲的目光盯着他的女客人。

她自己大概也被这种目光弄得很不舒服，因为她坐下来了，并且垂下了眼帘。德伯莱克向她俯下身去，似乎要用他那两条长着一双大手的长胳膊去拥抱她。罗平突然看到那女子的脸颊上淌着泪水。

也许正是这些泪水使德伯莱克失去了理智，他猛然粗暴地抱住那女人，用力把她向自己这边拉。她则用一种充满仇恨的动作奋力将他推开。经过一阵短促的撕扯，两个人都站起来了，面对面地站着，像死敌那样互相斥责。罗平注意到那男人的脸在抽搐，表情非常残酷。

过了一会儿，两个人都住口了。德伯莱克坐下来，脸上的表情凶恶狠毒，带着几分讥讽。他又开始说话了，并且用手一下一下地敲着桌子，好像在提什么条件。

她却一动不动，高傲地挺直身躯，心不在焉、若有所思地望着前面。罗平的目光始终没有离开过她，完全被她脸上那种既刚毅又痛苦的表情吸引住了。罗平竭力思索自己为什么会觉得她眼熟。突然，他发现她轻轻地转过头来，用一种不易察觉的动作往前移动着胳膊。

她的胳膊已经伸出很远了。罗平看到桌子尽头有一个长颈瓶，上面有一个金边瓶塞。她的手够到瓶子，摸着它，然后轻轻向上抬起手，抓住瓶塞。她的头很快地动了一下，看了一眼，然后瓶塞又被放回原处。无疑，这不是她要找的那件东西。

“真见鬼！”罗平暗自想道，“她也在找一个瓶塞！看来这件事一天比一天复杂了。”

他又注意起那个女子来，并且十分惊讶地发现她脸上的表情突然变得非常可怕、无情和凶狠。他看到她的手继续在桌上移动，并且用一个连续的、不易发觉的动作，把一堆书推开，然后又慢慢地、但非常准确地朝一把匕首挪去。匕首那锋利的刀刃在一堆纸中闪着白光。

她的手痉挛地抓住了刀柄。

德伯莱克继续说着什么。在他背后，一只手毫不颤抖地慢慢抬了起来。罗平看到那女子用一双失神而疯狂的眼睛死死地盯住德伯莱克的脖子——她已选好了插匕首的地方。

“您正在干一件蠢事，漂亮的夫人。”罗平心里这样想着。

他已经在考虑怎样脱身，并且带着维克多娃离开这座房子了。

这时，那只抬起来的手却犹豫起来。不过，这种脆弱是很短暂的，她又咬紧牙关，那张脸由于充满仇恨而抽搐得更厉害了。她终于做出了那个可怕的动作。

与此同时，德伯莱克弯下身子，从椅子上跳起来，转身一把抓住那女人正向他挥动的柔弱的手腕。

令人惊奇的是，他连一句谴责她的话都没说，似乎她要做的事一点儿都不令他奇怪，好像这是很平常、很自然、很简单的事。他只是耸耸肩，显出自己是个对这类危险习以为常的人，接着，便在房间里踱起步来。

她已经放下匕首，把头埋在手里哭泣着，全身都在颤抖。

他走回她身边，又开始敲着桌子说起话来。

她摇头表示不同意。由于他还坚持，这回轮到她猛烈地跺脚，用力喊着，声音非常响，连罗平都听到了：

“决不！决不！”

于是，他没有再说一句话，把她的皮大衣拿过来，披在她肩上。她则用一块花围巾把头包严。

他送她出去。

两分钟之后，花园的门又关上了。

“非常遗憾，我不能跟在这个奇怪的女人后面，向她了解德伯莱克的事。如果我能跟她联合起来，事情会好办得多。”

不管怎么说，有一件事需要马上弄清楚：德伯莱克虽然表面上生活很有规律，无可指责，但他会不会在夜间，当警察不再监视公馆时，偷偷地接待某些人呢？

他让维克多娃通知他手下的两个人白天到这里放哨，他自己要在夜间进行监视。

跟前一天的情况一样，他在早晨四点钟时又听到了声音；跟前一天一样，议员又领进一个人来。

罗平再次从软梯上下去，来到议员书房窗子的上方。他看到里面有一个男人跪在德伯莱克脚下，绝望地抱着他的双膝，悲伤地哭泣着。

德伯莱克好几次笑着把他推开，可那人却紧紧抱住他不放。突然，他像疯了一样站起来，可以说是出于一阵真正的疯狂，掐住议员的喉咙，把他压倒在一把椅子里。德伯莱克拼命挣扎，先是很无力，脖子上的青筋直蹦，但他用了一股猛劲，很快就占了上风，把对手降服了。

他用一只手抓住对方，用另一只手狠狠地抽了那人两记耳光。

那人慢慢站起来，脸色苍白，身体摇晃着。他一动不动地站了一会儿，似乎想让自己清醒过来。然后，他以一种惊人的冷静，从衣袋里掏出一支手枪，对准了德伯莱克。

但德伯莱克却丝毫不慌张，甚至挑衅地微笑着，好像是被人用一支儿童玩具手枪瞄准一样，无动于衷。

那人就这样伸着胳膊，对准自己的敌人站了足足十五到二十秒钟。然后，他先用一种显示他惊人的自制力的缓慢动作，接着又异常激动地把手枪放回衣袋里，而后从另一个口袋里掏出了钱包。

德伯莱克走上前去。

钱包被打开了，里面露出一沓钞票。

德伯莱克急忙夺过钱，数了起来。

是一叠一千法郎一张的钞票。

一共三十张。

那人看着德伯莱克数钱。他没有再做任何反抗的表示，也没说一句表示抗议的话。无疑，他已明白，说什么都无济于事；德伯莱克的心是不会被人软化的，何必再去浪费时间乞求他，或用侮辱的话，用毫无用处的恫吓去报复呢？难道这样做就能伤害这个不可战胜的敌人吗？再说，即使德伯莱克死了，自己也不能从他手中解放出来。

于是，他拿起帽子走了。

上午十一点时，维克多娃买菜回来，交给罗平一封他手下人写给他的短信，信上写道：

> "昨夜到德伯莱克家来的人是朗日鲁议员，左派独立党的主席。此人财产很少，家中人口众多。"

"好啊，"罗平看后心里想，"德伯莱克原来是一个讹诈大师。不过，他所用的手段还真灵！"

后来事情的发展更证实了罗平的判断是正确的。三天后，他又看到另一个来访者交给德伯莱克一大笔钱。第二天又来了一个人，留下了一条珍珠项链。

前一个叫德绍蒙，是参议员，前部长；后一个是达尔布弗克斯侯爵，波拿巴派议员，原拿破仑亲王政治局的头目。

这两个人的来访也跟朗日鲁议员的情况相似，都是以暴力和悲痛开始，以德伯莱克的胜利告终。

"看来情况都差不多。"罗平掌握了上述情况之后，这样想，"我已经目睹了四次这类来访，但即使再看十次、二十次，甚至三十次……也不会了解到更多的情况。我只要让在这里值班的朋友们去调查一下来访人的姓名就可以了。我需要去访问他们吗？但访问又有什么用呢？他们没有任何理由向我倾诉衷肠。再说，我也没有必要留在这里进行那些毫无收获的搜查了，维克多娃自己不是完全可以胜任吗？"

他处在进退维谷的境地，有关审讯吉尔贝和沃什莱的消息越来越不妙。时间一天一天地过去了，他无时无刻不在自问——而且是怀着何等的忧虑在自问啊——即使在这里取得了进展，费了很多心血，会不会只捞到一点儿微不足道，甚至与自己所要达到的目的毫不相干的收获呢？就算自己最后能识破德伯莱克的阴谋，这对拯救吉尔贝和沃什莱又有什么用呢？

这天发生了一件事，使他最后下了决心。午饭后，维克多娃断断续续地听到了德伯莱克打电话的内容。

从维克多娃听到的消息中，罗平得知议员当晚八点要跟一位夫人约会，并要带她去看戏。

“我跟六个星期前那次一样，订了一个包厢。”德伯莱克说。

他又补充了一句：

“我希望在这段时间里，不会有人再来偷我的东西。”

对于罗平来说，事情已经很清楚，这就是德伯莱克今晚的活动跟六个星期前他们在昂吉安别墅行窃那天晚上的情形相同。因此，了解一下他约会的人是谁，并且弄清楚上次吉尔贝和沃什莱是怎样得知德伯莱克议员的约会时间是从晚上八点直到凌晨一点钟的，是极为重要的。

下午，罗平从维克多娃那里得知，德伯莱克将比平时早些回来吃晚饭。于是，罗平在维克多娃的协助下离开了公馆。

他回到自己坐落在沙多布里昂街上的住所，打电话叫来三位朋友。然后，他穿上一件燕尾服，接着，用他的话说，把自己化装成一个俄国王子的模样，戴上金黄色的假发和剪得很短的颊髯。

他的朋友们开着汽车来了。

正在这时，仆人阿希尔送来一份电报，收件人是“沙多布里昂街，米歇尔·伯蒙先生”。电报内容如下：

“今晚请勿来剧院。您的介入会误大事。”

罗平身边的壁炉台上放着两个花瓶。他气恼地抓起花瓶，把它们摔得粉碎。

“毫无疑问，毫无疑问，”他咬着牙说，“有人在用我所惯用的一套办法对付我。同样的手段，同样的花招。只是有一点不同……”

可是，究竟有哪一点不同，连他自己也说不清楚。他只知道，自己已完全被人搞得手足无措了。他之所以还要坚持下去，只是出于固执，或者说是出于不得已。所以，他行动起来丝毫没有自己平时惯有的那股热情和干劲。

“走吧!”他对手下的人说。

遵照他的命令，司机在离拉马丁公园不远的地方停车，但并没有熄火。罗平估计德伯莱克为了摆脱那些监视他公馆的暗探，很可能叫一辆出租汽车。他不想被他甩得太远。

但他低估了德伯莱克的机敏。

七点半钟，德伯莱克公馆花园的两扇门打开了，从里面闪出一道强烈的车灯的光。一辆摩托车飞快地驶出人行道，沿着街心公园开过来，在罗平的车前拐了个弯儿，向布洛涅森林疾驶而去。其速度之快，要想再追赶已根本不可能了。

“祝你一路顺风，迪莫莱①先生。”罗平说道。他开了个玩笑，可是却憋了一肚子火。

他看了看自己的同伙，期望在谁的脸上能看到一丝讽刺的微笑，他多么想向这个人发泄一通啊！

“咱们回去吧。”过了一会儿，他终于宣布。

他请这几位朋友吃晚饭，自己抽了一支烟。然后，他们便乘汽车出发了。他们到巴黎所有的剧院都转了一圈儿，先从上演轻歌剧和喜歌剧的剧院开始，他估计德伯莱克和他约见的那位夫人一定喜欢这类戏。他在每个剧场都买了一张正厅前座的票，观察一下各个包厢，然后离开。

接着，他又到那些演正剧的剧院，如复兴剧院、捷姆纳兹剧院去看了一下。

最后，到了晚上十点钟，他终于在沃德维尔剧院里发现了一个几乎完全被前面两扇屏风遮住了的包厢。他花了点儿钱，从女引座员那里得知那个包厢里坐着一位年纪不太轻、身材矮胖的先生和一位用厚厚的花边围巾包住头和脸的夫人。

那包厢的隔壁是空的，罗平便把它包了下来，然后去找他的朋友们，向他们做了必要的指示，最后才在那对男女的隔壁包厢里坐下来。

幕间休息时，在灯光的映照下，他能看到德伯莱克的侧身。那女人坐在包厢里面，罗平看不见。

他们两个人在低声交谈。到幕布重新被拉开时，他们依然在谈话，但声音很低，罗平一句也听不清。

十分钟过去了，有人敲那个包厢的门。敲门人是剧院的监察员。

“您是德伯莱克议员吧？”他问道。

“是我。”德伯莱克惊讶地回答，“您怎么会知道我的名字呢？”

“有人打电话来，让我到第二十二号包厢找您。”

“是谁来的电话？”

“阿尔布弗克斯侯爵。”

“嗯？什么？”

“我应当怎样回答他呢？”

“我马上就来……马上就来……”

德伯莱克急忙站起来，跟着监察员走了。

他刚一离开，罗平便从自己的包厢里钻了出来。他打开隔壁包厢的门，坐到了那位夫人身边。

她克制住，没有叫喊。

“不要出声！”他命令道，“我有话要跟您说，事情非常重要。”

---

① 迪莫莱是一戏剧中人物的名字。——译者注

“啊!”她从牙缝里迸出几个字来:“亚森·罗平!”

他完全惊呆了。有好一会儿,他张着嘴站在那里,一句话也说不出来。这个女人竟然认识自己!不仅认识,甚至能从他的假面具下把他辨认出来!尽管他已经习惯于对付那些最出人意料、最不寻常的事件,可今天的事还是使他目瞪口呆。

他连想都没有想要反驳,只喃喃地说:

“您知道?”

然后,没等那女人躲闪,他就猛然撩开了她的面纱。

“怎么!这是真的吗?”他轻轻地说着,越发感到惊讶。

原来,她就是前几天夜里他在德伯莱克家见到的那个女人,那个把匕首对准德伯莱克、怀着满腔仇恨用力向他刺去的女人!

现在轮到她感到惊慌失措了。

“怎么!您见过我吗?”

“是的,前几天夜里,在他的公馆里……我看见了您那个动作……”

她转身想要逃走。他把她拉住,急忙说:

“我必须知道您是谁……正是为此,我才让人给德伯莱克打电话的。”

她更加惊慌了:

“怎么!不是阿尔布弗克斯侯爵打来的电话?”

“不是,是我的一个伙伴打的。”

“这么说,德伯莱克马上就要回来喽?”

“对,不过我们有足够的时间……听我说……我们应当再见一次面……他是您的敌人,我要把您从他手里救出来。”

“为什么?您为了什么目的?”

“请不必怀疑……咱们的利益是一致的……我在什么地方能再见到您呢?明天,可以吗?什么时间?在什么地方?”

“那么……”

她看着他。很明显,她在犹豫,不知该怎么办才好。看样子她想开口,但心里又充满了狐疑。

“噢!我恳求您!快回答呀!只要说一句话就行了……快说呀!再过一会儿让他撞见我在这里就不好办了……我恳求您……”

于是,她一字一句地说:

“我叫什么名字……这无关紧要……我们先见一面,到时我会向您解释的……好吧,我们再见一次面吧。听着,明天,下午三点钟,在……”

正在这时,包厢的门响了,德伯莱克一拳把门打开,冲了进来。

“真他妈的该死!”罗平嘴里骂着,为自己没能得到预期的情报而恼火万分。

德伯莱克挖苦地说:

“果然如此！我料到这里有鬼……哈！这种电话的花招有点儿过时了，先生。我走到半路就回来了。”

他把罗平推到包厢前面，自己坐到那个女人身边，对罗平说道：

“喂，我的王子，你到底是哪一位呀？一定是警察局的人吧！我瞧你那样子就像干这一行的。”

他盯着罗平那张连眉头都不蹙一下的脸，竭力要辨认出他是谁。可是，他竟没有认出这就是那个被他称做波洛涅斯的人。

罗平的眼睛也始终在看着对方，但心里却在想对策。他本来就要成功了，所以现在决不肯就此罢休，决不能放弃同德伯莱克的这位死敌的联盟。

他一动不动地坐在包厢的角落里，看着他们俩。

罗平说道：

“咱们出去吧，先生，到外面谈话会更方便些。”

“就在这里谈吧，我的王子。”议员反驳道，“等一下幕间休息时，咱们就在这里谈，这样咱们谁都不会妨碍。”

“可是……”

“没有必要，我的伙计。你就在这里待着吧。”

他一把抓住罗平的衣领，很明显，在幕间休息之前，他是不打算把罗平放开了。

他这一手实在太不慎重了。罗平怎么能让自己受这样的委屈呢？尤其是在一个女人面前，一个他要与之结为联盟的女人，而且是一个——他第一次想到这一点——非常漂亮的女人。她那庄重的美很讨他的喜欢，所以，他男子汉的尊严一下子便膨胀起来了。

可是，他并没有说话，忍受着肩上那只大手的力量。他甚至低着头，似乎屈服了，显得无能为力，还有些胆战心惊的样子。

“哈！你这家伙！”议员讽刺道，“看样子你的气焰全没了。”

舞台上，一群演员在说话，声音很响。

德伯莱克的手放松了一些，罗平觉得时机已到。

突然，罗平侧手猛地向德伯莱克的胳膊弯处狠狠打去，就像一把斧子砍下去一样。

疼痛使德伯莱克松开了手。罗平趁机挣脱，向他冲过去，打算掐住他的喉咙。但是，德伯莱克很快进行自卫，向后退了一步。于是，两个人的四只手便握到了一起。

这四只手互相死命地抓着，两个人都把全身的力气倾注在上面。德伯莱克那双手大得出奇，罗平的手仿佛被铁钳夹住了一样。他觉得自己不是在跟一个人在搏斗，而是跟一头可怕的野兽，跟一只巨大的猩猩在搏斗。

他们背靠着门，弯着腰，就像两个拳击者一样互相窥视着，准备伺机进攻对方。他们手上的关节咯咯作响，只要谁稍一松劲，就立刻会被对方抓住脖子，活活掐死。这场激烈的搏斗是在一阵突如其来的寂静中进行的，舞台上的演员正在听其中一个人低声念台词。

那女人被吓得不知所措，靠在墙上，看着他们。她只要动一下手，不管她站在哪一边，胜败就会立刻成为定局。

可是，她到底应当站在哪一边呢？罗平在她眼里是个什么样的人呢？是朋友，还是敌人？

突然，她走到包厢前面，打开屏风，探出身子，好像打了个手势，然后转身往门口挪去。

罗平好像要帮她忙似的说：

“把那椅子挪开。”

他指的是一把倒在他和德伯莱克中间的沉重的椅子。他们两个人是隔着椅子搏斗的。

那女人弯下腰，把椅子拿走了。这正是罗平所期望的。

前面的障碍被清除了，罗平用靴子尖狠狠地朝德伯莱克的腿踢去。这一脚产生的效果也跟刚才那一拳一样，疼得德伯莱克突然一阵惊慌，分散了精力。罗平趁机把他打倒，并且用自己的十个指头紧紧地掐住德伯莱克的喉咙。

德伯莱克挣扎着，企图摆脱那两只使他窒息的大手。可是，他已经喘不上气来，并且越来越没有力气了。

“哈，你这只老猴子！”罗平把他推翻在地，嘴里咕噜着，“你为什么不喊救命呢？一定是怕出丑吧！”

德伯莱克倒在地上发出的响声，招来了另一个包厢的敲墙声。

“得了吧！”罗平小声说，“舞台上是演员在演戏，可这里是我的事。我非把这只大猩猩制服不可……”

这倒没用多少时间。议员先生已经被掐得透不过气来了，罗平又朝他的下巴打了一拳，终于把他打晕了。剩下的，就是要在警报发出之前，赶快带着那女人一起逃跑。

可是，等他转过身来时，发现那女人早已不知去向。

她一定不会走远。罗平从包厢里出来，不顾领座员和收票员的干涉，拼命追赶。

果然，当他来到一层的圆厅时，从开着的门向外望去，只见她正在穿过昂丹街旁的人行道。

他赶上来时，她正要上汽车。

车门在她身后关上了。

他抓住车门把手，打算把门拉开。

这时，从车里面冲出一个人来，朝他脸上猛击了一拳。比起他刚才打在德伯莱克脸上的那一拳，这一拳的准确性差一点儿，但同样凶狠有力。

他虽被这一拳打得头晕目眩，但还是在恍惚中认出了打他的人，以及那个化装成司机的开车人。

他们是格罗戈纳尔和勒巴鲁，即昂吉安行动那天晚上管船的两个人，是吉尔贝和沃什莱的朋友，也就是说，是他自己——罗平的两个同伙。

他回到沙多布里昂街的住所，洗净脸上的血污，在椅子上足足坐了一个小时，像是受到了异常沉重的打击。这是他一生中第一次品尝被人出卖的痛苦。他自己的战友竟来反对他！

他想分分心，便机械地拿起晚上送来的信和报纸。他打开一张报纸，在最新消息栏中，读到了下面这段话：

> “关于玛丽—特莱丝别墅事件：杀害仆人列奥纳尔的可疑凶手之一沃什莱的身份已被查明，他是一个凶狠的强盗、惯犯，曾两次改名换姓，曾因凶杀罪而被缺席判处死刑。毫无疑问，警方也同样会查明他的同伙吉尔贝的真名实姓。无论如何，预审法官决心尽快将此案送交审判委员会进行判决。人们不会再谴责法院的工作进行得缓慢了。”

在一堆报纸和广告之间，夹着一封信。

罗平一看到这封信，便激动得跳了起来。

信封上写着“德·伯蒙（米歇尔）先生收”。

“啊！”他低声说，“是吉尔贝的信！”

信中只有这样几个字：

> “老板，快救救我！我怕……我怕啊……”

这一夜对罗平来说，又是一个不眠之夜，一个充满噩梦之夜，许多可憎又可怕的幻觉整整折磨了他一个通宵。

第四章　众敌之首

“可怜的孩子！”罗平第二天又看了一遍吉尔贝的信，心里这样想着，“他心里不知有多么痛苦呢！”

罗平从第一次看见吉尔贝起，就对这个高个子青年产生了好感。他无忧无虑，生活得很愉快。吉尔贝对罗平非常忠诚，只要他做一个手势，吉尔贝就会为之赴汤蹈火，就是牺牲自己也在所不惜。罗平也非常喜欢吉尔贝的直爽、乐观和天真，以及他那张幸福的笑脸。

“吉尔贝，”罗平经常这样对他说，“你是一个正直的人。你看，我要是你，就一定甩掉这一行，毫不犹豫地去当一个好人。”

“我跟在您的后面，您先走一步吧，老板。”吉尔贝总是笑着这样回答。

“难道你不愿意这样做吗？”

“不是不愿意，老板。一个正直的人要工作，要苦干才行，而我呢，年幼时我曾经是那样一种人，但后来别人使我失去了那种品德。”

“别人是谁？”

吉尔贝不再说话了。每当有人问起他的童年生活时，他总是闭口不谈。罗平已知道他很小就开始流浪，东过一天，西过一天，今天叫这个名字，明天又叫那个名字，靠干各种奇怪的“职业”谋生。他身上有一种神秘的东西，谁都识不破，而且，看来法院也识不破这个秘密。

但是，法院似乎不会因此而拖延判决。不管他叫吉尔贝还是一个其他什么名字，他们都会很快把沃什莱的这个同伙提交刑事法庭进行审判，并对他进行极为严厉的判决的。

“可怜的孩子！”罗平反复想着，“他受到这样的待遇，都是为了我。他们担心会发生越狱事件，所以急于了结此案，仓促判决……然后把他处死……

一个二十岁的孩子！而且，他并没有杀人，他跟这次凶杀事件毫无关系……”

可惜的是，罗平很清楚这种事是无法得到证实的，所以他应当朝其他方向去努力。可到底通过什么途径呢？他是否应当放弃水晶瓶塞这条线索呢？

他下不了这个决心。他所做的唯一一次与此无关的事，是到昂吉安去了一趟。格罗戈纳尔和勒巴鲁原来住在那里。经过调查，他发现他俩在玛丽—特莱丝别墅凶杀事件发生之后就失踪了。除此之外，他一直是对付，也只想对付德伯莱克一个人。

他甚至不愿费心思去猜测其他那些难解之谜，不愿去想格罗戈纳尔和勒巴鲁对自己的背叛，不愿去想他们两个人与那位灰发女子的关系，也不愿去想自己受人监视的事。

“你要平心静气，罗平！”他对自己说，“一个人头脑发热时会丧失理智。你要先静下来。首先，绝对不要急于进行推理分析，因为在没有找到正确的出发点之前，就急于从一件事推断出另一件事，这是最愚蠢不过的。这样做的结果，会使自己陷进泥塘而不能自拔。还是先相信自己的直觉吧，让本能和直觉做向导。既然你没靠推理，也没靠任何逻辑分析就本能地认定这件事是围绕着那个该死的瓶塞在发展，那么你就大胆地继续朝这个方向努力吧！以德伯莱克和他的水晶瓶塞为目标，前进吧！”

罗平并没有等到把这一切都分析得一清二楚才采取相应的行动，他在想到这些事的同时，也就是在沃德维尔剧院事件发生后的第三天，就开始行动了。他把自己打扮成一个退休老头，裹着围巾，穿着旧大衣，坐在维克多·雨果大街旁的一条长凳上，离开拉马丁街心公园有一大段距离。根据他的指示，维克多娃每天早晨都要在同一时间从这条长凳前经过。

“没错儿，”罗平心里想着，“就是这个水晶瓶塞，谜底就在它身上……等我把它搞到手……”

维克多娃来了，胳膊上挎着篮子。他立刻注意到她神情激动，脸色苍白。

“出了什么事？”罗平走在他的老乳母身边问道。

她走进一家拥挤的大食品店，转过身来对他说：

“喏，这就是你要找的那个东西。”她激动得声音都发颤了。

她从篮子里拿出一件东西，递给罗平。罗平简直不敢相信自己的眼睛：他手里拿着的是一只水晶瓶塞！

“这是真的吗？这是真的吗？”他喃喃地说着，似乎这个难题如此顺利地得到解答反倒使他手足无措了。

可是，瓶塞就在这里，看得见，摸得着。从它的形状、大小，以及那色泽暗淡的金色多面体，罗平认出这就是他曾经拿过的水晶瓶塞。上面还有一道不易被人察觉的擦痕，他因此断定没有搞错。

易言之，如果说这个瓶塞跟上次那个完全相同，那么肯定是因为他很难找到一个与之不同的瓶塞。这不过是一只普通的水晶瓶塞，如此而已，没有任何真正的特点能使它跟别的瓶塞区别开来，上面没有任何符号和数字。而且，这个瓶塞是用一整块水晶玻璃做的，里面没有一点儿奇特的东西。

“这到底是怎么回事？”

罗平突然清醒地意识到了自己所犯的错误。既然自己不了解这个瓶塞的价值，那么把它拿来又有什么用呢？这块玻璃的价值不在于它本身，而在于它所包含的意义。在把它拿到手之前，应当首先弄清它的意义。谁能告诉他把这个瓶塞从德伯莱克手中偷来是不是干了一件蠢事呢？

这个问题一时不可能得到解决，不过却被尖锐地提出来了。

“决不能干蠢事！”他心里想着，把瓶塞装进衣袋里，“在这件该死的事情上，干任何蠢事都是无可挽回的。”

他的眼睛始终没有离开维克多娃。她在一个店员的陪同下在顾客中间穿行，从一个柜台走到另一个柜台。然后，她在交款处停了好一会儿，最后又从罗平身边走过。

他低声命令道：

“到让松中学后面等我。”

她在一条行人稀少的街上找到了他。

“要是有人跟踪我怎么办？”她说。

“没有，”他肯定地回答，“我仔细看过。告诉我，你是在什么地方找到这个瓶塞的？”

“在他床头柜的抽屉里。”

“可我们在那里找过的啊！”

“对，而且我昨天早晨还在那里找过。他一定是昨天夜间才放进去的。”

“那么他也一定还要再从那里把它拿走的。”罗平说。

“这很可能。”

“他要是找不到，会怎么样呢？”

维克多娃被吓坏了。

“回答我，”罗平说，“他要是找不到，会不会赖你偷了呢？”

“那肯定……”

“那么，你赶快把它放回去吧，快！”

“上帝啊！上帝啊！”她呻吟着，“但愿他还没有发现。快把那个东西给我吧。”

“给你，就在这里。”罗平说。

他在大衣口袋里翻着。

“怎么了？”维克多娃伸着手，问道。

过了好一会儿，罗平才回答道：“瓶塞没有了。”

“什么？”

“真的，没有了……被人拿走了。”

他笑了起来，而且这一次不是苦笑。

“看你，还有心笑呢……出了这种事……”

“那你说该怎么办？你应当承认这件事实在滑稽。咱们演的不再是悲剧了……而是一出神话剧，就像《魔鬼的药丸》或《羊脚》一样。等什么时候我能有几个星期的空闲时间，一定把它写出来……就叫它《神奇的瓶塞》或《可怜的亚森的不幸遭遇》吧。”

“到底是谁拿走的呢?”

“你说什么呀……它是自己飞走的……它在我的口袋里一下子不见了……变！它就这样没了。”

然后，他轻轻地推着老女仆，语气较严肃地说：

“回去吧，维克多娃，不要再为它担心了。事情很明显，刚才一定是有人看见你把瓶塞交给我了。这个人趁着商店里拥挤，就把它从我衣袋里拿走了。这一切都说明咱们在别人的严密监视之下，情况比我想象的还要严重，而且，这个监视我们的人非常厉害。不过，我再说一遍，你放心吧，正直的人最终总会胜利的。你还有别的话要对我说吗?”

“有。昨天晚上德伯莱克出去之后，又有人来过，我看到花园的树丛里有灯光。”

“看门的女人呢?”

“她没有睡。”

“那么说，这些人肯定是警察局的。他们又来寻找了。回头见，维克多娃……等一会儿你放我进去……”

“怎么，你又想……”

“我有什么可怕的呢？你的房间在四层，德伯莱克什么也不会发现。”

“可是还有那些人呢!”

“那些人吗？如果他们想加害于我，他们早就这样做了。我不过是妨碍了他们而已，他们并不怕我。回头见，维克多娃，五点整。”

那天又发生了一件意想不到的事。晚上老女仆告诉他，她出于好奇，又打开床头柜的抽屉看了看，结果发现瓶塞又回到了抽屉里。

罗平已不再为这些奇迹所动，他只说：

“这就是说有人又把它送回去了。这个把瓶塞送回原处的人，这个用我们所不知道的方法出入公馆的人，也跟我们一样，认为不应当把瓶塞拿走。而德伯莱克呢，他明知自己的房间被人监视，却仍然把瓶塞留在抽屉里，好像根本不把它当成一回事，别人喜欢怎么想就怎么想吧……”

罗平虽然没有非要把事情弄个水落石出的愿望，但他无法不考虑、不研究它。因此，最终他还是从这件事悟出了一点儿模模糊糊的头绪，仿佛一个人走到地道口，看到了外面的亮光一样。

“看来，在这件事情上，‘那些人’同我的会面是不可避免的。到那时，我就可以控制局势了。”

五天过去了，罗平一点儿线索也没有发现。到了第六天，德伯莱克又在清晨接待了一位先生，一位叫莱巴克的议员。这位议员也和他的前几位同僚一样，先绝望地跪在德伯莱克脚下，最后还是给了他两万法郎。

又过去了两天。这天夜里两点左右，罗平守在三楼的楼梯平台上，听到下面传来开门声。他辨别得出，这是前厅通往花园的那道门。黑暗中，他看到，更确切地说是猜到有两个人上了楼梯，停在二层德伯莱克的房门口。

他们待在那里干什么呢？德伯莱克每天晚上都把房门闩紧，所以他们是肯定进不去的。那么，他们到底想干什么呢？

但他们分明是在那里干着什么，因为罗平听到传来轻轻的磨擦声，接着又传来一阵低低的耳语：

“行了吗？”

“行了，完全可以了。不过，最好是明天再来，因为……”

罗平没有听见最后一句话，那两个人已经开始摸索着下楼了。前厅的门被轻轻地关上了，接着是花园的门。

“这真有点儿怪呀！”罗平心里想着，“在这座房子里，一方面德伯莱克秘密地干着许多见不得人的勾当，并且严密地防范别人对他搞间谍活动；可是，另一方面，人们却又络绎不绝地进到这里，就像进入一家磨房一样随便。维克多娃把我给放进来，看门女人把警察局的人放进来……这些都是可以理解的，可是，这些人呢？是谁背着德伯莱克把他们放进来的呢？难道他们是自己单独行动吗？那他们的胆量可真不小！而且，他们对这座房子又是那样熟悉！”

那天下午，趁德伯莱克外出，罗平观察了一下二楼的房门。他一眼就发现门下方的一块门板已被巧妙地锯开，只靠几颗不易察觉的钉子固定着。这就是说，昨天来这里干这件事的人正是那些在他的马蒂翁大街住所和沙多布里昂大街住所进行过同样活动的人。

他也注意到，跟他家里的情况一样，这项工作是早就开始了的。门上的洞口事先已准备好，只待时机一到或有紧急情况，随时都可以使用。

这一天对罗平来说很短暂。他马上就要知道谜底了。他不仅将知道这些对手如何使用这个表面上看起来无法使用的小洞口，因为从这个洞口够不着门上方的插销；他还将知道这些无比机智、能干，自己又无法回避的对手究竟是些什么人。

晚上发生了一件意外的事，使他很失望。德伯莱克吃晚饭时，说自己觉得很累。到了十点钟，他便回来了，而且一反常态，把前厅通往花园的门上了闩。这样一来，“那些人”还能按预期的目的实现他们的计划，并进入德伯莱克的房间吗？

德伯莱克房间的灯光熄灭之后，罗平又耐心地等了一个小时。然后，为防万一，他又把那副软梯放好，这才来到三楼楼梯平台上的瞭望哨前。

这一回他没等多久，“那些人”比前一天提前一小时到了。他们打算推开前厅的门，但没有成功。有那么几分钟，一点儿动静都没有，罗平以为他们已经放弃了这次行动。突然，他被吓了一跳，因为他一点儿声音都没听见，却发现已经有人走了进来。那人的脚步声完全被地毯吞没了，要不是罗平的手放在楼梯扶手上，因而感到了扶手在颤抖的话，他根本不会知道有人进来了。那个人上楼来了。

他越往上走，罗平就越紧张，因为他依然一点儿都听不到那人的声音，只是凭着扶手的颤动来判断，并借此来数那人已上了几级楼梯。除此之外，再无任何迹象表明他的存在，但这反而能促使人在黑暗中努力去辨别那些看不见的动作，倾听那些听不清的声音。按理说，在这个时候，至少也应当在黑暗中出现一个比夜幕更黑一些的影子，或某种使这死一般的寂静有所改变的声音吧！但实际上什么都没有，简直让人觉得根本就没有人在上楼梯。

此时，罗平也开始失去理智，不由自主地认为确实没有人上楼，因为这时连楼梯扶手也不动了。罗平不禁觉得自己刚才的想法不过是一种幻觉。

这样过了很长时间，罗平开始犹豫起来。他不知道自己该怎么办，该怎样思考。正在这时，又出现了一件令他十分诧异的小事：挂钟敲了两点。凭着钟的声音，他辨别得出是德伯莱克房间里的挂钟，但钟声那么清脆响亮，不像是隔着一道门传出来的。

罗平急忙下楼，走近那个房门。门关着，但门板下方靠左边有一个洞口——那块门板被摘掉了。

他倾听着里面的动静。德伯莱克在床上翻身，但很快又传来他那粗粗的呼吸声。罗平清楚地听见有人在翻动德伯莱克的衣服。毫无疑问，那人正在里面搜寻，在翻查德伯莱克放在床边的衣服。

“这一回事情就清楚了，”罗平心想，“可是，活见鬼了，这人到底是怎么进去的呢？他是不是扯掉门闩，把门打开进去的呢？但他为什么又粗心地把门关上了呢？”

他无论如何也没有想到，这件真相即将大白的怪事实际上是出人意料地简单。对罗平来说，这也是一种反常现象，大概是由于这件事使他感到困惑造成的吧。罗平继续下楼梯，然后蹲在最后一级台阶上，这个位置恰好在德伯莱克的房门与前厅的前面，是德伯莱克那个敌人过一会儿去找自己的同伙时的必经之路。

罗平焦急地在黑暗中窥探着：他马上就要识破这个既是德伯莱克的敌人，又是自己对手的人了！他即将挫败这个人的计划！当德伯莱克还在熟睡，当这个人的同伙们正躲在前厅门口或花园门外，眼巴巴地盼着自己的首领凯旋时，罗平将要把他从德伯莱克那里偷来的战利品据为己有！

那人开始下楼了。这一次罗平仍是凭着楼梯扶手的颤动才知道的。他绷紧了每根神经，发挥了每个感官的作用，竭力想辨别出这个向他走来的神秘人物。突然，罗平看出了这个离自己只有几米远的人。罗平在暗处，不会被他发现。罗平看到（其实只是模模糊糊地感觉到）那人在小心翼翼地一级一级地往下走，手紧紧地抓着楼梯栏杆。

“我的对手到底是一个什么样的人呢?”罗平想着，心怦怦直跳。

事情竟以意想不到的速度收场了：罗平不小心动了一下，被那人发现了，他立刻停住了脚步。罗平怕那人往后退或往前跑，便向他冲了过去。可是令他奇怪的是，他竟扑了个空，没有抓住刚才看见的那个黑影，却碰在楼梯扶手上。他立即向下冲，穿过前厅，在那人跑到花园门口时，追上并抓住了他。

那人发出一声惊恐的叫喊。与此同时，门外传来他同伙的呼应声。

“啊！真见鬼，这到底是怎么回事?”罗平自言自语地说，他那双有力的臂膀所抱住的，原来是一个浑身颤抖、低声呻吟的小东西！

罗平蓦地恍然大悟。他六神无主，一动不动地站在那里，不知该怎样处置这个俘虏。但那些人仍然在门外骚动、叫喊着。罗平担心德伯莱克会被吵醒，干脆把那个小东西塞进胸前的衣服里，用手帕堵住他的嘴，以防他叫喊，然后急忙上了四楼。

“喏，”罗平对被惊醒的维克多娃说，“我把我们的对手中那位不可战胜的首领、他们中的大力士给你带来了。你有奶瓶吗?”

他把一个六七岁的孩子放到一把扶手椅里。这孩子很瘦小，穿一件紧身毛衣，头戴一顶毛线无边软帽，那张可爱的小脸异常苍白，两只惊恐的眼睛浸满了泪水。

“你是从哪里把他捡来的?”维克多娃惊讶地问。

“从楼梯下面，他正从德伯莱克的房间里出来。”罗平回答道，两手在孩子的衣服里搜寻着，希望这孩子能从那个房间里带出点儿什么战利品。

维克多娃心软了。

“一个可怜的天使！你瞧他……他尽量忍着不喊叫……耶稣、玛丽亚！他的一双小手像冰一样凉啊！别怕，我的小儿子，我们不会伤害你的……这位先生不是坏人。”

“不是坏人，”罗平说，“我不是为了两分钱去干坏事的那种人。不过，这座房子里可是有位先生很坏，要是前厅门口再这样吵闹下去，他就要醒了。你听见他们叫喊了吗，维克多娃?”

“他们是什么人啊?”

“是这位小大力士的仆从，这位不可战胜的首领的士兵。”

“那怎么办呢?”维克多娃嘟囔着，她已经被吓坏了。

“怎么办？我可不愿意被当场抓住，所以我要撤退了。你跟我走吗，大力士?”

他用毛毯把那孩子裹起来，只露一个头，把嘴小心地堵上，然后让维克多娃帮忙把孩子捆在自己背上。

“你瞧，大力士，咱们在玩游戏呢。你没见过有谁在凌晨三点钟玩飞檐走壁吧。好了，咱们飞吧。你头晕吗?”

他跨过窗台，把脚蹬在软梯上，不消一分钟，就下到花园里了。

他一直注意倾听着，现在他比刚才更清楚地听见前厅外的敲门声了。德伯莱克竟然没被这么大的喧闹声吵醒，罗平感到非常奇怪。

“要不是我把事情安排得有条有理，他们非把一切都弄糟不可。”罗平心里这样想着。

他在公馆楼房的拐角处停了下来。他在暗处，别人看不见他。他估量着自己与那道栅栏门之间的距离。门是开着的。他的右边是通向前厅的台阶，台阶上有好几个人在拼命地敲门。他的左边是门房。

看门的女人已经离开门房，正站在台阶旁，哀求那些人不要吵闹。

“你们快住口！快住口啊！他就要出来了!”

“啊！好呀!”罗平心里想，“原来这个女人也是他们的同伙。好家伙，她真是身兼数职啊!”

罗平跑到她身边，抓住她的领子说：

“快去告诉他们，孩子在我手里……让他们到沙多布里昂大街我的住所去找他。”

在离公馆不远的街上，有一辆出租汽车，罗平估计是那伙人事先叫来的。于是，他便装作他们的同伙上了车，让司机把车开到自己家里。

“喂，”他问那孩子，“你不太厉害吧？你愿意躺在一位先生的床上睡一觉吗?”

他的仆人阿希尔正在睡觉。于是，他便把孩子放到自己的床上，亲切地抚摸着他。

孩子显得有些麻木，那张可爱的小脸表情僵硬。看得出来，他既恐惧，又尽量想克制这种恐惧；既想叫喊，又竭力不让自己叫出声来。

“哭吧，我的小宝贝，”罗平对他说道，“哭出来会使你觉得轻松一些的。”

孩子并没有哭。他看到这位先生和气、善良，精神立刻放松了。罗平仔细地观察着这孩子，并从他那慢慢平静下来的眼神和不再紧张得抽动的嘴角上，发现了某种自己所熟悉的东西，某种与另一个人不容置疑的相似之处。

这更加证实了某些疑点，并使这些疑点在他的头脑中前后衔接起来。

事实果然证明了他没有错，形势正在发生奇特的变化，他马上就可以驾驭局势了。到那个时候……

突然，门铃响了一下，接着又响了两下。

“喏，”罗平对孩子说，“你妈妈来找你了。你躺在这儿不要动。”

他朝门口跑去，开了门。

一个女人像疯了一样冲了进来。

“我的儿子！”她喊着，“我的儿子在哪儿?”

“在我的卧室里。”罗平回答。

她没有再往下问，便径直朝罗平的卧室跑去，这说明她对这里很熟悉。

“她就是那位灰发妇人，”罗平对自己说，“是德伯莱克的朋友和敌人。跟我估计的完全一致。”

他走近窗口，撩开窗帘。下面有两个男人在对面的人行道上来回踱步，是格罗戈纳尔和勒巴鲁。

“他们看样子并不想躲藏，看来这是好征兆，说明他们已经意识到必须向自己的老板屈服了。下面只剩下这位漂亮的灰发妇人了，看来这会困难一些。咱们俩谈谈吧，你这位当母亲的。”

他看到母亲跟儿子正拥抱在一起。母亲还很不放心，眼中浸满了泪水，说着：

“你没伤着吗？真的吗？唉！你一定快给吓死了，我的小雅克！”

“他是一个非常厉害的小家伙。”罗平说道。

她没有回答，而是像罗平刚才一样，在孩子的毛衣里搜寻着，无疑是想知道孩子在这次夜袭中是否有收获。她低声问着他。

“没有，妈妈……我可以向你保证，没有。”孩子回答。

她轻轻地吻着他，爱抚地把他搂在怀里。孩子由于疲劳和过度紧张，已经筋疲力尽，所以很快就睡着了。她长时间地俯身看着儿子，自己也显得非常疲劳，渴望休息。

罗平没有去打断她的沉思。他不安地注视着她，又尽量不让她发觉。他发现她眼圈发黑，额角上的皱纹很明显；同时他也发现她比自己原来想象的还要漂亮，是属于那种比一般人更善良、更有感情的人在经受过痛苦的折磨之后所具有的一种感人的美。

她的表情是那么痛苦。罗平出于一种发自内心的同情，走近她，对她说：

“我并不了解您的意图。不过，不管您的意图如何，您都需要帮助，您一个人单枪匹马是不会成功的。”

“我并不是单枪匹马。”

“还有外面那两个人，对吗？我认识他们，他们根本就不能算数。我请求您，依靠我吧。您还记得那天在包厢里的事吗？您当时已经要开口了，今天您就不要再犹豫了。”

她把目光转向他，看了一会儿，可能还不能完全摆脱自己的敌对情绪，说：

“您到底想了解些什么呢？关于我，您又知道些什么呢?”

“我确实有很多事都不了解，我甚至不知道您的姓名。不过，我却知道……”

她做了个手势打断他的话，然后突然下决心，而且立刻就制止了这个刚才逼迫自己说话的人。

“废话少说吧！”她大声说道，“归根结底，您知道些什么，这并不重要，甚至毫无意义，但是您自己到底要干什么？您主动要帮助我……是为了什么？既然您不顾一切地插手到这件事情里来，既然我的每一次行动都要受到您的干扰，就说明您有一个目的……这个目的到底是什么呢？”

“我的目的是什么？上帝啊！我的行动本身好像已经……”

“不要说下去了，”她果断地说，“不要再说没用的话了。咱们之间需要互相了解，为此，就要开诚布公。我来给您做个榜样吧！德伯莱克手里有一件价值连城的东西，并不是这件东西本身有这么高的价值，而是它听具有的意义。这件东西您是知道的，因为您已经两次把它拿到手，而我又两次从您手里把它给取走了。因为我完全有理由认为，您之所以要把这件东西据为己有，是打算利用它将赋予您的魔力，为您的私利服务……”

“您这话是什么意思？”

“是的，您是想利用它来达到您个人的目的，为了实现您的私利。这也完全符合您的……”

“强盗和骗子的本性。”罗平替她把话说完。

她并没有表示异议。他则努力想从她那双眼睛里看透她的思想：她到底想要他做什么呢？她究竟怕的是什么呢？既然她对他满腹狐疑，那么他是否也应当怀疑她呢？因为她曾两次把瓶塞从他手里拿走，交给了德伯莱克。她虽然是德伯莱克的不共戴天之敌，可她又在多大程度上屈服于那个人的意志呢？自己同她合作，是否就意味着要卖身给德伯莱克呢？然而，罗平还从未见过像她这样庄重的目光和诚恳的面容呢！

他不再犹豫了，说道：

“我的目的很简单：拯救吉尔贝和沃什莱。”

“这是真的吗？是真的吗？”她喊了起来，用不安的目光探寻着。

“您要是了解我，就……”

“我了解您……我知道您是谁……我调查了您好几个月了。这您并不知道……不过，由于某种原因，我对您还是怀疑……”

他语气更加坚定地说：

“您并不了解我。您要是了解我，就会知道，在我的两个伙伴……至少吉尔贝是我的伙伴，沃什莱只不过是个恶棍……在吉尔贝摆脱掉等待他的厄运之前，我是不会有轻松日子过的。”

她冲到他身边，发疯似的抓住他的双肩，说：“什么？您说什么？厄运？这就是说您认为……您认为……”

“我确信，”罗平说道，他注意到这个威胁使她多么惊慌，“我确信，如果我的援救不能及时成功的话，吉尔贝就完了。”

“住口！住口！”她猛然抓住他，喊了起来，“住口！我不允许您这样说……根本没有任何理由这样说……这完全是您的猜测……”

“不仅仅是我，还有吉尔贝。”

“啊？吉尔贝！您是怎么知道的？”

“他自己告诉我的。”

“他自己？”

“对，他自己。他的希望全都寄托在我的身上了。他知道世界上只有我才能拯救他，所以，几天前，他从黑牢里向我发出了绝望的呼救。这就是他的信。”

她贪婪地抓住那封信，结结巴巴地念道：

“救救我啊，老板！我要完了……我怕……”

信从她手中掉了下来。她的手在空中抖动着，她那双失神的眼睛仿佛看到了那个曾多次令罗平胆战心惊的可怕场面。她发出一声恐怖的叫喊，挣扎着想要站起来，却倒在地上，晕过去了。

第五章　二十七人名单

孩子在床上安详地睡着。母亲也躺在长椅上一动不动——罗平刚才把她抱到这把椅子上——她的呼吸越来越均匀，脸上也渐渐有了血色。这些都预示着她即将恢复知觉。

罗平注意到她手上戴着一枚结婚戒指，胸前还挂着一件肖像饰物，于是弯下腰，把那件饰物翻过来，看见里面嵌着一张很小的照片。照片上是一个四十来岁的男人和一个男孩（更确切地说是一个少年，穿着中学生制服）。罗平仔细端详着男孩那张留着漂亮鬈发的精神焕发的脸。

"果然如此!"他说道，"啊！可怜的女人!"

他握着的那双手渐渐有了热气。那双眼睛睁开又闭上。她喃喃地说：

"雅克……"

"您不必担心……他还睡着……一切都很好。"

她已经完全清醒过来了。看到她不说话，罗平就开始向她提问题，以便引导她向自己倾诉衷肠。他指着那张有人像的饰物，问道：

"那个中学生就是吉尔贝，对吗?"

"是的。"她回答。

"吉尔贝是您的儿子，对吗?"

她身子颤抖了一下，轻轻地说：

"是的，吉尔贝是我的儿子，我的大儿子。"

这么说，她果然是吉尔贝的母亲，是那个被关押在桑台监狱、被指控犯了凶杀罪，并受到法院严厉审讯的吉尔贝的母亲！

罗平接着问：

"另外一个人是谁呢?"

“是我的丈夫。”

“您的丈夫?”

“是的，他已经死去三年了。”

她坐起来，生命又回到了她身上。与此同时，对生活的恐惧，对所有那些威胁着她的那些事的恐惧，也都回到了她身上。罗平又问道:

“您丈夫叫什么名字?”

她犹豫了一下，回答道:

“梅尔基。”

他喊了起来:

“是维克多里安·梅尔基，国会议员?”

“是的。”

一阵长时间的沉默。罗平没有忘记梅尔基议员的死，以及他的死所造成的轰动。三年前，梅尔基议员在议会大厦的走廊里开枪自杀了。他没有留下一个字说明自杀的原因。以后，人们也始终没有弄清他自杀的真正原因。

“他自杀的原因，”罗平禁不住说完了自己刚才心中想的那句话，“您不会不知道吧?”

“我知道。”

“吉尔贝不知道吧?”

“不知道。吉尔贝当时已经离开家好几年了。他是被我丈夫打骂并赶走的。我丈夫为这件事很伤心。不过，他自杀还有另外的原因……”

“什么原因?”罗平问。

现在已经不再需要罗平提问题了。梅尔基夫人再也无法保持沉默了。她怀着对辛酸往事的回忆所引起的痛楚，开始慢慢地说道:

“二十五年前，我还是个姑娘，叫克拉利丝·达塞尔，那时我的父亲还活着。我在社交界认识了三个青年，我只要说出他们的名字，您就会明白今天这件事的来由了。他们是阿列克西·德伯莱克、维克多里安·梅尔基和路易·普拉斯维尔。他们三个彼此早就认识，在大学里是同学，后来又一起在军队里服役。那时候，普拉斯维尔爱上了尼斯歌剧院的一个女演员；另外两个人，梅尔基和德伯莱克都爱上了我。关于这些情况，尤其是后一件事，我就不多说了，事实本身已经说明问题了。我从第一天起，就爱上了维克多里安·梅尔基。也许我没有马上公开我的爱情是犯了一个错误。可是，一切纯洁的爱情一开始都是让人难为情的，让人犹豫不决和惶恐不安的。所以，我一直到自己完全有把握、不再有任何顾虑时，才公开表达了我的爱情。不幸的是，对两个偷偷相爱的人来说，这段那么甜蜜的等待时间却使德伯莱克产生了幻想。所以，他后来的愤怒是十分可怕的。”

克拉利丝·梅尔基停了一下，又激动地说下去:

“我永远也不会忘记当时的情景……当时，我们三个人都在客厅里。啊!

我直到现在还仿佛听见他说的话，那充满了仇恨和可怕的威胁的话。维克多里安被弄得不知所措。他从来没有见过他朋友的这个样子，那张脸是那样令人厌恶，活像一只野兽……是的，像一只凶恶的野兽……他咬着牙，跺着脚，嘴里不停地说：‘我一定要报仇……一定要报仇……啊！你们想象不出我会干出什么样的事来的。如果需要，我可以等十年，甚至二十年……这一天会突然来到的……啊！你们是想象不出来的……报仇雪恨……以恶报恶……这将是多么大的快慰啊！我天生就是要做恶事的……到时候你们俩会跪下来求我，是的，跪下来！’这时，我父亲恰好走进来。维克多里安·梅尔基就在我父亲和一个仆人的帮助下，把这个可恶的家伙给轰出去了。六个星期之后，我嫁给了维克多里安。”

“那么德伯莱克呢?”罗平打断她的话，“难道他没有想……”

“没有。但是，在我们结婚那天，路易·普拉斯维尔不顾德伯莱克的阻止，为我们当了证婚人。结果他回家以后，发现他所爱的那个女人，那个歌剧演员……被人勒死了……”

“什么?”罗平吓了一跳，“难道是德伯莱克干的吗?”

“人们只知道德伯莱克死死地缠了她好几天，除此之外，便一无所知了。人们无法证实在普拉斯维尔不在家时，是谁去过他的家，也没有发现任何痕迹，一点儿都没有。”

“可是，普拉斯维尔……”

“对于普拉斯维尔来说，对于我们来说，事情是很清楚的。德伯莱克打算把这个女人诱骗走，可能曾强迫她，并使用了暴力。当两个人厮打时，他可能发火了，失去了理智，不自觉地掐住了她的脖子，把她给掐死了。但是，关于这一切并没有任何证据，因此德伯莱克也就根本没遇到一点儿麻烦。”

“这以后，他又做了些什么呢?”

“有好多年我们都没有听到他的一点儿消息了。我们只知道他赌钱破了产，到美洲旅行去了。我不由自主地忘掉了他当初的怨恨和威胁，以为他已经不再爱我了，所以不再想报仇的事了。再说，我当时完全沉醉在幸福之中，除了我的爱情、幸福，除了我丈夫的政治地位和我儿子安托瓦纳的健康之外，我什么都不去想。”

“安托瓦纳?”

“对，这是吉尔贝的真名。这个不幸的孩子总算没有暴露他的真实身份。”

罗平又问道：

“吉尔贝……是从什么时候……开始的……”

“这个，我也向您说不清。吉尔贝，我宁肯这样叫他，不愿再用他真正的名字。吉尔贝小时候也跟现在一样，非常可爱，对所有的人都很热情，很讨人喜欢，可就是有些懒惰，不守纪律。他十三岁时，我们把他送到巴黎郊区的一所中学去读书，以便让他离我们远一些。可是，两年以后，学校把他开除了。”

“为什么？”

“他表现不好。学校发现他经常夜不归宿。有时，一连好几个星期他都声称是在我们身边，实际上他下落不明。”

“他干什么去了呢？”

“他四处玩乐，赛马、逛咖啡馆、逛公共舞场。”

“他有钱吗？”

“有。”

“谁给他的呢？”

“那个教唆他的人，那个背着他的父母让他离开学校，使他走上歧途，腐蚀他，把他从我们身边夺走，教会他说谎、放荡和偷窃的人。”

“德伯莱克？”

“德伯莱克。”

克拉利丝·梅尔基把涨红的脸藏在两只手里。接着，她又用无力的声音说下去：

“德伯莱克报仇了。就在我丈夫把我们那可怜的孩子赶出家门的第二天，德伯莱克在他写给我们的一封极为厚颜无耻的信中，说出了他在这里面所扮演的卑鄙角色，以及他为使我们的孩子堕落所耍弄的阴谋手段。他在信中最后写道：

> “他马上就要进教养院……然后是被判刑……最后，让我们祝愿他上断头台吧。”

罗平惊讶地大声说道：

“怎么？难道现在这件事也是德伯莱克一手策划的阴谋吗？”

“不是，不是，这一次完全是偶然。他那个预言只不过是他的愿望而已，可当时这却使我十分害怕。那时，我正在生病，我的另一个儿子小雅克刚刚出生，可我们每天都要听到吉尔贝在犯新的罪行：伪造签名、诈骗……弄得我们只好向周围的人宣布他到国外去了，然后又说他死了。那时候，我们的生活是十分可怕的，到后来又发生了那件使我丈夫丧命的政治风暴，生活就变得更加难忍了。”

“什么政治风暴？”

“只消一句话您就会明白的：我丈夫的名字出现在那个二十七人名单里。”

“啊！”

罗平眼前的迷雾一下就被驱散了。通过这闪电般的一丝亮光，他看清了原来隐藏在黑暗之中的全部秘密。

克拉利丝·梅尔基的声音略微提高了一些，又说下去：

“是的，他的名字写在上面了。但这是因为别人搞错了，是一种不幸的误会使他成了这个事件的牺牲品。维克多里安·梅尔基确实是负责调查法国两海运河问题委员会的成员，也确实跟那些赞同那家公司的人一起投了票，他甚至还拿了钱。是的，我要明确地说明这一点，并说出钱的具体数字——一万五千法郎。不过，这笔钱他是替别人拿的，替他的一个政界的朋友。他对那个人非常信任，因而不自觉地、盲目地充当了他的工具。他自以为是做了一件好事，可到头来却毁掉了自己。在那家公司经理自杀、司库失踪之后，运河事件的舞弊以及其他肮脏勾当就一下子全暴露在光天化日之下了。直到这一天，我丈夫才知道他的好几个同事都被贿赂了，才知道自己的名字也跟他们的名字一样，跟其他议员、政党领袖以及有影响的国会会员的名字一样，被写在了那张神秘的名单上，而这张名单一下子就成了人们议论的话题。啊！那以后的日子真可怕啊！名单会不会被公布？他的名字会不会被别人说出来？这真是难以忍受的折磨啊！您一定还记得当时议会的慌乱状态，它完全处在一片担心告密的恐怖之中。那张名单究竟在什么人手里呢？谁也不知道。人们只知道有这样一张名单，其他什么都不了解。有两个人卷进了这场风暴中，可是大家始终不知道是谁告的密，也不知道告密材料掌握在谁手里。”

“是在德伯莱克手里吧？”罗平说。

“噢，不是！”梅尔基夫人大声说道，“那时候德伯莱克还没出场呢。不是他……请您回忆一下……人们是突然从掌握那张名单的人那里了解到事实真相的，就是原司法部长，运河公司经理的表兄弟杰尔米诺。他当时患肺结核，已经病危。临死前，他写信给警察局长，要把名单交给他。信中说，在他死后，人们可以在他房间里的一个保险箱中找到这张名单。于是，他的住房就被警察包围起来，警察局长亲自守在病床前。可是，到杰尔米诺死后，人们打开保险箱一看，那份名单已经不见了。”

“这一次一定是德伯莱克干的了。”罗平肯定地说。

“对，是德伯莱克。”梅尔基夫人大声说道，她越来越激动了，“阿列克西·德伯莱克半年多以来，化了装，让人认不出他来，给杰尔米诺当了秘书。他究竟是怎样知道这张名单掌握在杰尔米诺手里的呢？这一点无关紧要。反正他是在杰尔米诺死的前一夜，撬开了保险箱。调查结果证实了这一点，并且查明了德伯莱克的真实身份。”

“可是，警察局并没有逮捕他啊！”

“逮捕他又有什么用！谁都知道他一定把名单藏到可靠的地方去了。逮捕他，就意味着又要掀起一场轩然大波，那件人人厌恶、希望不惜一切代价平息下去的丑闻，就要重新被张扬开来了。”

“那怎么办呢？”

“人们同他进行了谈判。”

“跟德伯莱克谈判，这太可笑了！”罗平笑了起来。

“是的，非常可笑。”梅尔基夫人语气激烈地说，“而这个时候，德伯莱克却积极行动起来。他动作迅速、厚颜无耻、目标明确。他在偷到那张名单的八天以后，来到众议院找我丈夫，并粗暴地要我丈夫在二十四小时之内交给他三万法郎，否则丑闻就要传出去，我丈夫就要名誉扫地。我丈夫了解这个人的本性，知道他狠毒无情，对自己充满了怨恨，因此是不会让步的。就这样，我丈夫失去了理智，自杀了。”

“他这样做实在太荒唐了！”罗平禁不住说，“德伯莱克手里拿的是一张有二十七个人名的名单，如果他打算揭发其中一个人，并且希望因此得到报酬的话，他就不得不公布这张名单，或者至少是要公布这张名单的照片，这就意味着要放弃这张名单的所有权。这样做的结果，确实可以造成轰动，却会使他失去继续采取行动和进行讹诈的可能性。”

“是这样，但也不完全如此。”她说。

“您是怎么知道的呢?”

“从德伯莱克本人那里知道的。德伯莱克这个流氓，他来看我，并且恶毒地向我叙述了他同我丈夫见面的情况以及两个人的谈话内容。当然，关于那件丑闻，他不仅仅掌握那张名单，即司库记录着拿钱人的姓名、所得钱数，以及公司经理用血签了名的小纸条，而且有很多当事人并不了解的、不太确切的证据，比如公司经理与司库之间、经理与他的顾问律师之间的来往信件等。不过最有分量的还是那张写在小纸条上的名单。这张名单是唯一不可否认的证据，抄写或复印都将毫无价值，因为这张名单将要受到极为严格的鉴定以证实其真实性。但尽管如此，其他证据也十分重要，它们已经导致了两个议员的毁灭，而德伯莱克又会巧妙地利用它们。他用这些信件去吓唬他想吓唬的人，用不可避免的丑闻威胁这些人，使他们诚惶诚恐，只好按他的要求如数交出钱来，或者像我丈夫那样自杀。现在，您明白了吧?”

“明白了。”罗平说。

在继之而来的一片沉默中，罗平想象着德伯莱克的生活。他仿佛看到德伯莱克由于成了名单的主人，利用它的威力，慢慢地从黑暗中走出来。他肆意挥霍从受害人手中勒索来的钱，并迫使上面任命他为总顾问和议员，又到处威胁恫吓，为所欲为，却受不到惩罚。谁都拿他没有办法，谁都不能动他一根毫毛。政府怕他，宁肯对他唯命是从，而不敢向他宣战；各种权力机构也对他毕恭毕敬，以至于他的权力变得至高无上，最后人们只好任命普拉斯维尔为警察局秘书长，以便对他进行制约，因为普拉斯维尔与他之间有不共戴天之仇。

“您后来又见过德伯莱克吗?”罗平问道。

“见过，我不得不去见他。我丈夫虽然死了，但他的名誉并没有受到伤害，没有一个人怀疑到他自杀的真正原因。为了捍卫他留给我的这个姓名的纯洁，我接受了德伯莱克的第一次约会。”

“第一次？这么说还有另外几次喽？”

“后来还有很多次，”她情绪激动地说，“是的，很多次……在剧院里……或者，有时晚上在昂吉安……有时在巴黎……都是在夜间……因为我觉得自己去见这个人是一种耻辱。我不愿让别人知道……可我又不得不这样做……有一个高于一切的使命在驱使我……这就是为我丈夫报仇……”

她冲着罗平激动地说：

“是的，报仇是我行动的唯一指导思想，是我一生的宿愿，为我丈夫报仇，为我那个被他毁掉了的儿子报仇，为我自己报仇，为他使我遭受的灾难报仇……我的生活再也没有别的奢望、别的目的。我只有一个愿望，就是亲眼看到他毁灭，看到他不幸，看到他流泪——如果他还会哭泣的话……看到他号啕大哭，看到他痛不欲生……”

“看到他死亡。”罗平打断她的话，不由得想起了在德伯莱克书房里她与德伯莱克的那一幕。

“不，不要他死。我倒是常常想到这个……我甚至已向他动手……然而，这又有什么用呢？他一定早就采取了必要的措施，即使他死了，那张名单还会继续存在。再说，杀人并不等于报仇……我对他的恨不能用他的死来解除……我要他身败名裂，遗臭万年。要达到这个目的，只有一个办法，就是斩断他的魔爪。德伯莱克一旦失去了那张使他无比强大的小纸条，就等于不复存在了。他将会立即毁灭，坠入深渊，而且将是在多么可悲的情况下毁灭啊！这就是我所寻求的目标。”

“可是，德伯莱克会不会误解您的动机呢？”

“当然不会。所以，我可以告诉您，我们之间的会面是很奇怪的。一方面，我总是对他进行窥伺，努力从他的话中猜测出他所隐藏的秘密……另一方面，他则……他则……”

罗平把克拉利丝·梅尔基心里想的话说完：

“他则老是窥伺着这个令他垂涎欲滴的猎物……这个他始终热爱着的……至今依然深恋着的女人……这个他竭尽全力、疯狂地想要得到的女人……”

她低下头，只说了一句：

“是的。”

的确，这两个有着那么多不可调和矛盾的人之间的决斗是很奇怪的。德伯莱克的占有欲肯定已经达到了疯狂的程度，否则他不会如此心甘情愿地，自始至终地冒着生命危险，去把这个被自己毁掉了一生的女人邀到身边来；可是另一方面，他一定是感到绝对安全可靠才会这样做的。

“那么，您的调查取得了……什么结果呢？”罗平问。

“我的调查在相当长的一段时间里都一无所获。”她说，“您所使用的搜查手段，以及警察局的人所用的那一套办法，我早在几年前就使用过了，而且毫无效果。我已经开始感到绝望了。可就在这个时候，有一天我到昂吉安的德伯莱克别墅去时，在他办公桌底下的字纸篓里的一堆乱纸当中，发现了一封被他揉成一团的信。这封信是他用蹩脚的英文写的。上面写着：

‘请把这块水晶玻璃从里面挖空，但不要引起别人的怀疑。’

“要不是当时正在花园里的德伯莱克突然跑进来，并且匆忙地在字纸篓里翻找的话，我可能不会给予这句话应有的重视。他用怀疑的目光看着我，说：‘那里面有……一封信……’

“我装作没有听懂他的话，他就没有再问了。不过，他当时的慌张却引起了我的注意。于是，我便朝这个方向进行调查。一个月之后，我在他壁炉的灰烬里，发现了半张英国收据，上面写着斯图布里奇城的玻璃匠约翰·郝瓦德为德伯莱克议员按照样品制作了一个水晶瓶塞。‘水晶’一字引起了我的注意。我立即出发去斯图布里奇城，买通了那家玻璃器皿厂的工头，得知那个水晶瓶塞做得跟订货单上的要求完全一致：里面挖空，又不易被人察觉。”

罗平点着头说：

“这些情况倒是很清楚。不过，我总觉得，即使在瓶塞的金边下面……在那里面藏东西，毕竟太狭小了。”

“是很狭小，但也足够了。”她说。

“您是怎么知道的呢?”

“通过普拉斯维尔。”

“您跟他有联系吗?”

“从那时开始有联系。在那之前，由于一些可疑的情况，我和我丈夫同他断绝了一切来往。普拉斯维尔是个品德可疑的人，一个不择手段的野心家，并且肯定在两海运河事件中扮演了不光彩的角色。他拿了钱? 这非常可能。可是，我当时需要帮助，因此就顾不得这些了。他当时刚刚被任命为警察局秘书长，所以我就选择了他。”

“他了解您儿子吉尔贝的行为吗?”罗平问。

“不了解。正是考虑到他所处的地位，我才格外小心。我像对其他朋友说的一样，对他也说吉尔贝离开了家，后来死了。其余的情况，也就是我丈夫自杀的原因以及我要报仇的愿望，我都对他实说了。当我把自己在德伯莱克那里发现的情况告诉他时，他高兴得跳了起来。我看出他对德伯莱克的仇恨分毫未减。我们一起谈了很长时间。我从他那里得知，那个名单被写在一张非常薄的绵纸上，如果卷成一个小球，确实可以放进一个非常窄小的地方。他跟我一样，一点儿也不再犹豫了。我们已经知道名单藏在什么地方了，便约定各自采取行动，秘密保持联系。我让他同拉马丁街心公园那个看门的女人克蕾蒙丝取得联系。那个女人对我非常忠诚……”

“不过，她对普拉斯维尔可并不那么忠诚。我有证据，证明她出卖了他。”

“现在可能，但开始时是不会的，而且在那段时间里警察局的搜查进行得很频繁。就是在那个时候——至今已有十个月了——吉尔贝又闯入了我的生活。做母亲的对儿子的爱是不会终止的，更何况吉尔贝是那么可爱……您了解他。他流着眼泪拥抱了他的弟弟——我的小雅克…… 于是，我就原谅了他。”

她垂下双眼，轻轻地继续说道：

“愿上天宽恕我没有早些原谅他吧！啊，如果那一天能再出现一次该多好啊！我们当时怎么会那样狠心地把他给赶出家门了呢！我可怜的孩子，是我把他毁掉了啊!”

接着，她若有所思地说：

“如果他真的像我以为的那样，长期过着吃喝玩乐、粗野、堕落的生活——他自己也是这样跟我说的——那我的心肠还是会一样狠的……可是，他虽表面上变得让人难以相认，不过从另一方面说——怎么说呢——他在精神方面却有很大的变化。是您鼓励了他，使他重新振作起来。因此，虽然他所过的生活令我憎恶，但不管怎么说，他还是保持了某种美德……显露出一种深藏在心底里的诚实……他性格开朗，无忧无虑，快快活活……他跟我谈起您时，总是充满了无限的深情!”

她在选择着字眼，说话很拘束，既不愿在罗平面前过分地谴责吉尔贝的生活，又不能对它加以赞扬。

“后来呢?”罗平问。

“后来，我就经常见到他了。他偷偷来看我，或者我去找他。我们一起在田野里散步。就这样，我逐渐就把家里的事告诉他了。他听后立刻勃然大怒，决心为父亲报仇，并且要把那个水晶瓶塞偷到手，从而也为他自己所受的德伯莱克之害报仇。他的第一个想法就是找您商量。在这个问题上，我可以向您保证，他是永远不会改变态度的。”

“那就应当……”罗平说。

“是的，我知道……我当时也是这么想的。不幸的是，我那可怜的吉尔贝——您知道他性格不够坚定——受了一个伙伴的影响。”

“是沃什莱，对吗?”

“对，是沃什莱。这个人灵魂阴暗、心肠狠毒，喜欢嫉妒，又野心勃勃、阴险狡诈，对我儿子影响很大。吉尔贝不应该向他吐露真情并征求他的意见，事情就坏在这上面了。沃什莱先说服了他，后来又说服了我，让我们相信这件事最好是由我们自己干。他对事件进行了研究，取得了领导权，并最后亲自策划了对昂吉安的行动，但由您出面指挥对玛丽—特莱丝别墅进行盗窃。由于仆人列奥纳尔的严密看守，普拉斯维尔和他手下的人过去没有能对这座别墅进行深入的搜查。这次行动实在荒唐，他们本应完全依赖您的丰富经验，或干脆把您完全置于这次行动之外，以避免各种不幸的误会或产生犹豫不决等情况。然而，有什么办法呢？沃什莱控制了我们。我同意了跟德伯莱克在剧院约会。就在这期间，昂吉安事件发生了。等我午夜回到家里时，才得知事情的可怕结局：列奥纳尔被杀，我儿子被捕。我马上就意识到后果将十分严重：德伯莱克的可怕预言即将实现，等待吉尔贝的将是审讯、判决。而这一切都是由于我的错误造成的。是我，吉尔贝的母亲，把儿子推向深渊，任何力量都不能把他从里面拯救出来了。"

克拉利丝痛苦地搓着双手，身子不住地颤抖着。世上有什么样的痛苦能同一个为儿子的命运担忧的慈母的痛苦相比呢？罗平心里充满了同情。他说：

"咱们一起来救他，这是毫无疑问的。但首先我必须详细了解这件事。所以，请您把话说完……您当天夜里究竟是怎样得知昂吉安行动的结果的呢？"

她克制住自己，脸上布满了愁云，回答道：

"是通过您的两个同伙知道的，确切地说是沃什莱的两个同伙。他们俩对他非常忠诚，是经他挑选专门来划船的。"

"就是现在站在外面的那两个人，格罗戈纳尔和勒巴鲁吗？"

"是的。您摆脱警察局长的追捕，逃出别墅，离湖上岸，向汽车走去时，曾向他们简单地吐露了当时发生的事。他们急得慌了手脚，赶紧跑到我家——过去他们来过——把这个可怕的消息告诉了我。吉尔贝被捕入狱了！啊！那是个多么难熬的夜晚啊！我该怎么办呢？去找您吗？当然应当去，去请求您的帮助，可是，到哪里去找您呢？直到这个时候，迫于形势，格罗戈纳尔和勒巴鲁才下决心向我讲了他们的朋友沃什莱所扮演的角色、他的野心，以及他那酝酿已久的阴谋……"

"要把我甩掉，对吗？"罗平用讥讽的语调问。

"是的。他知道吉尔贝得到了您的绝对信任，因此就监视着吉尔贝，从而了解到您全部住所的地址。再过几天，一旦那水晶瓶塞到了手，他就将成为二十七人名单的持有者，成为德伯莱克至高无上权力的继承人。到那时他们就要把您交给警察局，但又不使您的集团——从此将成为他的势力——受到任何牵连。"

"这个混蛋！"罗平咕哝着说，"……一个像他这样的无能之辈！"

随后，他又说：

"这么说来，那些门板……"

"是他指示干的，准备在他同您以及德伯莱克进行较量时使用。他在德伯莱克家也干了同样的勾当。他手下有一个要把戏的侏儒，瘦得出奇，这个洞口足够他出入的了。他可以把您的所有信件和秘密都搞到手。以上就是沃什莱的两个朋友向我透露的情况。听了他们的话，我头脑中立刻闪过一个念头：为了救我的大儿子，我也可以利用他的弟弟，我的小雅克，他也非常瘦小，又非常聪明。于是，我们就在那一夜行动了。由于得到了那两个家伙的指引，我在吉尔贝的住处找到了您在马蒂翁大街的住所的钥匙，我们估计您当夜会在那里休息。路上，格罗戈纳尔和勒巴鲁又进一步说服了我，使我想到的不再是请求您的帮助，而是从您手里拿回那个水晶瓶塞。因为我们估计，如果在昂吉安找到了瓶塞，那么它一定是落到了您的手里。我果然没有猜错，我的小雅克进到您的房间以后不消几分钟，就把瓶塞给我拿出来了。我满怀希望地走了，以为这一次自己成了这个万能之物的主人，把它留下不让普拉斯维尔知道，我就可以对德伯莱克行使绝对的支配权，可以对他任意摆布，把他变成我的奴隶，让他根据我的意图为营救吉尔贝四处努力，让吉尔贝越狱，至少可以让法院停止对他进行判决。这样一来，吉尔贝就得救了。"

"结果怎么样呢?"

克拉利丝一下子站了起来，语气沉重地俯身对罗平说：

"那个水晶瓶塞里什么也没有，什么也没有！您听到了吗？一张纸也没有，任何东西都没有。整个昂吉安行动都是徒劳的！杀死列奥纳尔毫无意义，我儿子被捕入狱也毫无价值！我的一切努力都成为了泡影！"

"为什么？为什么?"

"为什么？因为你们从德伯莱克那里偷来的瓶塞，并不是按照他的要求制作的那个，而是拿去给斯图布里奇市的玻璃匠约翰·郝瓦德做样品的那个。"

要不是看到梅尔基夫人万分痛苦的样子，罗平简直忍不住要说几句俏皮话来讽刺一下这种噩运了。

他咬着牙说：

"真是太蠢了！而且这样一来，反倒引起了德伯莱克的警惕。"

"那倒不会。"她说，"我第二天就到昂吉安去了。当时，甚至直到现在，德伯莱克一直都把那件事看成是一场普通的盗窃，是想偷他的古玩而已。您的介入导致他得出了这样一个错误的结论。"

"可是那个瓶塞不见了……"

"那个瓶塞对他来说并不重要，因为那只是个样品而已。"

"这您是怎么知道的?"

"那个瓶塞的下端有一道磨痕，我上次去英国时了解到了这个细节。"

"就算是这样吧，可为什么放瓶塞的那个壁橱的钥匙总是带在仆人身上呢？为什么后来，在巴黎，瓶塞又摆在德伯莱克的办公桌上了呢?"

"这当然是因为德伯莱克对它比较重视，就像人们总是很重视有价值的东西的样品一样。正因为如此，我才趁他还没发现瓶塞丢失以前，就赶快把瓶塞放回壁橱里；也正因为如此，我又第二次让小雅克把瓶塞从您的大衣袋里取出来，并让看门的女人把它放回原处。"

"这么说，他一点儿都没有怀疑?"

"一点儿都没有。他只知道大家都在找那个名单，但没有料到我和普拉斯维尔都已经知道名单藏在什么东西里面了。"

罗平站起来，一边思考，一边在房间里走动。突然，他在克拉利丝·梅尔基身边停下来：

“这么说，自从昂吉安事件以来，您是一无所获了？”

“一无所获。我每天都在乱碰，有时是跟着他们两个人跑，有时是领着他们闯，没有明确的计划。”

“至少可以说，除了想从德伯莱克手里夺回那张二十七人名单之外，您再也没有别的计划了。”他说。

“的确如此……但这又有什么办法呢？再说，您的活动又妨碍着我。我们很快就认出新来的厨娘是您的老仆人维克多娃了，又通过看门的女人知道了维克多娃让您偷偷住进了她的房间里。我对您的意图很不放心。”

“那么，是您给我写信让我退出这场斗争了？”

“是我。”

“也是您要求我不去沃德维尔剧院的吗？”

“是我。看门的女人发现维克多娃偷听了德伯莱克打给我的电话，而且监视那座房子的勒巴鲁又看见您出门了，于是我判断您一定想在晚上跟踪德伯莱克。”

“那么，有一天晚上到我这里来的那个女子是谁呢？”

“也是我。当时我灰心丧气，很想来找您。”

“这么说是您截走了吉尔贝给我的信？”

“是的，我从信封上认出了他的笔迹。”

“您的小雅克当时并没有在您身边吧？”

“没有。他在外面，跟勒巴鲁一起在汽车里等我。后来我把他从客厅的窗子抱进来，他就从门板上的洞口进入这个房间里来了。”

“那封信的内容是什么？”

“都是对您的责备。吉尔贝责怪您把他忘了，并谴责您搞这件事纯粹是为了个人的私利。总之，他的信使我对您更加怀疑了，因此我就溜走了。”

罗平生气地耸了耸肩，说：

“这使我们浪费了多少宝贵的时间啊！咱们没有及早取得谅解，这真是命中注定的啊！咱们俩简直是在捉迷藏……互相设下可笑的圈套……而时间就这样一天天过去了……那么宝贵的时间就这样无可挽回地浪费掉了。”

“您看，您看，”她浑身颤抖着说，“您自己也一样，也在为前途担忧！”

“不，我并不害怕。”罗平大声说道，“我是在想，假如我们能早些合作，我们将会做出多少有益的事啊！我是在想，我们的合作本可以使我们少犯很多错误，少干很多蠢事！我是在想，您昨晚去搜德伯莱克的衣服，其结果也跟过去一样一无所获。可是，由于咱们之间的无谓争斗，闹得公馆天翻地覆，惊动了德伯莱克，使得他今后会更加警惕了。”

克拉利丝·梅尔基摇着头说：

“不会的，不会的，我不相信昨夜的吵闹声会把德伯莱克惊醒，因为我们特意把行动推迟了一天，好让看门的女人有时间把一种非常强烈的麻醉药放进他的酒里。”

接着，她又语气缓慢地补充道：

“再说，德伯莱克也用不着再为什么事提高警惕了。他的生活本身就是一整套的防范措施，没有丝毫疏忽……何况，他手中不是还掌握着全部王牌吗?”

罗平走近她，问道：

“您这话是什么意思？照您说的，从他这方面下手是毫无希望了？达到目的是毫无办法了?”

“不，”她轻轻地说，“还有一个办法，唯一的办法……”

就在她用手把脸遮盖起来之前的一瞬间，罗平注意到她脸色变得异常苍白，而且全身都颤抖起来了。

他似乎领悟了她惊恐的原因，并被她的痛苦所打动。于是，他俯下身说道：

“我请求您直截了当地回答我。这是由于吉尔贝，对吗？就是说，虽然至今司法部门还没有识破吉尔贝的来历，还不知道沃什莱的这位同伙的真实姓名，这是不幸中的大幸，但有一个人却已知道了这个秘密，对吗？德伯莱克知道吉尔贝就是您的儿子安托瓦纳，对吗?”

“是的，是的……”

“他答应您拯救吉尔贝，是吗？他答应给他自由，让他越狱，或者别的什么……那天夜里，在他的书房里，您想要刺杀他的那次，他就是跟您谈的这件事，对吗?”

“是的，是的……是这样的。”

“他只提出一个条件，对吗？一个十分可憎的条件，一个只有他这个流氓才能想得出来的条件，是吗？我猜对了吧?”

克拉利丝没有回答，她似乎被这场漫长的斗争搞得筋疲力尽了。在这场斗争中，敌人每天都在向前逼进，而她根本不是他的对手。

罗平看到她还没交锋就被敌人征服了，就要向“胜利者的欲望”屈服了。克拉利丝·梅尔基，这个被德伯莱克所杀害的梅尔基的爱妻，这个为被德伯莱克引入歧途的吉尔贝担忧的慈母，为了从断头台上救出自己的儿子，将要不顾一切地向德伯莱克的兽欲屈服了。她将要成为这个卑鄙下流的家伙的情妇、妻子和驯服的奴隶！一想到这个家伙，罗平就忍不住一阵恶心。

罗平坐到她身边，怀着无限的同情轻轻地让她抬起头来，看着她的眼睛，对她说：

“请听我说！我向您发誓，一定要救出您的儿子……我向您发誓……您的儿子是不会死的。您听到了吗？只要我活着，世上就不会有任何力量胆敢碰您儿子的头颅。”

“我相信您……我相信您的话。”

“请相信我的话吧，这是一个从未失败过的人讲的话。我一定会胜利。只是，我要求您答应一个不能改变的条件。”

“什么条件？”

“您再也不要去见德伯莱克了。”

“我向您发誓！”

“您头脑中不能有一丝同他妥协的念头……或者同他谈判的念头……一丝一毫也不能有。”

“我向您发誓！”

她看着他，目光中充满了安全感和对他的绝对信赖。在她的目光下，罗平心中洋溢着能为她献身而感到的愉快，和要带给这个女人幸福的炽烈愿望，至少要带给她安宁，使她忘却过去，弥合她心灵上的创伤。

“好了，”他站起来，用愉快的声调说，“一切都会很顺利的。咱们还有两个月，甚至三个月的时间，这绰绰有余了……当然，条件是我必须有行动的自由。为此，您必须退出战斗。”

“为什么？”

“是的，您要在一段时间里销声匿迹，到乡下去住一段。再说，您难道不应当可怜可怜您的小雅克吗？再这样搞下去会摧毁他的神经的……而且，他劳苦功高，也应该休养休养了……你说对不对，大力士？”

第二天，这个受了这么多打击，再不休息便要倒下去的克拉利丝·梅尔基带着儿子寄宿到了一位女友家。这位女友的家在圣·日尔曼森林的边上。克拉利丝身体极为虚弱，脑海中总是萦绕着那些可怕的事，稍一激动，神经就要受刺激。她在这种极度疲惫和神情恍惚的状态中过了几天，什么都不再去想，别人也不允许她读报。

一天下午，罗平改变了战术，研究起绑架和监禁德伯莱克议员的办法来。格罗戈纳尔和勒巴鲁——罗平答应，只要事情成功就原谅他们——正在监视敌人的出入活动。那几天的报纸则在谈论亚森·罗平的两个同伙——两个人都被指控犯了谋杀罪——不久将出庭受审。这时，即下午四点钟左右，罗平在沙多布里昂大街的寓所里突然响起了铃声。

是电话铃响了。

罗平拿起话筒：

“喂？”

电话里传来一个女人的声音。她气喘吁吁地说：

“是米歇尔·伯蒙先生吗？”

“是我，太太。请问您贵姓？”

“快，先生，赶快到我这里来，梅尔基夫人服毒了。”

罗平没有再多问，他冲出房门，上了自己的汽车，让司机开到圣·日尔曼森林去。

克拉利丝的女友已在门口等候。

“死了吗?”他问。

“没有，她服的量不够。医生刚走，他说可以为她的生命担保。”

“那么，她为什么要……”

“她的儿子雅克失踪了。”

“被人绑架了?”

“是的。他在森林边上玩耍，有人看见一辆汽车停下来……从里面走出两个上了年纪的女人。接着，人们又听到了叫喊声。克拉利丝想呼救，可她却无力地倒下去了，声音颤抖地说：‘是他干的……是那个家伙……一切都完了。’她当时就像疯了一样，突然拿起一瓶药水，喝了下去。”

“后来呢?”

“后来，我和丈夫把她抬进她的房间。她真是痛苦极了。”

“您是怎样知道我的地址和姓名的呢?”

“在医生给她治疗时，她自己告诉我的。于是，我就赶紧给您打了电话。”

“没有别人知道这个情况吗?”

“没有。我知道克拉利丝遇到了很多烦恼的事，她不希望声张出去。”

“我可以看看她吗?”

“现在她正在睡觉。医生嘱咐一点儿都不能让她激动。”

“医生对她的健康有什么担忧吗?”

“他怕她发烧，怕她神经过度兴奋或冲动，那样她就有可能再服毒。而第二次服毒……”

“怎样才能避免呢?”

“必须保证在一两个星期内她能得到绝对的安静。而这一点是根本做不到的，因为她的小雅克……”

罗平打断她的话，说：

“您认为只要她能找到儿子……”

“这是肯定的。这样一来，就用不着为她担心了。”

“您肯定吗?这是真的，是吗?好吧，等梅尔基夫人醒来时，您就告诉她是我说的：今晚半夜之前，我一定把她的儿子找回来。今天晚上，半夜之前。我说话一定算数。”

罗平说完，立刻走出房门，上了汽车，对司机喊道：

“到巴黎，拉马丁街心公园，德伯莱克议员家。”

第六章　死　刑

罗平的汽车除了是一间备有书籍、纸张和笔墨的办公室之外，还是一个名副其实的演员化妆室，里面有一个盛满各种化妆品的小匣子；一个装着各种衣服的大箱子；一个装道具的箱子，里面有雨伞、手杖、围巾、夹鼻眼镜，等等。总之，一切具备，他可以利用旅途的时间彻底改头换面。

因此，这天晚上六点多钟在德伯莱克议员的花园门前按铃的，已是一个身材矮胖、头戴高礼帽、留着颊髯、戴着夹鼻眼镜的先生了。

看门的女人把他领到楼房的台阶前。这时，维克多娃也听到铃声出来了。

他问道：

“德伯莱克先生能不能接见维尔纳医生?”

“德伯莱克先生在房间里。不过，现在这个时候……”

“请把这张名片交给他。”

他在名片上写了“代表梅尔基夫人前来”。然后，他叮咛道：

“把它拿去，我毫不怀疑他会接见我。”

“可是……”维克多娃还想说什么。

“啊！你到底肯不肯去，我说你这个老太婆?你跟我摆什么架子!”

她一下子愣住了，嘟嘟囔囔地说：

“你！是你!”

“不是我，是路易十四国王。”

他把她推到前厅的一个角落里，说道：

“听着……等会儿我单独跟他在一起时，你就赶快上楼回到自己的房间去，收拾好行李，尽快离开这里。”

“怎么?”

“你就按我说的去做吧。你在街边会找到我的汽车的。现在去吧，快点儿，去通报我的姓名。我在办公室里等着。”

“这里太黑呀!”

“把灯打开好了。”

她开了灯，把罗平一个人留在那里。

“就在这儿，”罗平一边坐下来一边想，“那个水晶瓶塞就放在这儿。除非德伯莱克老是把它带在身上……不，不会的。他找到一个保险的藏物之处后，一定会好好利用它的。而这个藏物之处肯定非常保险，因为迄今为止还没有一个人能够……”

他仔细观察着房间里的每一件物品。突然，他想起了德伯莱克写给普拉斯维尔的那封信：

> “它就放在你伸手可得的地方，我的朋友……你已经碰到它了……再稍微仔细一点儿就可以找到了……”

自那天以来，德伯莱克的房间似乎一点儿都没有被动过，桌上依然摊着原来那些物品：书籍、簿册、一瓶墨水、一个盛邮票的小盒子、烟丝、烟斗，全是被大家摸了又摸、翻了又翻的东西。

“哼！这个家伙!”罗平心想，“他的事还干得挺漂亮，看来是个厉害的对手……”

虽然罗平对自己来的目的以及应当怎样行动都很明确，但他对跟这样一个对手打交道所要冒的风险，还是没有把握。德伯莱克很可能会控制这场较量，并使他们之间的谈话转到与罗平的计划完全相反的方向。

这种担忧不能不使罗平恼火。

他听到走路的声音，立刻坐直了。

德伯莱克走了进来。

他一句话也没说，向罗平做了个手势，请他重新坐下，自己也在桌旁坐下来，眼睛看着手里的名片，问道：

“您是维尔纳医生吗?”

“是的，议员先生，我是圣・日尔曼的维尔纳医生。”

“您是代表梅尔基夫人来的……那她一定是您的病人了?”

“她成为我的病人完全出于偶然。我是在非常紧急的情况下被叫去给她看病的。在这之前，我根本不认识她。”

“她病了吗?”

“梅尔基夫人服毒了。”

“嗯?”

德伯莱克浑身一抖。他并没有掩饰自己的不安，又说下去：

"嗯？您说什么？服毒？可能已经死了吧！"

"没有，她服的量不够。只要没有别的变化，我认为梅尔基夫人是可以得救的。"

德伯莱克不再说话了。他一动不动，脸朝着罗平。

"他是不是在看我呢？他的眼睛是不是闭着呢？"罗平心里想着。

他看不到对方那双被一副夹鼻眼镜遮住的眼睛，觉得很不自在。据梅尔基夫人说，这是一双有病的、布满血丝的眼睛。看不到对方脸上的表情，又怎么能猜到他内心的活动呢？这真好像是在跟一个拿着无形匕首的人搏斗一样。

过了一会儿，德伯莱克说：

"这么说，梅尔基夫人已经得救了……是她派您来找我……我还不太明白……我不太认识这位夫人。"

"现在是关键时刻了，"罗平心里想，"来吧！"

于是，他用胆小的老妇人那种不自在的口气说道：

"上帝啊！议员先生，一个医生的责任有时是很复杂的……很困难的……我来这里的使命就足以证明这一点……简单地说，事情是这样的……在我抢救梅尔基夫人的过程中，她再一次企图服毒自杀……那瓶药水恰巧放在她身边。我把瓶子从她手里抢了过来，我们之间进行了一场争夺。她在发烧说谵语时，断断续续地告诉我：'是他干的……是他干的……是德伯莱克……那个议员……让他把儿子还给我……您去告诉他……否则，我宁肯死掉……是的，我宁肯马上就死……今天夜里我一定要死！'事情就是这样，议员先生……所以，我觉得自己应当把情况告诉您。很明显，鉴于这位夫人目前所处的紧急状态……当然，我并不了解她那些话的具体含义……我也没问过任何人……我是出于一种本能，直接到您这里来的……"

德伯莱克考虑了好久才说：

"总之，医生，您到我这里来，是要问我是否知道那个孩子的下落……我想这孩子是丢了，对吗？"

"是的。"

"如果我知道孩子在哪里，您就把他带回给他母亲，是吗？"

"是的。"

又是一阵长时间的沉默。罗平心想：

"他会不会真的相信我这些话呢？用她的死亡来进行威胁，这够不够呢？不，这不可能……可是……可是……他似乎在犹豫不决。"

"您允许吗？"德伯莱克说着，靠近桌上的电话，"……我有一件急事……"

"您请便，议员先生。"

德伯莱克对着话筒说道：

“喂……小姐，请给我接八二一一九，可以吗？”

他重复了一次电话号码，然后一动不动地等待着。

罗平笑了笑，说道：

“你要叫警察局吗？您要给秘书长先生打电话？”

“的确如此，医生……您猜到了，是吗？”

“是的，因为我是法医，所以有时要打电话给……”

罗平心里却在想：

“他到底要干什么？秘书长是普拉斯维尔呀……找他干什么呢？”

德伯莱克把听筒放到耳朵上，说道：

“是八二一一九吗？我要找秘书长普拉斯维尔先生说话……他不在吗？不会的，不会的，他这个时候总在办公室里的……告诉他我是德伯莱克……议员德伯莱克……我有非常重要的事要找他。”

“我留在这里不太方便吧？”罗平问。

“一点儿都没关系，一点儿都没关系，医生，”德伯莱克说，“……何况，我要说的事跟您也不是没有关系……”

他又冲着话筒说：

“喂！普拉斯维尔先生吗？啊，是你呀，我的普拉斯维尔。喂，你好像有点儿意外嘛……的确，咱们俩有好长时间没见面了……不过咱们心里还是互相挂念着的……而且，我经常受到你和你那伙人的关照……是不是这么回事？喂！什么？你很忙？啊！我向你表示歉意……而且，我也很忙。那么，我就开门见山了……我是想帮你一点儿小忙……你等着吧，畜生……再说，你不会为此而后悔的……这关系到你的荣誉……喂……你在听我说话吗？是这样，你带上五六个人……最好带保安处的人，你会在值班室找到人的……然后，你坐上汽车，用最快的速度开到我这里来……我要送给你一个难得的礼物，老伙计……一个上等贵族，简直可以说是拿破仑本人……一句话，是亚森·罗平。”

罗平一下跳了起来。他什么都料到了，就是没有料到这一招。不过，一种比惊讶还要强烈的感情，一种本能使他不由得笑着说：

“啊！干得漂亮！干得漂亮！”

德伯莱克向他点了点头，表示谢意，并说：

“还没完呢……您再耐心听听好不好？”

然后，他继续打电话：

“喂……我说普拉斯维尔……什么？我的老朋友，这绝不是什么恶作剧……你会在我的书房里找到罗平的。他就坐在我对面……他也跟那些人一样，老是缠着我……唉！这种人对我来说多一个少一个本来无所谓，不过，这一个未免有点儿太过分了。所以，我就想到了你对我的友情。我求你把这个包袱给我卸掉吧……你带上五六个警察，再加上在我门前盯梢的那两位就足够了。啊，还有，你到这里以后，顺便上四楼把我那个女厨子也给带走……她就是有名的维克多娃……你知道她吗？亚森·罗平的老乳母……你看我是多么爱你啊！你再派一个班的人到沙多布里昂大街，就在巴尔扎克街拐角的地方……咱们的亚森·罗平先生就住在那里，化名米歇尔·伯蒙……听明白了吗，老伙计？那么，赶快动手吧！快！”

等到德伯莱克转过脸来时，罗平攥紧了拳头，依然站在那里。听到德伯莱克讲出维克多娃，以及自己在沙多布里昂大街的住所时，他对德伯莱克的赞赏消失了。他觉得自己受到的侮辱太过分了。他不想再继续扮演小乡镇医生的角色，心中只有一个念头：千万不能让心头那股怒火爆发，像一头公牛那样扑向德伯莱克。

德伯莱克嘴里发出一阵咯咯声，对他来说，这就意味着笑。他两手插在衣袋里，摇晃着身子走过来，嘴里在说：

“怎么样？一切都非常清楚了吧？疑点澄清了，情况明朗了……至少可以看得很清楚了。一句话，是罗平在对付德伯莱克。这可以节约多少时间啊！法医维尔纳先生本来得用两个小时才能摆完他的迷魂阵；而现在呢，亚森·罗平先生就不得不在半个小时之内把他的意图说清楚了……否则，他就要被警察抓走，还得连累他的同伙……我这真是一石数鸟啊！三十分钟，一分也不能多。从现在起三十分钟之内，你必须从这里滚开，像只兔子似的逃跑。哈哈！这可真有意思！喂，我说波洛涅斯，你碰上我德伯莱克可实在是太不走运啊！上次藏在这个帘子后面的倒霉蛋就是你吧，波洛涅斯？”

罗平一动不动。此刻，出气的唯一办法，就是冲上去掐死这个对手。但这样做未免太荒谬了。因此，他只好强忍着，任由对方挖苦。但这些讽刺的话就如同鞭子一样在抽打着他，深深地触动了他的自尊心。这已经是第二次了，在同一个房间，在同样的境遇下，自己不得不向这个瘟神低头服输，默默地忍受这种屈辱……他深深知道，现在只要自己一开口，就会冲着对方谩骂一通，只有这样才能解心头之恨。然而，这样做又有什么用呢？问题的关键在于冷静和见机行事。

“喂，喂，罗平先生！”议员又说了下去，“您干吗满脸狼狈不堪的样子啊？还是应当理智一些，承认自己遇到了一个不像其他人那么蠢的对手吧。怎么，难道你以为我戴着一副夹鼻眼镜和一副圆框眼镜就一定是个瞎子吗？真是的！我不敢说我一下子就识破波洛涅斯就是罗平，就是到沃德维尔剧院的包厢里来打扰我的那位先生，不能这样说。不过，这件事确实弄得我很烦恼。我知道，在警察局长和梅尔基夫人之间还有一个第三者企图插进来……慢慢地，我从看门女人的言谈话语中、从对女厨子行踪的观察中以及从可靠的地方调查到的关于她的材料中，开始逐渐明白了，而那天夜里的事则使我恍然大悟。尽管我睡得很死，但还是听到了公馆里的吵闹声。这就使我弄清了这件事的前因后果。我跟踪了梅尔基夫人，先到沙多布里昂大街，然后又到圣・日尔曼……然后……然后，喏，我就把这一系列的事件联系了起来……昂吉安盗窃、吉尔贝的被捕……痛不欲生的母亲与强盗头子之间的不可避免的联合……老乳母被安置在我这里当厨子，还有这些从我的门窗进进出出的络绎不绝的人群……我完全清楚了。这是罗平先生在寻觅猎物，‘二十七人名单’的‘香味’在诱惑着他。我只需等着他登门来访就可以了。现在时间到了。您好，罗平先生。”

德伯莱克停顿了一下。他以一种毫不掩饰的得意神气发表了这一通长篇演说以后，那表情俨然是要使那些既无能，又傲慢非常的家伙也对他肃然起敬。罗平还是沉默着。德伯莱克掏出表，看了看，说：

“喂，喂！只剩下二十二分钟了！时间过得多快呀！如果您再这样沉默下去，咱们可没时间谈话了。”

他又向罗平靠了靠，说道：

“您这样子总有点儿让我不太舒服。在我心目中，罗平完全是另外一种形象。您这个巨人怎么刚碰到一个稍微厉害一点儿的对手就垮了呢？要喝一杯来壮壮胆吗？”

罗平没说话，也没有任何恼火的表示。他以异常的冷静和准确的动作——这说明他完全克制住了自己，并且采取了明确的行动计划——轻轻地推开德伯莱克，走近桌子，拿起了电话。

他说道：

“小姐，请接五六五一三四。”

电话接通后，他用缓慢的声调一字一句地说：

“喂！我是沙多布里昂大街呀……你是阿希尔吗？对，是我，老板……听我说，阿希尔……你必须赶快离开……喂……对，赶快离开……警察局的人过几分钟就要到了。不，不，别害怕……时间足够，不过，你要按我的话做。你的箱子早就准备好了吧……很好。按照我的要求，箱子里有一格是空的，对吧？很好。现在，你到我的房间里去，对着壁炉，用左手去按一下那朵雕在大理石板上的玫瑰花……在石板的中间。然后，你再用右手去按壁炉的上面，那里有一个类似抽屉的东西，在这个抽屉里面有两个小盒子。你要注意，其中一个盒子里盛着咱们的证件，另一个盛着钞票。你把这两个小盒子都放到你箱子的空格里面，然后提着箱子，快步赶到维克多・雨果大街和蒙德斯邦大街的交界处，汽车就停在那里。维克多娃也在那里等着。我马上就去找你们……什么？我的衣服？我的那些小摆设？不要管这些了，赶快走吧。回头见！”

罗平不慌不忙地放下电话，然后拉住德伯莱克的胳膊，让他坐到自己身边的一把椅子上，对他说道：

“现在，你听我说吧。”

“噢！噢！咱们现在要互相称呼‘你’了？”议员讥讽地说。

“对，我允许你这样称呼我。”罗平说。

他的手一直没有松开。德伯莱克有点儿不放心，想要挣脱他的手。罗平就说：

“别怕，我不想跟你动手，那样对咱俩都没有好处。动刀子吗？那又有什么用呢？用不着。咱们只要动动嘴就够了，不过要说有意义的话。下面就是我要说的话，我会说得很明确。你也要同样来回答我，这样更好一些。孩子在哪里？”

“在我这里。”

“把他交出来……”

“不交。”

“梅尔基夫人会自杀的。”

“不会的。”

“我跟你说她会的。”

“我跟你说不会。”

“可她明明已经自杀过一次了。”

“正因为如此，她才不会再自杀。”

“那么，你打算怎么办呢？”

“不交孩子。”

罗平沉默了一会儿，说：

“这一切我都估计到了。我到这里来时，就估计到你不会上维尔纳医生的当。因此，我必须采取别的手段。”

“罗平的手段。”

“你说对了。我决定原形毕露。不过，你自己先把我认出来了，你确实很厉害。但是，这一点并不妨碍我实现自己的计划。”

“说吧。”

罗平从一个小本子里拿出一张纸，把它展开，递给德伯莱克，说道：

“这是我和我的朋友从你那座昂吉安湖畔的玛丽—特莱丝别墅中拿走的东西的确切而详细的清单，上面都编了号码。你可以看到，一共是一百一十三件，其中有六十八件——就是用‘红十字’画掉的那些号码——已被卖掉，并且已经运到了美国。其余四十五件还在我手里，本打算以后再卖……这些都是最好的。我把它们送给你，条件是必须立刻把孩子交出来。”

德伯莱克不由得吃了一惊。

“噢！噢！”他说道，“看来你是非常想要这个孩子了！”

“非常想要，”罗平说，“因为我深信，如果梅尔基夫人跟儿子分开的时间过长，对她来说就意味着死亡。”

“这使你很不安了，唐璜①先生?”

“什么?”

罗平猛地站到他面前，再次问道：

“什么？你想说什么?”

“没什么……没什么……一个突然产生的念头……克拉利丝·梅尔基还很年轻，很漂亮……”

罗平耸了耸双肩。

“去你的吧，流氓!”他咬着牙说，“你以为所有的人都跟你一样没有人性吗？你觉得我这样一个强盗，为扮演唐·吉诃德而浪费时间，让你感到不可理解，是吗？你心里在想：他究竟抱着什么不可告人的目的呢？请你不要去猜了。而且，你也无法知道，我的伙计。还是回答我吧……你同意不同意?”

“这么说，这是真的了?”德伯莱克问道。他对罗平的蔑视似乎无动于衷。

“绝对是真的。那四十五件古玩都放在一个仓库里，我会告诉你地址的。只要你今天晚上九点钟带着孩子去，这些东西就交给你。”

罗平的回答是肯定的。绑架小雅克只是德伯莱克向克拉利丝·梅尔基施加压力的一种手段，可能也是一种警告，要她停止与他的斗争。但是，她自杀的企图大概足以使他意识到自己的失误。在这种情况下，他为什么要拒绝罗平提出的这场对他有利的交易呢?

“我同意了。”他说道。

“下面是仓库的地址：奈伊，夏尔—拉菲特街九十五号。你只要按按铃就可以了。”

“如果我让普拉斯维尔秘书长替我去呢?”

“如果你让普拉斯维尔去，”罗平答道，“那座房子的布局可以使我看到他来，我会有足够的时间逃走，并且有足够的时间，在那些用来遮盖你的托座、挂钟和哥特圣母像的麦秸和干草堆上放上一把火。”

“那你的仓库也要同归于尽……”

“这对我倒无所谓。警察早就在监视它了，反正我早晚也得放弃它。”

“谁能保证这不是一个圈套呢?”

“你可以先取东西，后交孩子，我相信你。”

“看来你一切都料到了。”德伯莱克说，“那好吧，你会得到孩子，美丽的克拉利丝将会活下去。我们大家都会幸福。现在，如果我还需要给你什么建议的话，那就是赶紧逃跑，要快!”

“还没到时候。”

“嗯?”

---

① 唐璜是西班牙传奇人物，专门玩弄女性的荒淫贵族，西方诗歌、戏剧中多引用。——译者注

“我说，还没到时候。”

“你疯了！普拉斯维尔已经在路上了。”

“他会等着的，因为我的事还没办完呢。”

“什么，什么，你还要干什么？克拉利丝将得到她的儿子，这还不够吗？”

“不够。”

“为什么？”

“还有另外一个儿子。”

“吉尔贝？”

“对。”

“怎么样？”

“我要你去营救吉尔贝！”

“你说什么？我，去救吉尔贝？”

“你可以做到，你只要交涉一下……”

到此为止，德伯莱克一直很镇静，现在则突然爆发了。他用拳头敲着桌子喊道：

“不！这绝不可能！你就别指望我了……啊，不可能！这实在太可笑了！”

他开始激动地在房间里走了起来，步子是那么急迫，这使得他整个身子都在左右摇摆，简直像一头野兽，一头动作笨拙、沉重的狗熊。

他的脸抽搐着，声音嘶哑地吼着：

“让她自己到这里来！让她来哀求我救她儿子的命！但她必须不带武器，不怀恶念，别像上次那样！她必须以乞求者出现，以一个驯服、屈从的女人的面貌出现。通情达理，并要接受……到那时候，咱们再说……吉尔贝？吉尔贝的判决？断头台？这正是我的威力所在！怎么，这一天我等了足足二十多年，如今它终于到来了。是偶然把这个我已绝望了的期待给兑现了。我就要品尝到彻底复仇的喜悦了……这将是一种多么痛快的复仇啊……而你们却想要我在这个时候放弃它，放弃我二十年来所追逐的目标！要我毫无代价地去营救吉尔贝！为了信誉！我，德伯莱克……啊！不，不，你看错人了。”

他笑了起来，笑声十分可憎，十分凶狠。很明显，他仿佛看到那个他追逐了多年的猎物就在眼前，伸手可得。此刻，罗平的脑海中浮现出前几天他所看到的那个衰弱的、败下阵来的、向命运屈服了的克拉利丝凄迷的面影，因为她似乎看到所有的敌人都联合起来对付自己了。

罗平克制住自己，说道：

“你听我说。”

罗平看到德伯莱克很不耐烦，想要回避，就用德伯莱克在沃德维尔剧院的包厢里已经体会过的那种超人的力量抓住他的双肩，把他按住，说道：

“听我说最后一句。”

“你白费唇舌。”议员咕咕哝哝地说。

“最后一句。你听着，德伯莱克！忘掉梅尔基夫人，停止你的爱情和情欲所驱使你干的那些蠢事！放弃这一切，多考虑你自己的利害！”

“我的利害？”德伯莱克开着玩笑说，“我的利害总是跟我的自尊心和被你称之为情欲的感情相一致的。”

“以前可能是这样，但从现在起就不行了，现在我介入了！你忽略了这个新因素，这是一个错误。吉尔贝是我的同伙，吉尔贝是我的朋友，我必须把吉尔贝从断头台上救下来。照我说的去做吧，去施展你的威力！我可以向你保证，听见了吗？我可以向你保证，这样一来我们就会让你安静的。我只要求营救吉尔贝。从此，你就用不着再对付梅尔基夫人，也用不着再对付我了。不会再有陷阱，你可以自由行动。拯救吉尔贝，否则……”

“否则怎么样？”

“否则，我们就继续跟你斗争，无情地斗争下去。就是说，你的失败是肯定无疑的。”

“这意味着……”

“意味着我要拿到‘二十七人名单’。”

“啊！真有你的！你相信自己能做到吗？”

“我发誓一定做到。”

“普拉斯维尔和他那一伙人没能做到的、梅尔基夫人没能做到的，任何人都没能做到的事，你就能做到吗？”

“我能做到。”

“这是为什么呢？你靠哪一个圣僧保佑能做到别人都做不到的事呢？总得有一个理由吧！”

“当然。”

“什么理由？”

“因为我是亚森·罗平！”

他放开了德伯莱克，但仍用严厉的目光看着他，用自己的意志控制着他。最后，德伯莱克站起来，轻轻地拍着罗平的肩，用同样的镇静态度，和近于狂怒的倔强口吻说道：

“我，则叫德伯莱克。我整个一生都是一场激烈的战斗，是一连串的灾难、失败。这使我耗费了大量的精力，但终于赢得了胜利，一场全面的、彻底的、无情的、不可阻挡的胜利。我的敌人是全体警察，是政府，是全法国、全世界！如今再加上一个亚森·罗平先生，这又何足挂齿呢？这只会使我更加坚定信念。我的敌人越多，越机智，就越会使我斗志昂扬。这就是为什么我没有让人逮捕您，我可敬的先生。我本来是可以这样做的……是的，我本来是可以这样做的，而且可以轻而易举地做到……可是我反倒给您自由，并仁慈地提醒您要在三分钟之内离开这里。”

“这么说，是不行了？”

“不行。”

“你不想为吉尔贝做任何努力了?”

“哪里，我要继续做他被捕后我所应做的努力，就是说间接地向司法部长施加压力，以使案件尽快得到审理，并且是按照我的意愿审理。”

“怎么?”罗平暴跳如雷，“这全是由于你，是为了你……”

“是为了我——德伯莱克。我的上帝，是这样的。我手里有一张王牌，就是儿子的脑袋。我正在使用这张王牌。等到我得到判处吉尔贝死刑的消息时，等到对这个年轻人的赦免由于我的周旋而遭到否决时，你可以放心，罗平先生，到那时候，那位母亲就丝毫不会反对自己变成阿列克西·德伯莱克夫人了，就会心甘情愿地向我做出不可反悔的许诺了。这种美好的结局是命中注定的，不管你愿意不愿意，这是天意。我所能为你做的，就是在我结婚那天，请你去做证婚人，并请你参加宴会。可以吗?不可以?你还坚持你那些可憎的意念?那么，祝你运气好。施阴谋吧，施诡计吧，磨刀擦枪去吧，去啃你那本厚厚的《强盗大全》吧。这些对你都会有用的。现在，晚安了。苏格兰式的礼节要我赶你出门了。快逃吧!”

罗平半天没有说话。他两眼盯住德伯莱克，似乎在估量对方的身高、重量和体力，考虑应当从什么位置下手打他。德伯莱克也攥紧了拳头，暗中准备着自卫还击。

半个小时就这样过去了。罗平把手伸进背心里。德伯莱克也照此办理，并且握住了手枪柄……又过了几秒钟……罗平从背心里摸出一个金质小糖果盒，打开来，递给德伯莱克:

“来一块糖药片吧!”

“这是什么?”德伯莱克吃惊地问。

“杰罗德尔药片。”

“吃这个干吗?”

“因为你要伤风了。”

然后，他就利用自己这偶然想到的俏皮话给德伯莱克造成的张皇失措，急忙拿起帽子，走了。

“毫无疑问，我这次是被打得落花流水了。”罗平穿过前厅时，心里这样想着，“不过，最后这个推销员式的玩笑总还算比较新颖。他本来准备吃一颗子弹，得到的却是一粒杰罗德尔糖药片……这总归有点儿让他失望。他被弄得莫名其妙了，这只老猴子!”

当他关上花园门的时候，一辆汽车停了下来。一个人急忙从里面下来，后面还跟着好几个人。罗平认出这人是普拉斯维尔。

“秘书长先生，我向您致敬。”罗平自言自语地说着，“我相信迟早有一天命运会使我们相遇的，为此我替您感到遗憾，因为您引不起我多少敬意。到那时会有您好受的。今天我要不是太忙的话，我会等到您离开，然后去跟踪德伯莱克，好看看他到底把孩子交给谁了。可是，我实在没时间了。再说，谁能担保德伯莱克不用电话办理这件事呢。所以，咱们还是不要为这徒劳无益的事浪费时间吧，还是快去找维克多娃、阿希尔和咱们那只宝贝箱子吧！”

两个小时之后，罗平已经守候在奈伊的仓库里了。他作好了一切准备。这时，他看到德伯莱克从附近的一条街上拐过来，满腹狐疑地朝这边走着。

罗平亲自打开了大门。

“您的东西全在这里，议员先生。”他说道，“您自己可以过目。这附近有一个汽车出租商，您只需去叫一辆卡车，雇几个人就行了。孩子在哪里？”

德伯莱克先查看了他的东西，然后才把罗平领到奈伊大街，有两个蒙着面纱的上了年纪的女人跟小雅克一起等在那里。

罗平把孩子领到自己的汽车旁，维克多娃在汽车里等着。

这一切都进行得很快。双方谁都没有说多余的话，就好像演戏一样各自把台词记熟了。一来一去也像舞台上进出场的顺序一样，事先排练好了似的。

晚上十点钟，罗平按照自己的诺言，把小雅克交给了他母亲。可是，孩子经受了这么多打击，精神上极度紧张和恐惧，他们不得不把医生请来了。

孩子过了两个多星期才算恢复过来，并且已经能够去经受一次新的旅行的考验了。罗平认为这次转移是非常必要的，而且，当他们动身时，梅尔基夫人也总算恢复了健康。他们是在夜里出发的，由罗平亲自指挥，并采取了一切必要的防范措施。

罗平把这母子俩送到布列塔尼的一个小海滩上，把他们交给维克多娃照料。

“现在行了，”他把他们安置好以后，心里这样想，“我和德伯莱克之间再也没有障碍了。他再也不能加害于梅尔基夫人和她的孩子了，她也不能再用自己的行动来使斗争偏离方向了。唉，我们干了多少蠢事啊！第一，我不得不在德伯莱克面前暴露自己；第二，我不得不放弃属于我的那一份儿昂吉安的家具，当然，我迟早还是要把它们弄回来的，这一点毫无疑问。但不管怎么说，这一段时间我们毫无进展。可是，再过七八天，吉尔贝和沃什莱就要受到审判了。”

在同德伯莱克进行斗争的这一回合中，最使罗平受刺激的，是德伯莱克揭发了他在沙多布里昂大街的住所。警察已经占据了这座房子。米歇尔·伯蒙的身份已被戳穿，部分证件已被发现。这样一来，就使得罗平一边要朝着既定目标努力，坚定地继续进行某些已经着手的活动，竭力回避警察的搜捕——这种搜捕比以往任何时候都力度更大——一边又不得不在新的基础上对自己的事务进行全面的调整。

所以，随着这位议员给自己带来的麻烦越来越大，罗平对德伯莱克的仇恨也与日俱增。罗平现在只有一个意愿，用罗平的话说，就是把他装进自己的口袋，让他听自己的摆布，不管他是自愿还是被迫，都要从他的嘴里掏出他的秘密。罗平想象着哪些刑罚最适合用来撬开这个守口如瓶的家伙的嘴巴，是用夹棍、拷问架、烧红的钳子，还是用钉满钉子的木板……他觉得这样一个敌人应当受到各种刑罚的折磨，而且自己所要达到的那个善良的目的也足以抵消这种刑罚的残酷。

“嘿！”他心里想着，“一间放着烧得炽热的刑具的屋子，再加上几个心狠手毒的打手……事情准能干得很漂亮！”

每天下午，格罗戈纳尔和勒巴鲁都跟踪着德伯莱克往返于拉马丁街心花园、议会和俱乐部之间。他们需要选择一条最偏僻的街道，在某一天晚上，把他推进一辆汽车里带走。

罗平则在离巴黎不远的地方，在一座大花园里选择了一座房子。这座房子既安全又僻静，罗平称它为“猴笼”。

不幸的是，德伯莱克已经有了戒备，简直可以说他每次出门都要改变路线，今天坐地铁，明天又去乘有轨电车。这样一来，“猴笼”就只好空着了。

罗平又制订了一个新的方案。他从马赛请来了自己的一个同伙——布兰德伯瓦老爹，一个受人尊敬的退休食品店主。此人住在德伯莱克的选区，并且喜欢搞政治。

布兰德伯瓦从马赛通知德伯莱克，说自己要来拜访。德伯莱克热情接待了这位有影响的选民，并决定在下周宴请他。

这位选民提议到塞纳河岸边的一家小饭店去吃饭，说那里的饭菜非常可口。德伯莱克同意了。

这完全是罗平的意思，这家饭店的老板是罗平的朋友。这样一来，将在下星期进行的这次行动就万无一失了。

就在这个时候，在第二周的星期一，对吉尔贝和沃什莱的审讯开始了。

这场辩论刚过不久，诸位对这次审讯一定还记忆犹新，我也就不必在这里浪费笔墨，重提刑事法庭庭长是如何令人费解地、极不公正地审讯吉尔贝的了。吉尔贝的案件受到了格外的重视和严厉的审判。罗平从中看到了德伯莱克的恶劣影响。

审讯中，两个被告人的态度截然相反。沃什莱脸色阴郁，沉默寡言，言辞粗鲁。他用简短的字句，厚颜无耻地以充满讥讽甚至挑衅的口吻，承认了自己过去所犯的所有罪行。但是，跟这种态度相矛盾的是——对此，除了罗平之外，所有的人都感到不可理解——他矢口否认参与谋杀仆人列奥纳尔的罪行，并把责任全部推到了吉尔贝身上。这样一来，他就把自己的命运同吉尔贝连在了一起，从而迫使罗平对自己的两个同伙都采取同样的解救措施。

至于吉尔贝呢，他那张诚恳的面孔，那双充满幻想和忧郁的眼睛立即赢得了所有人的同情。但是，他却识不破庭长的诡计，又不会驳斥沃什莱的谎言。他不停地哭着，要么说个没完，要么在该说话的时候沉默不语。此外，他原来请的是一个很有才能的律师，可是到了关键时刻，律师却病倒了（罗平从这件事上又发现了德伯莱克的黑手)，只好由律师团的一个秘书顶替。这个人辩护得很糟，把事情曲解了，使陪审团很不愉快，因此不能消除代理检察长的公诉状以及沃什莱的律师辩护所造成的影响。

罗平以常人难以想象的胆量出席了最后一天，即星期四的辩论，所以，他对审判结果已不再怀疑。两个人都要被判处死刑，这已是肯定的了。

这是肯定的，因为法庭的努力跟沃什莱的策略不谋而合，就是要把两个被告的命运紧紧地联系在一起。这还因为，或者说主要是因为这两个人都是罗平的同伙。从案件开始预审到宣判结果的整个过程中，尽管法庭因为缺乏确凿的证据，又不愿分散力量，而没有把罗平牵连进来，可是实际上审判始终是针对着罗平的。他们所要打击的真正对手正是他，他们要通过惩罚他的朋友来惩罚他本人；他们要摧毁他，摧毁这个大名鼎鼎的强盗头子在公众中的威望。处死了吉尔贝和沃什莱，罗平头上的光环自然也就会暗淡下去，关于他的神话也就告终了。

罗平……罗平……亚森·罗平……在长达四天的审讯过程中，人们听到的总是这个名字。代理检察长、庭长、陪审团、律师、证人，每个人都是开口必谈罗平。他们无时无刻不提到罗平，以便对他进行谩骂、嘲笑和侮辱，把一切过错都推到他一个人身上。简直可以说吉尔贝和沃什莱只是配角，人们要审判的是这个窃贼、强盗头子、骗子、纵火犯、惯犯、服苦役的罪犯——罗平！这个身上沾满了受害者鲜血的罗平！这个把朋友推上断头台，而自己却逃之夭夭的罗平！

“啊！他们的目的可真明确！”罗平自语道，“吉尔贝这个可怜的孩子只是我的替罪羊，我才是真正的罪犯。”

这场悲剧继续上演着，愈来愈可怕。

晚上七点钟，陪审团在经过长时间的争论之后，又回到了法庭。陪审团团长宣读了对法庭所提问题的答复，对所有问题的回答都是“同意”。这就意味着被告有罪，并且驳回了可以减轻罪行的那些情节。

两名被告被带了上来。

他们站在那里，浑身颤抖、脸色惨白地倾听了对他们判处死刑的宣判。

在一片充满不安和同情的肃静中，庭长问道：

“你还有什么话要说吗，沃什莱？”

“没有，庭长先生。既然我的同伙跟我判的刑一样，我就放心了……我们俩命运相同了……老板必须得想办法把我们俩都救出去。”

“老板？”

“对，就是亚森·罗平。”

人群中响起一阵笑声。

庭长又问：

“您呢，吉尔贝？”

眼泪在这个不幸的青年人的脸颊上流着。他咕哝了几句让人听不清的话。庭长重复了他的问题，吉尔贝终于克制住自己，用颤抖的声音回答道：

“我要说的是，庭长先生，我做过不少坏事，这是真的……我做过不少坏事，并且为此深深地感到悔恨……但是，绝没干这种事……不，我没有杀人……我从来没有杀过人……我不想死……这实在太可怕了……”

在两个警卫的搀扶下，他仍然摇晃着。人们听到他像孩子似的大声呼喊着：

“老板……救救我！救救我啊！我不愿意死啊！”

就在这时，在大家都非常激动的时刻，人群中突然有一个声音压倒了一切嘈杂声：

“不要怕，我的孩子！老板就在这里！”

立刻一片慌乱，人们互相拥挤着。市政警卫和警察们冲进了大厅。他们抓住一个红脸的胖子，旁边的人说刚才的话是他喊的，那个人则拳打脚踢地挣扎着。

他立即受到了审问，并说出了自己的姓名：菲利浦·巴纳尔。他是殡仪馆的职员。他说刚才他旁边的一个人交给他一张一百法郎的钞票，让他在适当时候喊出写在一张从笔记本上撕下来的纸上的一句话。难道他能拒绝这样的事吗？

他拿出那张一百法郎的钞票和那张纸作证。

结果，他们只好释放了菲利浦·巴纳尔。

自然，刚才在捉拿巴纳尔时，罗平是很卖力气的，并把他交到了警察手中。现在，他离开法庭，心中充满了焦虑。他在河边找到自己的汽车，坐了上去。他感到一阵悲痛，心里难过极了，费了很大劲才忍住没有掉下眼泪。吉尔贝的呼唤，那绝望的呼唤，以及那张惨白的脸和那摇晃的身影……这一切都在罗平的脑际萦绕着。他觉得自己永远也不会忘掉这一幕，一时一刻也不能忘掉。

他乘车回家了。这是他在自己的多处住所中挑选出的一处，坐落在克里希广场的一角。他要在那里等待格罗戈纳尔和勒巴鲁，今晚他要跟他们一起绑架德伯莱克。

可是，他一打开房门就惊叫了一声：克拉利丝出现在他面前。克拉利丝恰恰在宣判的时刻从布列塔尼赶回来了。

他从她的表情，以及那苍白的脸色，立即明白了：她已经知道了审判结果。他很快走到她对面，鼓起勇气，不等她开口就说道：

“是的……是的……这也没有什么了不起。这是我们意料之中的，也是我们无法阻止的，现在需要做的是防止这场灾难发生。而且就在今天夜里，您听着，就在今天夜里。”

她一动不动，脸上那痛苦的表情让人感到可怕。她喃喃地问道：

“今天夜里?”

“对，一切都已准备就绪。再过两个小时，德伯莱克就要落到我手里了。今天夜里，不管我用什么手段，反正他得开口。”

“您真相信会这样吗?”她无力地说道，似乎一线希望从她脸上闪过。

“他一定会开口的。我会得到他的秘密。我一定会把‘二十七人名单’从他手里夺过来，而这张名单将会救出您的儿子。”

“已经太晚了!”克拉利丝喃喃地说。

“太晚了？为什么？难道您以为我用这张名单还换不来吉尔贝的伪装越狱吗？三天之后吉尔贝就会自由了！三天……”

一阵铃声打断了他的话。

“咱们的朋友们这不是来了嘛！您放心吧。不要忘记，我说话从来都是算数的。我已经把小雅克还给了您，我也一定会把吉尔贝还给您的。”

他到门口去迎接格罗戈纳尔和勒巴鲁，并对他们说：

“一切都准备好了吗？布兰德伯瓦老爹已经到饭店了吗？快，马上出发!”

“用不着了，老板。”勒巴鲁说。

“怎么？什么?”

“有新情况。”

“什么情况？快说……”

“德伯莱克失踪了。”

“嗯？你说些什么呀！德伯莱克失踪了?”

“对，他大白天被人从公馆里给绑架走了。”

“我的天！被谁?”

“不知道……来了四个人……响了一枪。警察已经去了。普拉斯维尔正在那里指挥搜查。”

罗平一动不动地愣在那里，看着瘫坐在椅子里的克拉利丝·梅尔基。

他自己也站不住了，只好靠在一把椅子上。德伯莱克被人绑架了，这意味着最后的一线希望也破灭了……

第七章 拿破仑的侧面像

最初的搜查没有什么结果。等到警察局长、保安处长，以及前来调查的法官们离开德伯莱克的公馆之后，普拉斯维尔又开始了自己的搜查。

他查看了一下德伯莱克的书房以及搏斗留下的痕迹。这时，看门的女人给他送来一张用铅笔写的条子。

“请这位夫人进来。”他说。

“这位夫人不是一个人。”看门的女人说。

“啊？那么，也请另外一个人进来好了。”

克拉利丝·梅尔基被领了进来。她立刻将陪同自己前来的那位先生介绍给普拉斯维尔。那人穿着一件不太整洁、过于瘦小的礼服，举止拘束，对自己那顶旧圆帽、那把破雨伞、那只单手套，以及自己整个人都颇感难为情。

“这位是尼古尔先生，一位无任职的教师，现在是我的小雅克的辅导教师。这一年多来，尼古尔先生给我提过很多宝贵的建议。那个水晶瓶塞的秘密也主要是靠他才揭开的。如果您不介意的话，我想让他跟我一起听您讲讲这次绑架的经过……这件事使我很不安。它打乱了我的计划……也打乱了您的计划，是不是？”

普拉斯维尔知道克拉利丝与德伯莱克有深仇大恨，也颇为欣赏她在名单问题上所做的努力，所以对她完全信任。他很痛快地讲了自己通过某些痕迹以及从看门的女人那里所了解到的情况。事情非常简单。

德伯莱克作为证人出席了对吉尔贝和沃什莱的审判，有人看到他整个审判过程都在法庭。审判结束后，晚上六点钟左右，他回到了家里。看门的女人肯定他是一个人回来的，而且，那时公馆里空无一人。可是，过了几分钟以后，她突然听到了叫喊声，接着是搏斗声，然后是两声枪响。她从门房里看到四个蒙面人裹胁着德伯莱克议员冲下台阶，向花园门口跑去。与此同时，一辆汽车开到了公馆前，那四个人急忙钻进了汽车。那辆汽车可以说连停都没停，便很快开走了。

“不是总有两名警察在这里监视吗?”克拉利丝问道。

“他们是在，”普拉斯维尔肯定地回答，“不过离公馆有一百五十米远。由于绑架进行得非常迅速，尽管他们急忙赶到了，也仍然没来得及干涉。”

“难道他们什么也没看见，什么也没听到吗?”

“没有，或者说几乎什么都没有……只发现了这么一点儿东西。”

“这是什么?”

“是他们从地上拾到的一小块象牙。当时汽车里还有一个人，看门的女人看到别人往汽车里塞德伯莱克时，他曾下车。他再上车时，从他身上掉下一件东西。她急忙把它拾了起来。那件东西掉在人行道上的时候，可能被摔碎了，警察找到的这块象牙就是从那上面掉下来的。”

“可是，那四个人是怎么到公馆里去的呢?”克拉利丝问道。

“肯定是下午趁看门的女人上街买菜时用自配的钥匙打开锁进去的。进去以后藏起来是很容易的，因为德伯莱克家再没其他仆人。一切迹象都表明，他们可能是藏在隔壁餐厅里，并从那里向德伯莱克发起攻击的。从室内家具和其他东西的混乱情况可以看出，搏斗很激烈。我们在地毯上找到了德伯莱克的大口径手枪，一颗子弹打碎了壁炉上的镜子。”

克拉利丝回头看了看她的伙伴，希望他能谈谈自己的见解。可是尼古尔先生却始终低垂着眼睛，坐在椅子上一动不动，两手使劲揉搓着他的帽檐，就好像直到现在他还没找到一个放帽子的地方似的。

普拉斯维尔微微地笑了笑。很明显，他觉得克拉利丝的顾问水平不高。

“这件事还有点儿不太清楚，对不对，先生?”他说道。

“对……对……”尼古尔先生承认说，“很不清楚。”

“那么，您对这个问题有没有自己的见解呢?”

“当然喽！秘书长先生，我认为德伯莱克一定有很多敌人。”

“啊！啊！高见。”

“而且，其中好几个人都希望消灭他，所以就联合起来对付他。”

“高见，高见，”普拉斯维尔带着讥讽的口气称赞道，“您说得很清楚。现在您只要稍加指示，就可以使我们明确从何着手进行调查了。”

“秘书长先生，您不觉得这块从地上拾起来的象牙……”

“不，尼古尔先生，不。这块象牙是从某件东西上掉下来的，我们还不知道那是件什么东西。它的主人急忙把它藏了起来。要想找到它的主人，至少要弄清这是件什么东西。”

尼古尔想了想，说道：

“秘书长先生，当拿破仑一世倒台的时候……”

"噢！噢！尼古尔先生，您要给我上法国历史课啊！"

"只一句话，秘书长先生，我请您允许我说完一句简单的话。拿破仑一世倒台以后，复辟政权①使一大批旧军官过着靠领半薪度日的生活。这些军官受到警察的监视和当局的怀疑，但是他们始终忠于皇帝，巧妙地把他们崇拜的偶像刻在自己的日常用具上，比如鼻烟壶、戒指、领带别针、刀子，等等。"

"那么——"

"那么，这块东西是从一根手杖，更确切地说，是从一个灯心草杆做的防身棍上掉下来的。这根棍的上端是个用一整块象牙雕刻成的球形装饰品。仔细端详这块象牙雕刻，就会发现它外面一圈的轮廓是那位当年的下士②的侧面像。因此，秘书长先生，您手里拿的是一根手杖的象牙柄的一部分，它的主人是位拿过半饷的军官。"

"不错……"普拉斯维尔一面在阳光下仔细观察着那个物证，一面说道，"的确是个侧面像……但是，我还是看不出这能得出什么结论……"

"结论很简单。在德伯莱克的受害者中间，也就是那张名单上的人中间，有个人是在拿破仑手下服过役的科西嘉人的后代。这个人靠拿破仑发迹，成了贵族，后来又在复辟时期破了产。他那个后代十有八九是前几年波拿巴党的首领。他就是躲在汽车里的那第五个人。我还用对您说出他的名字吗？"

"达尔布弗克斯侯爵？"普拉斯维尔轻轻地说。

"达尔布弗克斯侯爵。"尼古尔先生肯定地说。

很快地，尼古尔先生不再显得拘束了，也不再为那顶帽子、那只单手套和那把破雨伞而感到难为情了。他站起来，对普拉斯维尔说：

"秘书长先生，我本可以对这个发现守口如瓶，等到取得决定性胜利以后，即把那张'二十七人名单'交给您以后，再把这个发现告诉您。但是现在情况紧急，德伯莱克的失踪与绑架他的那些人的愿望相反，只会加剧您竭力要避免的那场灾难，所以，必须采取紧急措施。秘书长先生，我希望能马上得到您的有效帮助。"

"我能帮您什么呢？"普拉斯维尔问道，他显然被这个奇怪的人给镇住了。

"请您明天就提供给我有关达尔布弗克斯侯爵的详细情况，因为我亲自去搜集这些情报得花好几天的时间。"

普拉斯维尔有些犹豫，他看了看梅尔基夫人。克拉利丝对他说道：

"我恳求您，接受尼古尔先生的合作吧。他是一个难得的忠心耿耿的辅导教师，我完全可以为他担保。"

"那么，您打算了解哪些方面的情况呢，先生？"普拉斯维尔问。

"关于达尔布弗克斯先生的所有情况：家庭、工作、亲友关系，在巴黎以

---

① 指路易十八政权。——译者注

② 拿破仑早年是一个下级军官。——译者注

及外省的财产状况。”

普拉斯维尔说道：

“不管是达尔布弗克斯还是别的人，反正绑架德伯莱克就是为我们效劳。因为，他拿到那张名单也就等于缴了德伯莱克的械。”

“可是，秘书长先生，谁能担保他不是为了私利而干的呢?”

“这不可能，因为他自己的名字就在上面。”

“要是他把自已的名字划掉了呢？要是他成为比第一个还要贪得无厌的第二个敲诈勒索者，并且作为政敌进行这场斗争，其地位不是比德伯莱克还要稳固吗?”

这个见解使普拉斯维尔感到震惊。他考虑了一下，说道：

“请于明天下午四点钟到警察局我的办公室找我，我会把您需要的情况告诉您的。您可以把地址留下吗？我也许需要和您联系。”

“到克里希广场二十五号，找尼古尔先生。我住在一位朋友家里，他外出期间把房子借给我住。”

会谈结束了。尼古尔先生向秘书长深深地鞠了一躬，跟着梅尔基夫人一起走了。

“这真是好极了，”他一出来，就高兴地搓着手说，“我可以自由出入警察局了。我一到，他们就得立即开始行动。”

梅尔基夫人却不抱那么大的希望。她说道：

“唉！咱们能来得及吗？我最担心的是这张名单被销毁。”

“被谁销毁？我的上帝！难道是被德伯莱克销毁?”

“那倒不会。但是侯爵一旦拿到它，就会把它销毁。”

“他如果还没有把它拿到呢？德伯莱克会顽抗的……至少会顽抗相当长的时间，使我们足以找到他。您想一想，普拉斯维尔现在是听我调遣啊!”

“要是他弄清您是谁了呢？他只要稍加调查，就会知道根本不存在什么尼古尔先生。”

“他却调查不出尼古尔先生不是别人，就是亚森·罗平。再说，您尽管放心，作为警察，没有谁比普拉斯维尔更笨了。他目前只有一个目的，就是击败他的老对头德伯莱克。为此，他可以不择手段，但他绝不会浪费时间调查那个向他保证拿德伯莱克人头见他的尼古尔先生。且不说我是被您引荐而来，就是我那点儿小聪明，已足以使他震惊了。所以，咱们就放心大胆地干吧。”

在罗平身边，克拉利丝总是不由自主地鼓起勇气。有他在，她就觉得前景不那么可怕了。她相信，并且她尽量使自已相信，拯救吉尔贝的希望不会因为这次可怕的判决而变得渺茫。但是，克拉利丝无论如何也不肯重返布列塔尼。她要留下来，亲身领略为拯救儿子所经受的“希望的安慰”和“失望的折磨”。

第二天，警察了解到的情报证实了罗平和普拉斯维尔已经知道的那些情况。达尔布弗克斯在运河事件中受到了严重牵连，以至于拿破仑亲王①不得不撤销了他对亲王设在法国的政治局的领导权。达尔布弗克斯侯爵只好靠借债，甚至不择手段地搞钱来维持自己的奢侈生活。调查证明，他确有绑架德伯莱克之嫌。那天他一反常态，没有出席俱乐部六点到七点的活动，也没有在家里吃晚饭，直到半夜才步行回家。

尼古尔先生对他的指控已然得到初步证实。可惜的是，警察局无法得到关于那辆汽车、那个司机，以及进入德伯莱克公馆里的那四个人的任何情况。罗平靠自己的途径也没搞到更多情况。这些人是不是因为也在运河事件中受到了牵连而成了他的同伙？或者是他雇用的打手？这些均不得而知。

于是，他们便集中调查侯爵的情况，调查他在巴黎以外的几座房屋和城堡。根据汽车每小时的平均速度，再加上途中必要的停留，可以算出，这些住处大约离巴黎一百五十公里。

可是，调查结果证明，达尔布弗克斯所有的房产都已卖光，如今在外省既无城堡，也无其他房产。

他们又去调查侯爵那些关系密切的亲友。他会不会从这些人那里借到一个可靠的地方监禁德伯莱克呢？

这方面的调查结果也同样令人失望。

时间一天天过去了。对克拉利丝·梅尔基来说，这是何等宝贵的时间啊！每过一天，都要缩短吉尔贝同那个可怕日子之间的距离；每过一天，都使她预感到的那个日期接近了二十四小时。她对被同样的焦虑折磨着的罗平说道：

“只剩下五十五天了……只剩下五十天了……在这么短的时间里，咱们能做什么呢？噢！我求求您……我求求您……”

的确，到底能做些什么呢？监视侯爵的事交给谁都不放心，为这件事他简直连觉都不睡了。可是，侯爵却恢复了正常生活，大概他怕引起怀疑，故而从不轻易缺席任何活动。

只有一次，他在白天到蒙莫尔公爵家里去了。他们之间只有体育活动方面的交往。那天，公爵的车马随从都到杜尔莱纳森林打野猪去。

普拉斯维尔说：

“蒙莫尔公爵是个大富翁。他只关心他的土地和狩猎，不搞政治。无法想象他会让人家利用自己的城堡去监禁德伯莱克。”

罗平也同意这个看法。但是，他还是不想有一点儿疏忽。所以，当第二个星期的一天早上，他看到达尔布弗克斯穿着骑马服出门时，就跟踪着他到了北站，并跟他上了同一列火车。

他们在奥玛尔车站下了车。在那儿，一辆汽车载着侯爵朝蒙莫尔城堡方向驶去。

---

① 拿破仑亲王是拿破仑三世的后裔。——译者注

罗平不慌不忙地吃了午饭，然后租了一辆自行车，骑到一个可以瞭望城堡的地方。他恰好看到公爵的客人有的乘车，有的骑马，从庭院里出来。达尔布弗克斯侯爵也在其中。

那天白天，罗平三次看到他骑马疾驰。到了晚上，罗平又在火车站看到他骑马而来，后面跟着一个马夫。

这次对达尔布弗克斯的跟踪看来是有决定性意义的，但同样证明他在这方面的活动毫无可疑之处！可是，为什么罗平仍然不相信这些表面现象，第二天又派勒巴鲁到蒙莫尔城堡周围侦查呢？表面看去，这无疑是毫无根据的画蛇添足。然而，这才更加符合罗平那一贯有条不紊的细致作风。

第三天，他从勒巴鲁那里除了得到一些没多少价值的情报之外，还得到了一张包括蒙莫尔公爵在内的全部客人、全部仆人和全部警卫的名单。

其中一个马夫的名字引起了罗平的注意。他立即发出了如下电报：

“迅速调查马夫塞巴斯蒂亚尼的情况。”

勒巴鲁的回答也很快：

“塞巴斯蒂亚尼，科西嘉人，由达尔布弗克斯侯爵推荐给蒙莫尔公爵。住在离城堡约四公里的专门打猎用的房子里。房子建在一座封建时代要塞的废墟里。这个要塞是蒙莫尔家族的摇篮。”

“这就是了。”罗平指着勒巴鲁的信对克拉利丝·梅尔基说，“塞巴斯蒂亚尼①的名字马上使我想起：达尔布弗克斯是科西嘉人。这就把他们俩联系起来……”

“那么您打算怎么办？”

“假如德伯莱克真的被监禁在那座废墟里，我就去跟他取得联系。”

“他不会相信您的。”

“会相信的。最近，通过警察局，我终于找到了那两个老太婆，就是在圣·日尔曼绑架您的小雅克，又在同一天晚上蒙面将他带到奈伊去的那两个人。她们是两个老处女，是德伯莱克的表姐，每月都从他那里得到一笔生活费。我曾访问过这两位鲁斯洛小姐——请记住她们的姓名和地址，巴克街一百三十四号乙——并且得到她们的信任。我答应为她们找到表弟、恩人德伯莱克。老大欧弗拉西·鲁斯洛交给我一封信，信中恳求德伯莱克绝对信任尼古尔先生。您看，我已经采取了一切必要措施，今夜就动身。”

“咱们一起走。”克拉利丝说。

---

① 塞巴斯蒂亚尼是典型的科西嘉人的名字。——译者注

“您?”

“难道您要我什么都不干，只是焦急地等待吗?”

然后，她又轻轻地说：

“现在，对我来说，时间已经不能再用天计算了……只剩下三十八九天，最多四十天……因此只能用小时计算了……”

罗平看到她此意已决，再劝阻也无济于事，于是，早晨五点钟，他们就在勒巴鲁的陪同下一起乘汽车上路了。

为了不引起别人的注意，罗平选择了一个大城镇阿米安作为据点。他把克拉利丝安置在那里。从那儿到蒙莫尔只有三十几公里。

快到八点钟时，他在离要塞不远的地方找到了勒巴鲁。当地人称这座要塞为死石寨。在罗平的指挥下，他们开始了对这个地区的侦查。

森林边上有一条叫利吉尔的小河。它宛若一枚美丽的耳环，沿着一道很深的峡谷拐了个大弯儿，在岸边耸立的陡峭石崖上的，就是死石寨。

“这边是无路可走了，”罗平说，“悬崖太陡，足有六七十米高，四周又有河水环绕。”

在离那儿不远的地方，他们找到了一座小桥。小桥直通山上一条崎岖的小路。他们沿着这条小路，穿过一片杉树和橡树的树林，来到一片空地。空地中间矗立着一座结实的建筑物，四周围着铁栅栏，上边布满了钉子。房子左右，一边一座大碉堡。

“马夫塞巴斯蒂亚尼就住在这里吗?”罗平问。

“对，”勒巴鲁回答，“他和妻子住在废墟中间的一座楼房里。我还打听到他有三个儿子，据说都出去旅行了，而且恰好是在德伯莱克被绑架的那一天走的。”

“噢！噢!”罗平说道，“这种巧合倒颇引人注意。那次绑架很可能就是这三个小子跟他们父亲一起干的。”

到了傍晚，罗平利用一道裂缝攀上塔楼右边的一道垂直的高墙，从那里可以看到马夫的房子和古要塞的废墟：近处是一块断壁，像个壁炉台，远处是个蓄水池；这边是一座小教堂的拱廊，那边是一堆颓废房屋的乱石。

前面，沿着悬崖有一条用于巡逻的小路。小路尽头是一个几乎已经成为平地的城堡主塔的遗迹。

晚上，罗平又回到了克拉利丝那里。从此，罗平就穿梭似的往来于阿米安和死石寨之间，把格罗戈纳尔和勒巴鲁留在死石寨进行监视。

六天过去了……塞巴斯蒂亚尼的活动完全符合他的职务要求。他每天都到蒙莫尔城堡去，再到森林里转转，看看野兽的活动情况，夜里出来巡逻。

到了第七天，罗平得知城堡又要组织狩猎，并且有一辆汽车一大早就开到奥玛尔火车站接客了。于是，罗平就躲进那块空地前面的一片月桂和小树丛中间。

下午两点，他听到一片犬吠声。猎人们在一片嘈杂声中走了出来，然后又走远了。到了四五点钟，他又一次听到了他们的声音，接着又鸦雀无声了。忽然，一阵马蹄声划破了周围的寂静。几分钟之后，他看到两个骑士沿着河边小路骑着马奔驰而来。

罗平认出他们是达尔布弗克斯和塞巴斯蒂亚尼。两个人来到空地前，翻身下马。一个女人——肯定是马夫的妻子——打开了大门。塞巴斯蒂亚尼把马缰拴到离罗平两三步远的一块系马石上，然后跑步追上侯爵。大门在他们身后关上了。

虽然这时天还很亮，但四周空无一人。所以罗平毫不犹豫，纵身钻进了围墙的裂缝。他把头伸进去，看到那两个人和塞巴斯蒂亚尼的妻子一起，匆忙朝城堡主塔的废墟走去。

马夫拨开常春藤，露出一个楼梯的入口。他和侯爵一起下去，留下他妻子在上面放哨。

罗平看到跟在他们后面下去是不可能了，就又回到了原来的藏身之处。等了没多久，大门又开了。

达尔布弗克斯侯爵面带愠色，用马鞭抽打着自己的皮靴，嘴里愤怒地骂着。等他走近了，罗平才慢慢地听清了他的谩骂：

"啊，这个流氓！我一定要撬开他的嘴巴……今天晚上……你听着，塞巴斯蒂亚尼……今天晚上十点我还要来……咱们要采取行动……啊，这个畜生！"

塞巴斯蒂亚尼解开了马缰。达尔布弗克斯转身对马夫的妻子说：

"关照你的儿子，一定要好好看着他……要是有人想来救他，那他就活该……陷阱已经准备好了……我对他们可以放心吗？"

"就像对他们的父亲一样，侯爵先生。"马夫肯定地回答，"他们深知侯爵先生对我的恩德以及将要赐给他们的恩德。为了您，他们上刀山下火海也在所不辞。"

"上马吧！"达尔布弗克斯说，"咱们快去找那些打猎的人吧！"

果然不出罗平所料，达尔布弗克斯利用打猎的机会骑马来到了死石寨。谁也识破不了他的阴谋。塞巴斯蒂亚尼为了报答我们没必要知道的"旧恩"，对他尽忠报效，每次都亲自陪着侯爵去看由他的妻子和三个儿子严密监视着的俘虏。

"事情就是这样。"罗平在附近的一家客栈里见到克拉利丝·梅尔基时，这样对她说，"今晚十点钟，侯爵将对德伯莱克进行审讯……可能很粗暴。这也是必要的。我必须亲自参加这次审讯。"

"德伯莱克会说出他的秘密吗？"克拉利丝不放心地问。

"我也担心这一点。"

"那怎么办呢？"

“我有两个方案，一时还拿不定主意。”罗平回答说，他显得很镇静，“一个方案是阻止他们见面……”

“怎么个阻止法呢？”

“我们赶在达尔布弗克斯之前到达那里。我和格罗戈纳尔、勒巴鲁在九点钟翻进围墙，闯入要塞，夺下主塔楼，缴下警卫的武器……这样一来，德伯莱克就是我们的了。”

“但愿塞巴斯蒂亚尼的儿子们没把他扔进侯爵说的那个陷阱……”

“正因为如此，”罗平说，“除非万不得已，除非我的另一套方案绝对不能实现，我是不会冒这个险的。”

“那另一个方案是怎样的呢？”

“就是亲自参加他们的谈判。如果德伯莱克不开口，我们就在必要的时间，在较好的条件下准备新的绑架；如果他开口，如果他们通过他说出了那张‘二十七人名单’放在什么地方，那我也可以跟达尔布弗克斯同时得到这个秘密。我向上帝发誓，我一定赶在他前面拿到这个名单。”

“很好……很好……”克拉利丝说，“可是，您打算怎样参加……”

“我现在还不知道，”罗平坦率地说，“这要靠勒巴鲁搞到的情报……以及我自己所能搜集到的情报来决定。”

他离开客栈，直到一小时之后，天都快黑下来时才回来。勒巴鲁也回到客栈来找他了。

“你找到那本书了吗？”罗平问他的同伙。

“找到了，老板。这正是我在阿米安的书报商的书摊上看到的那本。我花了十个苏就把它买下来了。”

“把它给我。”

勒巴鲁把一本又脏又破的书递过来，上面写着：

“《一八二四年死石寨游记》内有插图及要塞平面图。”

罗平马上开始看主塔楼平面图。

“果然是这么回事。”他说道，“地面上有四层，已经完全倒塌了。地下还有两层，是挖在石头里的。其中一层已被乱石堵死，另外一层……喏，就是我们的朋友德伯莱克的栖身之所。这间屋子的名字本身就很说明问题：审讯室……可怜的朋友……楼梯与这个房间之间有两道门。两道门中间是一间小屋。那三兄弟无疑是枪不离手地守卫在这里。”

“这么说，要进刑讯室非得被他们看见不可？”

“非看见不可……除非从上面进去，从塌陷了的那一层下去，在天花板上找一个入口……不过这非常危险……”

他继续翻阅着那本书。克拉利丝问道：

“这房间有窗户吗?”

“有。”他回答,“在下面。外边是河水。我找到了,这儿有一个入口,地图上标着。不过,是在垂直高度五十米的悬崖峭壁上……而且,悬崖垂直插进河水,所以从外面不可能进去。”

他又读了书里的有关段落。其中一段引起了他的注意,题目是“情侣塔楼”。这一段的头几行这样写道:

> “从前,当地人称这个主塔楼为‘情侣塔楼’。这名字起源于中世纪一对情人悲惨的恋爱故事:莫特彼尔伯爵发现妻子对自己不贞,便把她关进了刑讯室。她在里面度过了整整二十年。一天夜里,她的情人唐卡维尔以惊人的勇气把一个梯子撑在河里,攀上悬崖,一直来到刑讯室的天窗前。他锯断天窗的铁条,把情人救了出来。然后,两个人一起顺着一条绳索爬下了悬崖。他们已经触到了梯子顶端。下面有他们的朋友在瞭望。就在这时,突然从巡逻队那边传来一声枪响,子弹击中了男人的肩膀,两个人一同坠入深渊……”

罗平读完这个故事以后,房间里一阵沉默,长时间的沉默。每个人都在心里想象着这次未遂的逃亡。这就是说,在三四百年以前,曾经有人为搭救自己的情人甘冒生命危险,以难以想象的毅力攀上了这个塔楼,要不是哨兵听到声音开了枪,他就成功了。“竟然有人这样想过!有人这样做过!”罗平抬头看了看克拉利丝。她也在看着他,目光中充满了深深的乞求。这是一个母亲要求别人去为自己的儿子做一件做不到的事情时才有的目光,是一个准备牺牲一切去拯救儿子性命的母亲的目光。

“勒巴鲁,”罗平说,“你去找一条结实的绳子,要很细的,我要把它缠在腰上。你呢,格罗戈纳尔,去找三四架梯子,把它们接起来。”

“嗯?您说什么,老板?”那两个同伙禁不住一齐喊起来,“怎么,难道您也想……这简直是发疯!”

“发疯?为什么?别人能做到的事,我一定也能做到。”

“但是,您有百分之九十九的可能是要丧命的!”

“你看,勒巴鲁,那我还有百分之一的可能不丧命呢。”

“您还是好好考虑考虑,老板……”

“废话少说,朋友们。你们俩一小时后到河边找我。”

准备工作用了很长时间。他们好不容易才找到东西,拼成一个十五米长的梯子,刚刚能到悬崖的第一个凸起处。把这些东西一个一个地接起来真费了不少劲。

到了晚上九点钟,这个梯子总算在河中间立了起来。梯子插进陡峭的河岸里,用一条船揳住,顶端卡在两根树杈中间。

通向山谷的大路一向行人稀少，所以没有人来打扰他们。这时，天空乌云密布，四周夜幕沉沉。

罗平最后又叮咛了勒巴鲁和格罗戈纳尔几句：

“你们想象不出，我看到德伯莱克被别人剥皮抽筋时的表情，会多么开心哪！说实在的，走这一趟还真值。”

克拉利丝也上了船。他对她说：

“回头见。您一定不要动，不管出了什么事，您都一下不能动，一声不能吭。”

“难道会出什么事吗？”她问。

“当然了！请您想一想那位唐卡维尔老爷，他抱着自己的情人，眼看就要成功了，却在偶然的一瞬间丧了命。不过，您放心好了，我一切都会顺利的！”

她什么都没说，只是握了握他的手，用两只手紧紧地握他的手。

他蹬上梯子，试了试，发现梯子不太摇晃，就攀了上去。

他很快就爬上了最后一级。

从那里开始，攀登才真正变得危险了。悬崖非常陡峭，攀登很艰难，到了半空，简直就像在一堵直上直下的墙上攀缘。

幸亏崖壁上不时有些小洞使他可以放脚，手也可以抓住一些凸起的石块。但是，有两次石块松了，他滑了下去。这两次他都以为自己肯定完了。

他碰到一个比较深的凹洞，就在那里休息了一下。他已经精疲力竭了，真想就此罢休。他甚至想，自己这样冒着生命危险，真有必要吗？

“去你的吧，罗平！”他在心里骂着自己，“我看你是个软骨头，老家伙！半途而废？等一会儿德伯莱克可能会交代他的秘密，侯爵将成为名单的主人，罗平将空手而归。那么吉尔贝……”

捆在他腰上的那条长绳子使他很不舒服，何况他已经很疲劳了。他把绳子的一头系在裤带上，把另一头顺着悬崖垂下去，准备回来时再攀着它下去。

然后，他又开始在凹凸不平的崖壁上攀了起来，指甲被磨破了，手流血了。他每时每刻都准备坠进深渊。最使他泄气的是，他可以听到从船上传来的说话声。声音是那么清楚，他简直觉得自己跟那些伙伴之间的距离根本就没有拉开。

这时，他想起了唐卡维尔老爷。他当时也是孤身一人在黑暗中攀登，他听到石头滚落的声音也一定是胆战心惊，因为四周一片寂静，只要有一点儿声响就会引起巨大的回音。万一看守德伯莱克的人从情侣塔楼向下窥望，看到自己的身影，他们就会开枪。那就意味着死亡……

他向上攀着……攀着……他攀了那么长时间，真怀疑自己是不是已经超越了目标，或者是把方向搞偏了，说不定过一会儿会爬到用来巡逻的小路上去。要是那样可就糟了。这次行动由于情况剧变，使得他没有足够的时间进行准备，也只能如此了。

他不由得一阵气恼，于是憋足了劲向上爬。爬上几米又滑了下来。再爬上去，抓住一把草，结果连根拔出来，又滑了下去。他实在泄气了，准备打退堂鼓了。就在这时，他突然绷紧了全身的肌肉、全身的神经，一动不动地停在那里：一阵说话声好像从他抓着的那块石头里传了出来！

他倾听着，说话声在左边。他仰头向上看，好像有道光划破了黑暗。他究竟是以怎样的毅力，以怎样难以估计的速度攀上去的，连他自己也说不清楚。他突然来到了一个洞口旁边。洞很大，足有三米多宽，沿着悬崖顶壁伸延下去，形成了一条廊道。廊道的另一头比这边窄得多，被人用三条铁棍挡住了。

罗平爬过去，把头靠到铁棍上。于是，他看见了……

第八章 情侣塔楼

刑讯室展现在他眼前。屋子很宽大，形状不规则。四根高大的柱子支撑着屋顶，把房间分成大小不等的几块。四周的墙壁和地上的石板由于常年渗水、浸泡，散发着又潮又霉的气味。这间屋子大概什么时候都阴森可怖，此刻，再加上塞巴斯蒂亚尼和他的儿子们的高大身影、斜射到石柱上的灯光，以及那个被拴在破床上的俘虏，使这个房间的气氛显得更加神秘，更加令人毛骨悚然。

德伯莱克在最前面，离罗平蹲在旁边的那个天窗有五六米远。他的身子被一条古代的铁链捆在床上，床又被人用铁链拴在墙上的铁环里。除此之外，他的手和脚都被皮带捆着。看守们还搞了一个巧妙的装置，只要他一动，他身边那根柱子上的铃铛就会响。

一盏放在板凳上的灯把他的整个脸都照亮了。

达尔布弗克斯侯爵站在他旁边。罗平看到侯爵脸色苍白，胡须灰白，身体瘦长。他看着自己的俘虏，脸上流露出既满足又仇恨的神态。

沉默了好几分钟之后，侯爵命令道：

“塞巴斯蒂亚尼，把那三个火把都点着，让我好好看看他。”

等到三个火把都被点燃，侯爵看清了德伯莱克的面孔以后，他附身向着他，近乎温和地对他说：“咱们之间这场较量的最后胜负还很难说，但至少此刻，在这间屋子里，我将有几分钟的快乐。你把我害得好苦啊，德伯莱克！你让我流了多少眼泪……是啊……辛酸的眼泪……绝望的哭泣……你从我手里抢走了多少钱啊！你简直发财了……你的揭发令我多么惶恐啊！我的名字一旦被张扬出去，就意味着我将声名狼藉，彻底破产啊，你这个无赖！”

德伯莱克躺在那里一动不动。他的夹鼻眼镜被摘掉了，但仍然戴着那副普通眼镜。镜片反射着灯光。他明显地消瘦了，两颊深陷，颧骨隆起。

“喂，现在该是收场的时候了。”达尔布弗克斯说道，“最近有几个可疑的家伙在附近转悠，但愿他们不是为你而来，不是打算救你出去，因为那样一来，你马上就会完蛋。这你很清楚……塞巴斯蒂亚尼，陷阱没什么故障吧？”

塞巴斯蒂亚尼走近了一些，跪下一条腿，掀起一个铁环，转动着。这个铁环就在床脚下，罗平刚才没有注意到它。这时，一块石板动了，下面露出一个黑洞。

“你看，一切都准备好了。”侯爵说，“我手里应有尽有，甚至准备了地牢……根据有关城堡的传说，这地牢是无底深渊。所以，你是没有丝毫指望了，任何救援都是不可能的。现在你愿意开口吗？”

德伯莱克一言不发。侯爵又说道：

“这是我第四次审问你，德伯莱克。这是我第四次屈尊向你要那个名单，以便摆脱你的讹诈。这是第四次，也是最后一次。你到底说不说？”

回答仍然是沉默。达尔布弗克斯向塞巴斯蒂亚尼使了个眼色。看守走上前来，后面跟着他的两个儿子，其中一个手里拿着棍子。

“动手吧！”达尔布弗克斯等了一会儿，命令道。

塞巴斯蒂亚尼放松了捆在德伯莱克手腕上的皮带，在几条皮带中间插进一根棍子，把它系紧。

“要开始转吗，侯爵先生？”

又是一阵沉默。侯爵在等待着，德伯莱克则纹丝不动。侯爵说道：

“快说吧！何必敬酒不吃，吃罚酒呢？”

没有回答。

“转！塞巴斯蒂亚尼！”

塞巴斯蒂亚尼把棍子转了一圈，绳子勒紧了。德伯莱克呻吟了一声。

“你还是不打算开口吗？可你明明知道我是不会让步的，让步对我来说是不可能的事。你知道我既然抓到了你，如果必要，我会把你毁灭，直至把你弄死。你想说吗？不说……塞巴斯蒂亚尼，再转一圈！”

看守执行了命令。德伯莱克疼得一跳，然后喘着气倒了下去。

“你这个蠢货！”侯爵被气得浑身颤抖，吼道，“快说！怎么？这张名单你还没用够吗？现在应该轮到别人用它了！快说……它被放在哪儿了？你只要说一个字……一个字就行了……我就让你安静了……而且明天，只要我一拿到那张名单，你就自由了。自由，你听见了吗？可是，上帝，你说呀！啊！你这个流氓！塞巴斯蒂亚尼，再来一圈！”

塞巴斯蒂亚尼又用了一下力。德伯莱克的骨头断了。

“救命！救命啊！”德伯莱克声音嘶哑地喊着，徒劳地挣扎着。

接着，他结结巴巴地小声说：

“饶命……饶命吧……”

这场面实在太可怕了！马夫的三个儿子面目狰狞。罗平对此很反感，他都有些发抖了。他知道自己是绝不会干这种可憎的事的。他侧耳听着将从德伯莱克嘴里吐出的话，马上就要知道一切了，德伯莱克的秘密将用那些被痛苦逼出来的字母表达出来。罗平已经开始考虑如何撤退了。他想着他的汽车，想着自己将以何等疯狂的速度奔向巴黎，奔向那即将到来的胜利！

“快说！”达尔布弗克斯轻声说着，“快说吧，说了就完了。”

“好的……好的……”德伯莱克呻吟着回答。

“那么，说吧！”

“再等一等……明天……”

“啊，你疯了！明天？你胡说什么呀！塞巴斯蒂亚尼，再来一圈！”

“不，不！”德伯莱克吼着，“不，不要转了！”

“那你快说！”

“是这样……我把那张纸藏在……”

可是，德伯莱克实在太疼了。他抬起头，用尽全身的气力，吐出了一些前后很不连贯的字。有两次说出：“玛丽……玛丽……”然后就倒下去，浑身无力，一动不动。

“快放松啊！”达尔布弗克斯向塞巴斯蒂亚尼下命令道，“见鬼！难道咱们用力过猛了吗？”

他急忙检查了一下，发现德伯莱克只是晕了过去。他自己也精疲力竭地倒在床脚下。他揩着额上的汗水，嘴里咕哝着：

“唉！这讨厌的差事……”

“今天到此为止吧……”看守说道，他那张凶狠的脸也显得很激动，“咱们可以明天再来……或者后天……”

侯爵没有说话。看守的一个儿子递给他一瓶白兰地。他倒了半杯，一饮而尽。

“明天？不行！”他说，“要趁热打铁。再加一把劲就行了。已经到了这个地步，下面就不难了。”

他把看守拉到一边，对他说：

“你刚才听见了吗？他说的‘玛丽’这两个字是什么意思？他还重复了两遍呢。”

“对，是两遍。”看守说，“他可能把您向他要的那个文件交给一个叫玛丽的人保管了。”

“这绝不可能！”达尔布弗克斯反驳道，“他从来不把任何东西交给别人……一定是别的意思。”

“那您说是什么意思呢，侯爵先生？”

“什么意思吗？咱们马上就会知道。我可以向你担保。”

这时，德伯莱克深深地吸了一口气，在床上动了一下。

达尔布弗克斯已经恢复了镇静。他的眼睛始终盯着自己的敌人，并走近他，说道：

“你看，德伯莱克……到这个时候还想顽抗是不理智的……既然已经被打败了，就应当向胜利者的意志屈服，而不应当这样愚蠢地受刑……还是理智一些吧。”

然后，他又对塞巴斯蒂亚尼说：

“再把绳子弄紧一点儿……让他有点儿感觉……这会使他清醒些……他在装死……”

塞巴斯蒂亚尼又拿起棍子转了起来，直到绳子碰到德伯莱克那肿起来的带血的肉。德伯莱克疼得浑身发抖。

“停一下，塞巴斯蒂亚尼。”侯爵命令道，“我觉得咱们的朋友现在处在世上最好的境界，因此懂得合作的必要，对不对，德伯莱克？你愿意快点儿结束这种状况吗？你是个多么明智的人啊！”

侯爵和看守都向德伯莱克靠近了。塞巴斯蒂亚尼手里拿着那根小棍子。达尔布弗克斯举着灯，好看清德伯莱克的脸。

“他的嘴在动……他要说话了……再把绳子放松一点儿，塞巴斯蒂亚尼。我不希望咱们的朋友太痛苦……不，再勒紧一些……我发现咱们的朋友又有点儿犹豫了……再转一圈……停……这回行了……啊！亲爱的德伯莱克，你要是再不开口的话，那可实在是太浪费时间了。什么？你说什么？”

亚森·罗平骂了一句。德伯莱克说话了。而他，罗平，却什么也听不见！他白白用力克制心脏和太阳穴的跳动，使劲地竖起耳朵听，但一点儿声音都听不到。

“他妈的！”他心里骂道，“我没料到这一手。现在该怎么办呢？”

他真想一枪结果了德伯莱克，不让他把话说完。但是他知道，这样一来自己的下场也不会比德伯莱克更好。因此，还是先看看事态的发展，再想个万全之策吧。

下面，德伯莱克还在继续招供。他的话一点儿也听不清，而且说几句就停一下，甚至呻吟几声。然而达尔布弗克斯对他并不放松：

“还有呢……快说完嘛……”

他嘴里还不时地发出些感叹：

“很好……太好了……这是真的吗？你再重复一遍，德伯莱克……啊！这可真有意思……谁都没有想到吗？连普拉斯维尔也没料到？真是个大笨蛋……松开吧，塞巴斯蒂亚尼……你没看见咱们的朋友已经喘不上气来了吗……安静一点儿，德伯莱克……别这么折磨自己……什么？亲爱的朋友，你说什么？”

德伯莱克快说完了，下面是一阵长时间的窃窃私语。达尔布弗克斯全神贯注地听着，而罗平却一个字也听不见。最后，侯爵站起身，高兴地大声说道：

“行了！谢谢你，德伯莱克。请相信我将永世不忘你刚才为我所做的一切。如果你以后有困难，尽管来敲我的门。在我家里，你总可以找到一口饭吃，找到一口水喝的。塞巴斯蒂亚尼，好好照顾议员先生，就像照顾你自己的儿子一样。首先，把他身上的绳子全都解开。你们竟然把他像小鸡给穿在烤钎上一样地捆在那里，心肠实在太狠了！”

“要不要给他喝点儿什么呢？”看守提议道。

“当然了！快给他点儿喝的。”

塞巴斯蒂亚尼和他的儿子们给德伯莱克解开皮带，帮他揉了揉肿胀的手腕，然后用涂了药膏的纱布给他包扎好。德伯莱克喝了几口烧酒。

“现在好一些了。”侯爵说，“没关系，这不要紧，过几个小时就不疼了。你可以去夸口，说自己经受住了中世纪的宗教裁判！你真走运！”

他看了看表。

“说得够多了。塞巴斯蒂亚尼，让你的儿子们在这儿轮流值班。你送我去火车站，赶末班火车。”

“怎么，侯爵先生，咱们就让他这么自由自在地躺着，让他可以随便乱动吗？”

“有什么不可以？你以为咱们把他老关在这里，一直关到死吗？不，德伯莱克，你放心。明天下午我到你家里去……如果名单果然放在你跟我说的那个地方，我就马上发一封电报回来，你也就自由了。你没有说谎吧，嗯？”

他又回到德伯莱克身边，向他弯下身，说：

“你不会开玩笑吧，嗯？那样做对你来说是很愚蠢的。对我来说只不过损失一天的时间，可对于你来说呢，失去的将是全部余生。不过，我想你是不会的，因为你说的这个藏东西的地方实在太妙了，是编不出来的。塞巴斯蒂亚尼，明天你一定会收到我的电报。”

“要是别人不让您进他家怎么办呢，侯爵先生？”

“为什么不让进？”

“拉马丁公园的那座房子已经被普拉斯维尔的人控制了。”

“这你就不必担心了，塞巴斯蒂亚尼，我会进去的。要是不能从门进，还有窗子呢！要是窗子也进不去，那我可以跟普拉斯维尔手下的某一个人达成交易。这只是钱的问题。感谢上帝，从今以后咱们再也不缺钱了！晚安，德伯莱克。”

他走了出去，后边跟着塞巴斯蒂亚尼。沉重的大门被关上了。

罗平立即按照自己根据刚才的新情况所制订的方案，开始撤退了。

这个方案很简单：利用那根绳子爬下悬崖，领着自己的人跳上汽车，在通往火车站的偏僻路段袭击达尔布弗克斯和塞巴斯蒂亚尼。这场战斗的结果是毫无疑问的：只要达尔布弗克斯和塞巴斯蒂亚尼被抓到手，总会让他们当中的一个人开口。达尔布弗克斯刚才已经告诉自己应该采取怎样的措施了。那么，为救自己的儿子，克拉利丝·梅尔基也是不会心软的。

他用手拉了拉自己带来的绳子，摸索着找一块凸起的石头，以便把绳子中间搭在上面，将绳子一分为二，自己好抓住它下去。但是，等他找到符合自己要求的石头以后，他不但没有因为情况紧急而立即行动，反而停在那里一动不动，又考虑起来。到了这最后一刻，他突然对自己的方案不满意了。

“太荒唐，”他心想，“我要干的事既荒唐又不合逻辑。谁能担保达尔布弗克斯和塞巴斯蒂亚尼不会从我手里跑掉呢？谁又能保证我把他们抓到手，他们就一定会开口呢？不，我还是应当留下来，留下来成功的可能性更大……我的进攻目标不是那两个人，而是德伯莱克。他已经精疲力竭，没有任何战斗力了。既然他可以把秘密告诉侯爵，那么只要我和克拉利丝对他使用同样的手段，他就不可能不把秘密告诉我。就这么定了：劫持德伯莱克！”

然后，他自语道：

“再说，这样做我又能冒什么险呢？即使这一招失败了，我还可以跟克拉利丝·梅尔基一起火速赶回巴黎，然后跟普拉斯维尔一道，对拉马丁公园实行严密监视，使达尔布弗克斯不能下手。最重要的是，要把这种危险告诉普拉斯维尔……他马上就会得到警告的。”

附近的村子里，教堂的钟敲了半夜十二点，这就意味着罗平足有六七个小时来实施他的新计划。他立即开始了行动。

他离开有天窗的那个山洞，来到悬崖的一个凹陷处。那里有一堆灌木丛。他用刀子砍了十几棵小树，把它们截成同样的长度。然后，他把绳子的两边分别量了几个相同的距离，作为一级的高度，中间拴上一根一根的木棍，就这样做成了一条六米左右高的软梯。

等他再回到天窗前时，刑讯室里德伯莱克的床边就剩下马夫的三个儿子当中的一个了。他在灯旁抽着烟斗。德伯莱克在睡觉。

“他妈的！”罗平在心里骂道，“这小子难道要在这里看一夜不成？要是这样，我可就无计可施，只好走了……”

可是，一想到达尔布弗克斯将成为掌握这个秘密的人，罗平心里就很不舒服。他通过刚才目睹的那场审讯，知道侯爵在谋私利。他拿到那个名单，绝不仅仅是要摧毁德伯莱克，而是要用德伯莱克使用过的手段重振家业。

从这时起，对罗平来说，一场对付新对手的战役已经开始了。事态发展得如此之快，使罗平根本不可能对前景进行预料。现在他要不惜一切代价，立即把情况通知普拉斯维尔，从而使达尔布弗克斯不得下手。

因此，罗平还是怀着一种强烈的希望留在那里，希望发生某种意外，好给他带来下手的机会。

钟敲十二点半。接着，又敲了一点。这种等待是难熬的。何况，这时一股冰冷的雾气从山谷中升腾起来，罗平感到了刺骨的寒冷。

远处传来了马蹄声。

“是塞巴斯蒂亚尼从火车站回来了。”他心里想。

这时，在刑讯室里执行看守任务的塞巴斯蒂亚尼的那个儿子，在抽完了最后一锅烟之后，打开门问他的弟兄是否还有再装一袋烟的烟丝。听到他们的回答之后，他就离开房间，朝他家住的楼房走去。

使罗平大为惊讶的是，还没等屋门关好，熟睡着的德伯莱克就一下子坐了起来，侧耳听着，先试探着放下一只脚，接着又放下另一只脚。他站在地上，身子轻轻摇晃着，不过，总比别人想象的要结实得多。他在试自己的体力。

“行，这家伙还真有后劲。”罗平心想，“他完全可以为绑架自己出力。只有一点让我担心：不知他肯不肯相信我，肯不肯跟我走，会不会把这个从天而降的援救看成是侯爵的圈套!”

忽然，罗平想起了自己让德伯莱克的两个老表姐写给他的那封信。那可以说是一封介绍信，是老表姐中的老大欧弗拉西签的名。

信就在罗平的衣袋里。他把它掏出来，又竖起耳朵听着。下面，除了德伯莱克在石板上走路发出的轻轻的嚓嚓声外，再无别的动静。罗平认为时机已到，急忙把胳膊伸进天窗上的铁窗格子，把信扔了下去。

德伯莱克大吃了一惊。

信在屋子里飘荡了一阵，落到离德伯莱克两三步远的地上。这信是从哪儿来的呢？他抬起头朝天窗看了看，竭力想透过黑暗看清房间上半部的情况。接着，他又看了看信，还是不敢拿。他朝房门瞥了一眼，突然弯下腰，急忙把信拾了起来，打开了信封。

“啊!”他看到信的署名，禁不住高兴地松了一口气。

他轻声念着那封信：

“你要绝对信任带给你此信的人。是他——当然，我们给了他钱——发现了侯爵的秘密，并制订了帮你逃跑的计划。一切都已准备就绪。

欧弗拉西·鲁斯洛”

他又念了一遍，重复着：“欧弗拉西……欧弗拉西……”然后，又抬头向上看着。

罗平轻轻地说：

“我锯开一条窗格子需要两三个小时。你估计这中间塞巴斯蒂亚尼和他的儿子们会回来吗?”

“当然会的，”德伯莱克也像罗平一样轻轻地回答，“不过，我想他们是不会管我的。”

“他们就睡在隔壁的屋子里吗？”

“对。”

“那他们听得见吗？”

“听不见，门很厚。”

“好吧，这样我干起来会更快。我准备了一个绳梯。不用我帮忙，你一个人上得来吗？”

“我想是可以的……我可以试试……他们只是把我的手腕弄断了……啊，这些畜生！我的手简直都不能动了……而且我也没有力气！不过，我还是试一试吧……再说，也只能这样做啊……”

他停住口，倾听着，然后把食指放到嘴上，小声说：

“嘘！”

当塞巴斯蒂亚尼和他的儿子们走进来时，德伯莱克已经把信藏好，躺到床上，并且装出刚睡醒的样子。看守给他拿来一瓶酒、一个杯子和一些食品。

“怎么样，议员先生？”他大声说道，“真的，刚才可能勒得太紧了一点儿……这种转棍刑罚太残酷了。据说这在大革命时期和波拿巴时期很流行……那是个还有用火焚脚逼人招供的强盗时代……这可真是个了不起的发明！而且又很干净……不会流血……嘿，又不用很多时间！刚刚二十分钟，你就把谜底说出来了。”

塞巴斯蒂亚尼放声大笑起来。

“议员先生，请接受我衷心的祝贺！这真是个绝妙的藏物之处。谁能想得到呢？你知道吗，一开始你说出‘玛丽’这个名字时，把侯爵和我都给搞糊涂了。你倒是没骗人，只不过，喏……这个单词你只说了一半。你应当把它说完。可是，不管怎么说，这事真够滑稽的。原来就放在你的办公桌上！真的，真够可笑的。”

看守站起身，在房间里来回踱着步，得意扬扬地搓着手。

“侯爵先生非常高兴！他是那么高兴，非要明晚亲自回来给你自由。是的，他全都考虑好了，只是还要履行某些手续……还要你在几张支票上签字。他当然得让你还债！你得偿还侯爵损失的钱财和所受的苦难。这点儿小意思对你来说又算得了什么！不足挂齿！而且从现在起就已经给你解开身上的铁链和手上的皮带了，你简直在享受国王的待遇！还有，你瞧，我还奉命给你拿来了一瓶老酒和一小瓶白兰地呢！”

塞巴斯蒂亚尼又说了几句玩笑话，就拿起灯，把屋子视察了一番，然后对他的儿子们说：

“让他睡吧。你们三个也好好休息一下。不过，不要睡得太死……谁知道会……”

他们全都走了出去。

罗平又耐心地等了一会儿，然后小声说道：

“我可以开始了吗？”

“可以了，不过要小心……一两个小时之内说不定他们还会来看看。”

罗平干了起来。他有一把锋利的锉刀，而那铁窗格子由于天长日久，生了锈，有的地方简直一碰就断。罗平有两次停下来，侧耳细听，原来是一只老鼠在上面一层的乱石堆里跑过，后来是一只猫头鹰飞过。他接着锯下去。下面，德伯莱克把耳朵贴在门上倾听着外边的动静。一有情况，他就会发出警告。

“哎哟！”罗平锯完最后一下，松了一口气，“还真不容易呢，山洞实在太窄了……天又这么冷……”

他使足全身的力气拉断了那根铁条。这样，就使另外两根铁条中间有了一道足够一个人钻出来的空隙。然后，他又到洞口去拿回绳梯，把它拴在铁窗上，对下面喊道：

“喂……行了……您准备好了吗？”

“好了……我马上就来……再稍等一下，让我听听……很好……他们都睡觉呢……把梯子放下来吧！”

罗平把梯子放下去，问道：

“要我下去吗？”

“不用……我是没力气……不过总算还可以。”

果然，他很快就爬上来，跟在自己的救命恩人后面往外走。外面的空气好像使他头晕目眩，再加上他出来之前为给自己壮壮体力，又喝了大半瓶酒，这会儿他浑身无力地在山洞的石地上躺了半个小时。罗平等得不耐烦了，他把绳子的一头拴在德伯莱克身上，另一头已经拴到了天窗的铁格子上，打算把德伯莱克像包裹一样卸下山崖。这时，德伯莱克醒了，比刚才精神多了。

“现在好了，”他声音很轻地说，“我感到情况良好。需要很长时间吗？”

“要不少时间。咱们现在在离地面五十米高的山上。”

“达尔布弗克斯怎么就没料到可以从这里逃走呢？”

“悬崖非常陡峭。”

“可是您竟然从这里上来了……”

“有什么办法！您那两位表姐一定要我来救您……再说，我也得挣点儿钱糊口啊……她们俩心地善良。”

“真是两个妇人！”德伯莱克说，“她们现在在哪儿呢？”

“就在山下，在船上。”

“下面难道是河吗？”

“对。不过，咱们还是别聊天了，您说呢？这儿太危险。”

“再说一句，您在给我投信之前，已经在那儿待了很久了吗？”

“哪里，哪里……我在那儿待了最多一刻钟。等一下我再给您讲这些……

现在的问题是要赶紧行动。”

罗平先开始下，又嘱咐德伯莱克一定要把绳子抓紧，退着下。在难下的地方，他用手从下面扶住德伯莱克。

他们足足用了四十多分钟才来到悬崖那块凸起部分形成的平台上。这是因为德伯莱克手腕很疼，用不上劲，罗平不得不扶着他往下滑。

有好几次，德伯莱克呻吟着骂道：

“啊！这些流氓！他们把我折磨成这个样子……流氓！啊！达尔布弗克斯，我要让你加倍偿还！”

“别说话！”罗平说。

“怎么了？”

“上面……有声音……”

他们一动不动地站在平台上倾听着。罗平想到了唐卡维尔老爷和那个用火枪把他打死的哨兵。四周是一片寂静，一片黑暗，这愈加使他感到恐怖。他不禁抖了一下。

“不是……”他说，“我听错了……再说，我的担心也是多余的……我们在这儿，谁也无法击中我们。”

“谁会打我们呢？”

“没什么……没什么……一个十分可笑的念头……”

他摸索着找到了梯子，说道：

“喏，这是一个立在河床里的梯子。我的一个朋友和您的两位表姐在下面扶着它。”

他打了一声呼哨。

“我来了，”他小声向下面说，“扶好梯子。”

然后，他又对德伯莱克说：

“我先下。”

德伯莱克却说：

“最好是我先下。”

“为什么？”

“我实在没力气了。您把我拴在您腰里的绳子上，从上面提着我……否则我会摔……”

“对，您说得对。”罗平回答，“您靠近点儿。”

德伯莱克走过来，跪在岩石上。罗平把他拴好，然后弯下腰，握住梯子的顶端，好让它不摇晃。

“下吧。”他说。

就在这一刹那，他突然感到肩上一阵难忍的疼痛。

“他妈的！”他嘴里骂着，倒了下去。

原来是德伯莱克用匕首在他的颈部靠右边一点儿刺了一刀。

“这个无赖……无赖……”

黑暗中，他看到德伯莱克解开了绳子，听他说道：

“你这个笨蛋！你带来一封鲁斯洛表姐的信，我一下就认出是老大阿德拉依德的笔迹。不过，这个狡猾的阿德拉依德大概是对你起了疑心，也是为了让我在必要时提高警惕，所以小心地签了她妹妹的名字欧弗拉西·鲁斯洛。你看，这使我大为惊奇……后来，我稍微动了一下脑子……‘你一定是那位亚森·罗平先生了，对不对？’克拉利丝的保护人，吉尔贝的拯救者……可怜的罗平，我想你的事现在不好办了吧……我很少使用匕首，不过一旦用起来，刀法还很准。”

他俯身看着伤者，翻着他的衣袋。

“把枪给我。你知道，你的朋友很快就会认出我不是他们的老板，会抓住我的。而我已经没有力气了，所以一两颗子弹……永别了，罗平！咱们到那个世界再见吧，好吗？给我在那边弄一套有现代化设备的房间……永别了，罗平。请接受我诚挚的谢意……真的，要是没有你，我还真不知会落个何等下场！哼！达尔布弗克斯心够毒的，这个坏蛋！看我找到他怎么算账吧！”

德伯莱克准备好了，吹了声口哨。船上有人回了暗号。

“我来了。”他说道。

罗平用尽全身的力气，伸出胳膊想要抱住他，却扑了个空。他想喊，向伙伴发出警告，却喊不出来。

他感到整个头都麻木了，耳朵嗡嗡作响。

忽然，从下面传来了叫喊声，接着是一声枪响，又是一声。而后是一阵得意的笑声，以及女人的呻吟声。然后又是两声枪响……

罗平想到了克拉利丝，她一定受伤了，说不定已经死了。他又想到了胜利而去的德伯莱克；想到了达尔布弗克斯；想到了那个水晶瓶塞；想到了他们两个人中将有一个会拿到它，谁都无法阻拦。最后，他又想到了唐卡维尔老爷抱着情人坠入山涧的情景。他轻轻地喊着：

“克拉利丝……克拉利丝……吉尔贝……”

一种无限的安详、宁静使得他一动不动，听凭自己无力的身躯不受任何阻挡地向崖边滚去，坠向深渊……

第九章 在黑暗中

在阿米安的一家旅馆里……亚森·罗平第一次恢复了知觉。克拉利丝守在他床头，旁边还有勒巴鲁。

他们俩聊着天儿。罗平闭着眼睛听着。他知道他们曾为他的生命担忧过，现在危险期已经过去了。他从他们的只言片语里了解到了死石寨那一夜的经过。德伯莱克下来之后，他的同伙认出不是自己的老板，先是一阵惊慌，然后是短促的搏斗。克拉利丝扑到德伯莱克身上，结果肩上挨了一枪，受了伤。德伯莱克跑向了河岸。格罗戈纳尔向他开了两枪，并追了上去。勒巴鲁攀梯而上，找到了晕倒在地的老板。

“真的，我真不知道他怎么竟没有滚下悬崖。”勒巴鲁说，“他躺的地方是有些凹陷，可是在陡坡上啊。他已经半死不活了，一定是用十个指头牢牢地抓住了地面。天哪，我上去得真是时候!”

罗平听着，用力听着。他集中全部精力想要抓住几个字，再把它们的意思弄懂。突然，他听到了一句可怕的话：克拉利丝哭着说，十八天过去了，救他儿子的宝贵时间，又少掉了十八天!

十八天！这个数字使罗平大吃了一惊。他感到一切都完了，自己永远也不会恢复健康，不能继续斗争了。吉尔贝和沃什莱将要死去了……他又失去了知觉，又是发高烧，又是说胡话……

又过去了好几天。这段时间恐怕是罗平一生中最让他谈虎色变的日子。他已恢复了知觉，有时甚至头脑相当清醒，所以对当时的形势可以有极为准确的判断。但他还不能把自己的思想协调起来进行思维，不能指导自己的朋友们应当如何行动或不应当如何行动。

每当他从昏迷中清醒过来时，总是发现自己的手被克拉利丝握着。他就在这种被高烧缠绕着的半睡眠状态中，向她说了些稀奇古怪的话，充满了温存和冲动的话。他一会儿哀求她，一会儿感谢她，一会儿又称颂她在茫茫黑暗中给自己带来了光明和欣喜……

等过一阵他平静下来，已然记不得自己刚才说了些什么，就想开个玩笑：

“我说胡话了，是吧？我一定说了不少蠢话！”

从克拉利丝的沉默中，罗平知道自己发烧时是会信口胡说的……而且她根本没有听到这些话。她对病人的关照无微不至，一片赤诚，为了他的安全时刻警觉着。病情稍有恶化，她便担惊受怕。但这一切都不是冲着他本人，而是冲着吉尔贝的救星。她焦急地期待着他的康复。他究竟要等到什么时候才能重新投入战斗呢？如今，每过一天都意味着带走一线希望。她在这个时候还守在他身边消磨时间，是不是发疯了呢？

罗平心里则老在重复着：“我希望恢复健康……我希望恢复健康……”他坚信这样说真会使他的伤势好转。

但是他仍然一连几天躺在床上一动不动，担心那样会搞乱绷带，或者加剧神经的兴奋。

他还尽力克制自己不去想德伯莱克。可是，这个可憎的敌人的身影却老是在他的头脑中萦绕。

一天早晨，罗平醒来时，觉得轻松多了，伤口已经长好，体温也接近正常了。一位朋友的家庭医生每天从巴黎来给他看病，并向他保证后天就可以起床。从这一天起，他趁自己的同伙和梅尔基夫人不在——这三个人都在前两天就出去了解情况了——让人把他推到敞开的窗子前面。

明媚的阳光和和煦的春风使生命又回到了他身上。他又恢复了思维能力，一件件往事又按照先后次序及其关系在他的头脑中被联系起来。

那天晚上，他收到了克拉利丝发来的电报，告诉他情况越来越严重了。她跟格罗戈纳尔和勒巴鲁要留在巴黎。罗平被这个消息弄得心烦意乱，一夜都没睡好。到底是什么事使克拉利丝发来这样一封电报呢？

第二天，她回来了，脸色苍白，两只眼睛都哭红了。她浑身无力地坐下来，喃喃地说：

“向最高法院提出撤销原判的上诉被驳回了。”

他克制住自己的情绪，惊讶地问：

“难道您还对这寄托着希望吗？”

“不，不。”她说，“可不管怎么说……我总是怀着一线希望……情不自禁地……”

“是昨天驳回的吗？”

“已经驳回八天了，勒巴鲁一直瞒着我，我自己又不敢看报。”

罗平说：

“还有赦免的希望呢……”

“赦免？难道还有谁会赦免亚森·罗平的同伙吗？”

她怀着愤怒、痛苦说出了这句话。罗平好像没听见，继续说道：

“对沃什莱可能不会赦免……但人们对吉尔贝会怜悯的。怜悯他的青春……”

“没人怜悯他。”

“您怎么知道？”

“我见过他的辩护律师。”

“您见过他的律师？那么您对他说了……”

“对他说了我是吉尔贝的母亲。我问他，如果说出吉尔贝的真实身份，会不会对判决产生影响……缓期也行。”

“您这样说了？”他轻轻地说着，“您承认了……”

“吉尔贝的生命高于一切。同他的性命相比，我的姓氏有什么要紧！我丈夫的姓氏有什么要紧！”

“可还有您的小雅克哪！”罗平反驳道，“难道您有权毁掉小雅克的一生，让他成为一个死囚犯的兄弟吗？”

她低下了头。罗平又问：

“律师是怎么对您说的呢？”

“他说这样做对吉尔贝也无济于事。我表示强烈抗议，但我看出他已经对这不抱任何希望了，赦免委员会的决定将是执行死刑判决。”

“赦免委员会，就算是吧，可还有总统呢！”

“总统总是同意委员会的决定。”

“这一次他就不会同意。”

“为什么？”

“因为我要对他施加压力。”

“怎样施加压力？”

“有条件地向他提交‘二十七人名单’。”

“您拿到名单了？”

“还没有。”

“那么——”

“我会拿到的。”

他的决心并没有动摇。他用镇静和自信显示了无比的威力。

她轻轻地耸了耸肩，对他的话并不十分相信。

“如果达尔布弗克斯没有把名单拿走，那么现在只有一个人能够对总统施加压力，只有一个人：德伯莱克。”

她轻轻地、心不在焉地说出了这句话。这使罗平浑身一抖。难道她现在还在想——他过去经常感到她这样想——去见德伯莱克？要不惜一切代价地去求他拯救吉尔贝吗？

“您已经向我发誓了。”他说道，“我再提醒您一下，我们已经说定了，这场同德伯莱克的斗争由我指挥。您和他之间的任何协议都是不允许的。”

她辩解道：

“我连他在哪里都不知道。再说，如果我知道他在哪儿，您还能不知道吗?”

这个回答是含糊其辞的。不过他也没有再坚持，心想，只要在关键时刻看住她就是了。她还有好多情况没对他讲呢！于是，她又问道：

“这么说，你们并不知道德伯莱克的情况?”

“不知道。很明显，格罗戈纳尔向他开的那两枪有一枪击中了他。因为在他逃走后的第二天，我们在一堆矮树丛里找到了一块沾满血迹的手帕。还有，有人在奥玛尔火车站看到过一个面容疲倦、行走艰难的人。这人买了一张去巴黎的火车票，登上第一辆开往巴黎的火车……这就是我们了解到的全部情况……”

“他大概伤势很重，现在躲在一个可靠的地方养伤！”

罗平说道：“也可能他认为最好在哪儿隐藏几个星期，躲避一下警察局、达尔布弗克斯、您、我，以及他所有敌人的追踪。”

他考虑了一下，又说：

“德伯莱克逃走之后，死石寨有什么消息吗?当地人没有议论这件事吗?”

“没有。第二天一早，那条绳子就被拿走了。这说明塞巴斯蒂亚尼和他的儿子们当夜就发现德伯莱克逃走了。第二天一整天塞巴斯蒂亚尼都不在家。”

“呃，他一定是给侯爵送信去了。那么侯爵呢，他在哪儿?”

“在他自己家里。根据格罗戈纳尔的侦查，他家里也没有任何可疑现象。”

“你们肯定他没到拉马丁公园那座公馆里去过吗?”

“肯定。”

“德伯莱克也没回去过吗?”

“也没有。”

“您去见过普拉斯维尔吗?”

“普拉斯维尔正在休假。他在外地旅行。不过，他指定负责此案的布朗松警长以及看守公馆的警察们都肯定地说，由于他们严格执行普拉斯维尔的命令，对公馆的看守一刻也没有放松，甚至夜里也如此。他们轮流值班，总有一个人守在德伯莱克的书房。因此，肯定任何人都没进去过。”

“这么说，从原则上讲瓶塞还应当放在德伯莱克的书房里?”罗平说道。

“如果德伯莱克失踪前在那里，那么现在就应该还在那里。”

“就在他的办公桌上。”

“在办公桌上?您为什么这样说?”

“因为我知道它在那里。”罗平回答。他没有忘记塞巴斯蒂亚尼的话。

“那您知道瓶塞是藏在什么东西里吗?”

“不知道。不过一张办公桌总是面积有限，用不了二十分钟就可以搜查一遍。如果必要的话，十分钟就可以把它给拆了。”

这场谈话使罗平很疲倦。他不愿出一点儿差错，于是对克拉利丝说：

“您听着，我再向您要求两三天的休息时间。今天是星期一，三月四日。后天，星期三，最迟星期四，我就可以下床活动了。请相信，咱们一定会成功。”

“那么，在这之前呢?”

“在这之前，您还回巴黎去，跟格罗戈纳尔和勒巴鲁一起住到特罗卡德罗附近的弗兰克林旅馆里，监视德伯莱克的房子。您可以自由出入这个公馆，可以再调动一下那些警察的积极性。”

“要是德伯莱克回来怎么办呢?”

“他回来更好。那咱们就可以抓住他。”

“他要是不在那里停呢?”

“在这种情况下，就让格罗戈纳尔和勒巴鲁追踪他。”

“要是他们万一失去他的线索呢?”

罗平没有回答。此刻，谁也体会不到他被关在旅馆里不能行动有多么痛苦，以及他不能亲临战场指挥战斗有多么着急！也许正是这种焦急、内疚的心情使他的伤口复原超过了正常情况下所需要的时间。

他轻轻地说：

“您走吧。我请求您。”

随着那可怕日子的迫近，他们之间的关系也越来越紧张。梅尔基夫人很不理智。她忘记了，或者说尽量想忘记是她自己使儿子卷进这场“昂吉安冒险”的，可她却不能忘记法庭之所以对吉尔贝这么严厉，并不仅仅因为他是一名罪犯，更主要的是因为他是亚森·罗平的同伙。罗平虽然已经竭尽全力，施展了奇能，但他又取得了什么成果呢?他的努力到底帮了吉尔贝什么忙呢?

沉默了一会儿，她站起身走了，把他一个人留在房间里。

第二天，罗平觉得身体更虚弱了。第三天便是星期三。医生要他再休息几天，直到周末。罗平问道：

“要是不休息到周末会有什么危险呢?”

“那您还可能发烧。”

“不会再有别的情况吧?”

“不会，伤口已经结痂了。”

“那就随它去吧。我坐您的汽车走，中午咱们就可以到巴黎了。”

罗平之所以急于马上动身，是因为他收到了克拉利丝的这样一封信：“我找到了德伯莱克的踪迹……”同时还因为他读了《阿米安报》上发表的一封电报，宣布达尔布弗克斯侯爵因在运河事件中受到牵连而被捕。

这就是说，德伯莱克已经开始报复了。

既然德伯莱克可以报复，就是说侯爵没能从德伯莱克的办公桌上把名单拿走，以避免这场报复；就是说奉普拉斯维尔之命驻守在拉马丁街心花园旁的这座公馆里的布朗松警长和那些警察严格执行了命令；也就是说水晶瓶塞还放在原处。

这还说明德伯莱克没回家，可能是因为健康状况不允许；也可能是他对藏东西的地方很放心，觉得自己没必要回去将它取走。

不管怎么说，都必须采取如下的行动：要赶在德伯莱克之前把水晶瓶塞拿到手。

车刚一穿过布洛涅森林来到拉马丁街心花园附近，罗平就叫医生停车，并向他告别。应邀前来的格罗戈纳尔和勒巴鲁走到了他身边。

“梅尔基夫人呢?”

“她从昨天起就没回来。我们从她寄回的一封快信里知道，她发现德伯莱克离开他表姐，乘一辆汽车走了。她记下了他的车牌号码，将会不断地把侦查结果告诉我们。”

“后来呢?”

“后来就一点儿消息也没有了。”

“你们还知道别的情况吗?”

“知道。《巴黎南方日报》报道，达尔布弗克斯侯爵昨天夜里在牢房里用玻璃片割破血管自尽。据说他留下一封很长的遗书，既是一封坦白信，又是一封检举信。他承认自己所犯的罪行，同时控诉德伯莱克将他活活逼死，并揭发了德伯莱克在运河事件中扮演的角色。”

“就这些吗?”

“还有。这家报纸还说，种种迹象表明，赦免委员会在研究了案件的全部资料之后，很可能驳回吉尔贝和沃什莱的赦免要求。总统可能在星期五接见他俩的律师。”

罗平被惊得一抖。

“事情进展得很快嘛!”他说，“看得出，德伯莱克从逃出的第一天就对这个腐败的法庭施加了很大压力。只剩下短短的一周，断头台上的铡刀就要落下来了。啊！可怜的吉尔贝！如果后天你的律师呈递给总统的辩护词中不包括那张‘二十七人名单’的话，你就完了。”

“您看，您看，老板，怎么连您也丧失信心了呢……”

“我？你胡说些什么！一小时之后，我就会拿到水晶瓶塞。两小时之后，我就会见到吉尔贝的律师。那时候这场噩梦也就结束了。”

“太好了，老板！这才像您说的话呢。我们在这里等您吗?”

“不，你们回旅馆去。我回头到那里找你们。”

他们分了手。罗平径直朝公馆的花园门走去，按了门铃。

一个警察出来开门，认出了他：

“是尼古尔先生，对吧？”

“不错，正是本人。”他说，“布朗松警长在吗？”

“在。”

“我可以跟他谈谈吗？”

警察把他领进了德伯莱克的书房。警长热情地接待了他。

“尼古尔先生，我奉命听您的吩咐。今天能看到您，我感到格外高兴。”

“为什么呢，警长先生？”

“因为今天有新情况。”

“很重要吗？”

“非常重要。”

“那就请快说吧。”

“德伯莱克回来了。”

“嗯？什么？”罗平惊叫起来，“他在这里？”

“不在。他又走了。”

“他到这间书房来了吗？”

“来了。”

“什么时候？”

“今天早晨。”

“您没有阻拦他吗？”

“根据哪一条法律可以这样做？”

“那您让他一个人待在这里了吗？”

“遵照他的严格命令，我们让他一个人留在这里了。”

罗平的脸色变得惨白。

德伯莱克回来取那个水晶瓶塞了。

他沉默了很久，心里反复想：

“他回来取那个瓶塞了……他怕别人找到它，就把它取走了……天哪！这本来是必然的事啊……达尔布弗克斯被捕了。达尔布弗克斯既是被告，又控告了他，所以德伯莱克一定要进行自卫。这场斗争对他来说是非常艰巨的。这个秘密存在了这么长时间之后，公众终于知道了那个策划‘二十七人悲剧’、败坏他们的名誉，并把他们置于死地的魔鬼原来就是他——德伯莱克！在这种情况下，要是那个护身符突然不见了，从而不能继续保护他了，那他可怎么办呢？因此，他就把它取走了。”

罗平尽量用平静的语气问道：

“他在这里待了很长时间吗？”

“可能有二十秒钟。”

“什么，二十秒？这么点儿时间？”

“就这么点儿时间。”

“当时是几点钟?”

“十点。”

“他当时可能知道达尔布弗克斯侯爵自杀的消息吗?”

“可能。我看到他的衣袋里有一张专门报道这条消息的《巴黎南方日报》的号外。”

“果然如此……果然如此。”罗平喃喃地说。

他又问道:

“德伯莱克有可能回来,普拉斯维尔先生没有对此向你们做什么特殊指示吗?”

“没有。为这,我还打电话请示了警察局。因为普拉斯维尔先生还在休假,所以我正在等待答复。您知道,德伯莱克议员的失踪引起了很大轰动。所以,只要他不露面,我们在这里看守,公众是可以接受的。可是,如今德伯莱克已经回来了,这说明他没有被人绑架,更没有死,我们怎么好继续留在这里呢?”

“这些都是无所谓的事了,”罗平心不在焉地说,“现在这座房子看与不看都无所谓了!德伯莱克回来过,这就意味着瓶塞已经不在这里了。”

他还没说完这句话,就很自然地想到了一个问题:瓶塞是不在了。这能不能从某种迹象上看出来呢?瓶塞肯定是藏在一个别的东西里。它被取走了,会不会留下一点儿痕迹,比如说一个空隙?

这件事很简单。因为罗平通过塞巴斯蒂亚尼的那句玩笑话,已经知道了水晶瓶塞就放在桌子上,所以他只消检查一下这张桌子就行了。再说,藏瓶塞的地方也一定不复杂,因为德伯莱克在这里总共只停留了二十秒钟,也就是一进一出的工夫。

罗平往桌子上一看,马上就发现了异常情况。他清楚地记得桌子上的每一件东西和它们的位置,故此无论是哪一件东西不见了,都会立即引起他的注意,就仿佛只有这件东西才是使这张桌子有别于其他桌子的标志似的。

“啊!”他激动得都发抖了,“这样一来,一切就都迎刃而解了……一切……直到德伯莱克在死石寨受刑时的第一句口供!谜底揭晓了!这一回再不用犹豫,再不用琢磨了,真相大白了。”

他没有回答警长的问话,心里只想着藏瓶塞的地方是如此的简单。这使他想起了埃德加·普埃①的那个动人的故事,说一封信被人偷走了,人们四处寻找才找到,原来那封信就放在大家的眼皮底下。这是因为人们一般都不去怀疑那些不隐蔽的东西。

“唉!看来是命中注定我要在这件倒霉的事情上栽跟斗了。”罗平走出公馆时,心里这样想着。他仍然为自己刚才的发现激动着,“我的努力全部功败

---

① 埃德加·普埃,美国诗人、短篇小说家和评论家。——译者注

垂成了!”

不过，他并没有灰心丧气，因为他不仅知道了德伯莱克议员藏瓶塞的方法，而且通过克拉利丝·梅尔基还会找到德伯莱克。剩下的工作对他来说就易如反掌了。

格罗戈纳尔和勒巴鲁在弗兰克林旅馆的大厅里等着他。这是一座很小的旅馆，位于特罗卡德罗附近。梅尔基夫人还没来信。

“没关系!”他说，“我对她很放心！不弄个水落石出，她是不会放松对德伯莱克的跟踪的。”

可是，到了傍晚时分，他开始不耐烦了，简直心急如焚了。如今他已经开始了一场新的战役——他希望这是最后一场——任何拖延都会贻误整个战役的胜利。假如德伯莱克发现了梅尔基夫人在跟踪自己并甩掉了她，那怎么才能再找到他呢？事到如今，如果再有失误，要想挽回可就没有几个星期，甚至几天的时间了，只剩下少得可怜的几个小时了。

他看见旅馆的老板，就叫住他，问道：

“您肯定没有收到写给我这两位朋友的快信吗?”

“绝对肯定，先生。”

“那么有写给我——尼古尔先生的吗?”

“也没有。”

“这就怪了。”罗平说，“我们认为应当收到奥德朗夫人的信了（克拉利丝在旅馆登记时，用的这个名字)。”

“这位夫人回来过。”经理大声说道。

“您说什么?”

“她刚才回来过。因为这两位先生不在，她就在房间里留了一封信。听差没有告诉你们吗?”

罗平和他的两个朋友急忙跑上楼去。

房间的桌子上果然放着一封信。

“看，信已经被人拆开了。”罗平说，“这是怎么回事？怎么好几个地方都被剪刀剪过了?”

信中写道：

> “德伯莱克本周在中央旅馆度过。今天早晨他让人把行李转到□□车站，并打电话订购了一张去□□的卧铺票。开车时间不详。但我整个下午都将待在车站。你们三个人尽快到车站找我，我们一同商量绑架事宜。”

“这到底是怎么回事啊?”勒巴鲁说道，“在哪个车站？卧铺票买到什么地方？刚好把关键的字给剪掉了。”

“是啊。”格罗戈纳尔也说，“每个地名都剪了一刀，最有用的字没了。她一定是发疯了！梅尔基夫人难道真的急疯了吗?”

罗平一动没动。他感到太阳穴在猛烈跳动，就把两只拳头用力按在上面。他又开始发烧了，热度很高，来势很猛。他用惊人的毅力同疾病这个阴险的敌人进行搏斗。他必须立即将它遏制住，否则自己的惨败就将无可挽回。

他镇静地轻声说道：

“德伯莱克到这里来过了。”

“德伯莱克?”

“难道梅尔基夫人会亲自剪掉这两个字来开玩笑吗？肯定是德伯莱克来过。梅尔基夫人自以为在跟踪德伯莱克，其实是在受到他的监视。”

“怎么——”

“肯定是通过那个听差。他没有把梅尔基夫人回旅馆的事告诉我们，却通知了德伯莱克。他赶到这里，读了这封信，为了嘲弄我们，就把最关键的字剪掉了。”

“那我们也可以弄清楚的……只要问问那个……”

“那又有什么用！既然我们已经知道他来过了，还有什么必要去了解他是怎么来的呢?”

他把那封信研究了半天，翻过来倒过去地反复看着，然后抬起头说道：

“咱们走吧。”

“到哪里去?”

“到里昂车站。”

“您有把握吗?”

“跟德伯莱克打交道，我什么把握也没有。不过，根据信的内容，我们只能在北站和里昂车站之间进行选择。我想，考虑到德伯莱克的事务关系，以及他的兴趣、健康状况，他非常可能是去了马赛和蔚蓝海岸①，而不是去了法国东部。”

罗平和他的同伙离开弗兰克林旅馆时，已经是晚上七点了。他们乘汽车疾驰，穿过巴黎市区，到了里昂车站，寻找了几分钟，发现克拉利丝·梅尔基既不在车站外面，又不在候车室里，也没在月台上。

“可是……可是……”事情这么不顺利，罗平越来越烦躁了，“可是，既然德伯莱克订了一张卧铺票，那一定是晚车。可现在才刚刚是晚上七点半钟啊!”

这时，有一辆特快列车马上要开车了。他们赶紧跑上去，在卧铺车厢的走廊里来回跑着寻找。可是他们谁也没找到……既没有梅尔基夫人，也没有

① 蔚蓝海岸，指法国地中海沿岸，那里风景优美、阳光灿烂、海水蔚蓝，是旅游胜地。——译者注

德伯莱克。

他们正要离开车站，一个搬运工在小吃部前面赶上了他们。

“请问，几位先生当中有没有叫勒巴鲁的?”

“有，有，我就是。”罗平回答，“快说……您有什么事?”

“啊，是您啊，先生！那位夫人确实对我说过你们可能是三个人，也可能是两个人……所以我也搞不清楚……”

“天哪！您快点儿说嘛！哪一位夫人?”

“一位在行李房旁边的人行道上等了一天的夫人……”

“还有呢?快说呀！她坐火车走了吗?”

“是的，坐的是晚六点的豪华列车。啊，她是到快开车的时候才决定让我带信给你们的……她还让我告诉你们，那位先生也在这列车里。他们是去蒙特卡洛①。”

“啊！真该死！”罗平咕哝着说，“咱们应当乘刚刚开走的那次特快列车。现在只剩下晚班车了。它开得太慢！咱们白白浪费了三个多小时。”

时间似乎过得特别慢。他们订了车票，给弗兰克林旅馆的老板打了个电话，请他把他们的信件转到蒙特卡洛，然后吃了晚饭，又看了一会儿报。到晚上九点半，火车终于开动了。

就这样，由于情况的戏剧性变化，罗平不得不在斗争最严峻的时刻离开巴黎，去进行盲目的冒险，既不知道应当到哪里去寻找，也不知该如何去战胜那个他还从未遇到过的最可怕、最狡猾的敌人。

而这一切又都发生在吉尔贝和沃什莱被处决的前四天，最多前五天的日子里。

这一夜对罗平来说是非常严酷和痛苦的。他愈是深入研究形势，就愈加觉得它可怕。真是杂乱无章、吉凶未卜、前途暗淡。

他现在已经知道水晶瓶塞的秘密了，可是怎么能知道德伯莱克会不会改变策略呢?怎么能知道“二十七人名单”是否还放在水晶瓶塞里，以及瓶塞是否还放在德伯莱克原来藏它的那件东西里呢?

另一个使罗平忧虑的因素是，克拉利丝·梅尔基自以为在跟踪、监视着德伯莱克，而实际上是德伯莱克在监视着她，在用一种既恶毒又巧妙的手段让她跟踪自己，并把她引向一个自己选择好的地方，使她不可能指望别人帮助，也根本得不到任何帮助。

啊！德伯莱克的意图太明显了！难道罗平不知道那个可怜的女人在犹豫不决吗?难道他不知道克拉利丝认为德伯莱克提出的可耻条件是可行的、能够接受的吗?格罗戈纳尔和勒巴鲁已向他明确地证实了这一点。在这种情况下，他，罗平，还能取得胜利吗?在德伯莱克的强力控制下，事情发展的逻

① 蒙特卡洛，位于地中海沿岸，属摩纳哥公国。——译者注

辑必然要导致这样的结果：为拯救自己的儿子，母亲只好牺牲自己，抛弃一切顾虑，抛弃对德伯莱克的厌恶、憎恨，甚至抛弃自己作为一个女人的名誉！

“啊！这个强盗！”罗平气得咬牙切齿，“等我抓住你，非打得你乱蹦乱跳不可！说真的，到那一天，我可真不愿意处在你的地位呢！”

他们在下午三点到达了蒙特卡洛。罗平在月台上没有找到克拉利丝，不禁万分失望。

他等了一会儿，没有一个送信人走近他。

他去问车站的工作人员和检票员，回答说没有发现旅客中有符合德伯莱克或克拉利丝的相貌特征的人。

于是，他们只好到摩纳哥公国所有的旅馆和膳宿公寓去寻找。宝贵的时间就这么被浪费掉了！

到了第二天晚上，罗平才知道德伯莱克和克拉利丝肯定不在蒙特卡洛，不在摩纳哥，不在阿伊角，不在图尔比，也不在马尔丹角①。

“这是怎么回事？这是怎么回事啊？”罗平说着，气得浑身发抖。

最后，到了星期六晚上，在邮局自取信件处，他们拿到了一封弗兰克林旅馆老板转来的电报，内容如下：

> “他在戛纳下车，转车去意大利圣雷莫，下榻在使节大旅馆。克拉利丝。”

电报上的时间是前一天的。

“妈的！”罗平骂道，“原来他们只是从蒙特卡洛经过。咱们三个要是留一个人在车站看着就好了！我本来想到这一点了，可是人多一拥挤，我就……”

罗平和他的朋友们跳上了第一辆开往意大利的火车。

中午十二点，他们越过了国界。

十二点四十分，他们就到了圣雷莫车站。

他们很快就发现，有一个帽子的饰带上写着“使节大旅馆”字样的侍者好像在下车的旅客中寻找着什么人。

罗平走到他身边：

“您是找勒巴鲁先生吗？”

“对，找勒巴鲁先生，还有另外两位先生……”

“是受一位夫人之托，对吗？”

“对，梅尔基夫人。”

“她住在您的旅馆里吗？”

“不，她根本就没下火车。她让我走近车厢，把那三位先生的相貌告诉

---

① 以上各地均属摩纳哥公国。——译者注

我，并对我说：‘请告诉他们，我们将一直到意大利的热那亚……住大陆旅馆。’”

“她是一个人吗？”

“是的。”

罗平给了那人一点儿小费，就打发他走了。然后，他转身对自己的朋友说：

“今天是星期六。如果是在星期一处决，那就毫无办法了。不过，星期一不大可能……因此，我必须在今天夜里抓到德伯莱克，并且在星期一带着名单赶到巴黎。这是最后的希望，咱们一定要实现它。”

格罗戈纳尔到售票处去买了三张去热那亚的火车票。

火车汽笛响了。

罗平突然犹豫起来。

“不行，这实在太愚蠢了！咱们这是干什么呀？咱们现在应当留在巴黎才是！看看……看看……咱们再好好想一想……”

他正要打开车门往外跳……伙伴们一把拉住了他。火车已经开动了，他只好坐了下来。

他们就这样发疯似的追逐着，捕风捉影、毫无目标……

而这一切都发生在吉尔贝和沃什莱被处决的前两天！

第十章 一杯干香槟

在环绕尼斯的美丽的群山上，在蒙特加山谷与圣西尔维斯特山谷之间，矗立着一座高大的旅馆，从那里可以俯瞰尼斯全城，以及迷人的安琪儿海湾。旅馆里总是挤满来自世界各地的旅客。这里可以说是各个阶层、各个民族的聚集地。

就在罗平、格罗戈纳尔和勒巴鲁进入意大利国境的这个星期六的晚上，克拉利丝来到这家旅馆，要了一间朝南的房间，选中了三层的一百三十号。这个房间从早晨起就空了下来。

一百三十号与一百二十九号之间隔了一道双重门。克拉利丝等其他人走开之后，赶紧撩开挡住第一扇门的帘子，打开了这扇门，把耳朵贴到第二扇门上听着。

“他在里面，”她心里想着，“……他在换衣服，准备去俱乐部……跟昨天一样。”

等到她的邻居出去以后，她就来到走廊里，趁没人的工夫，走到一百二十九号房间的门前。门锁着。

她整个晚上都在等着她的邻居归来，一直等到凌晨两点。星期天一早，她又侧耳倾听隔壁房间里的动静。

十一点，那位邻居又出去了。这一次，他把钥匙留在了门上。

克拉利丝急忙用钥匙开了门，果断地走了进去。她走到两个房间中间的那道门前，撩开门帘，拉下门闩，回到了自己的房间里。

几分钟之后，她听到两个女仆在打扫隔壁的房间。

她耐着性子一直等到她们出去，估计自己不会再受干扰了，就又走了进去。

由于过分激动，她浑身酥软地靠在一把椅子上，好让自己镇静下来。经过了多少个日日夜夜的跟踪追逐，经历了多少次希望和失望的折磨，今天她终于来到了德伯莱克的房间，终于可以从容不迫地进行搜查了。即使找不到那个水晶瓶塞，她也可以藏在两道门中间，躲在门帘后面，窥探德伯莱克的举止，从而发现他的秘密。

她搜寻着。一个旅行袋引起了她的注意，她打开看了看，结果很失望。

她又翻看了一只箱子和一个手提包的夹层，翻看了衣柜、书橱、挂钟以及所有的家具，结果什么也没找到。

她突然看到阳台上有一个纸条，好像是被无意中扔到那里的，不由得浑身一抖。

“这会不会是德伯莱克的一个鬼主意?”克拉利丝心想，“这张纸里会不会……”

“不会的。”她正要打开阳台落地窗上的长插销，突然身后有人这样说道。

她转过身来，德伯莱克站在那里。

她对德伯莱克出现在自己面前丝毫也不感到惊奇，不感到害怕，甚至不感到拘束。几个月来，她受尽了折磨，因此对自己搜查时当场被擒，不管德伯莱克怎样对待，她都全然无所谓了。

她精疲力竭地坐了下来。

他讥讽地说：

“不对，您找错了，亲爱的朋友。用孩子们的话讲，您远远没有猜中，还差得远呢！然而这又是那么容易！要我帮您吗？它就在您身边，亲爱的朋友，就在这个小圆桌上……真的！这张圆桌上又没有多少东西……无非是些读的、写的、抽的、吃的东西而已……您想吃一个糖渍水果吗？也许您更想吃我订的饭吧！这更实惠一些。”

克拉利丝什么也没有回答。她好像根本就没听见他说的话，似乎还在等他说出比这更难听的话。

他把圆桌上的东西统统拿到壁炉上去，然后按了铃。

饭店的司厨长走了进来。

德伯莱克对他说：

“我订的午饭好了吗?”

“好了，先生。”

“是准备了两套餐具吗?”

“是的，先生。”

“有香槟酒吗?”

“有，先生。”

“是干香槟吗?”

“是，先生。”

这时，另外一个侍从拿着个托盘走进来，果然把两套餐具放到了圆桌上，还有冷餐、水果。在一小桶冰块中，放着一瓶香槟酒。

然后，两个侍者都退出去了。

“请吃饭吧，亲爱的朋友。您看，我早就想到您了，所以把您的餐具都准备好了。”

他似乎没有注意到，克拉利丝根本就没理睬他。他只顾坐下吃起来，继续说道：

“说真的，我一直希望您最终会同意咱们之间进行一次这样的单独会面。都快一个星期了，您一直这么殷切地关注着我。我心里就在想：‘喏，她喜欢喝点儿什么呢？甜香槟？白香槟？还是干香槟？’真的，我真拿不定主意。自从您离开巴黎以后，我就失去了您的线索。也就是说，我很担心您失去了我的线索，从而放弃对我的跟踪，而这种跟踪是非常让我欣慰的。每当我一个人单独散步时，心里总是想着您那双在灰发下闪着仇恨光芒的黑眼睛。不过，今天早晨我就放心了：我隔壁的房间空了。我的朋友克拉利丝可以住进来了……住在……我怎么说呢……就睡在我的枕边。从这时起，我就完全放心了。在回旅馆的路上，我就估计到会碰到您在按照自己的心愿，按照自己特殊的审美观，为我整理房间。所以我就一反常规，没有去餐厅用饭，而是订了两个人的午饭……一份儿给您的奴仆，另一份儿给他那位漂亮的女友。”

她现在开始听他说话了，而且是怀着何等的恐惧啊！这么说，德伯莱克早就知道自己受到监视了！这么说，七八天来，他一直在捉弄她，一直在控制着她的全部活动！

她惶惑不安地轻声说道：

“这是有意的，是吗？您离开巴黎是为了把我引走，是吗？”

“是的。”他说。

“可这是为什么？为什么？”

“这还用问吗，亲爱的朋友？”德伯莱克哑着嗓子笑着说。

她从椅子上半站起来，俯身看着他，心里又想到她每次在他身边时都要想到的刺杀。她可以做到，而且马上就要这样做了。只要开一枪，这个可恶的脑袋就开花了。

她慢慢地把手伸进衬衫里，去握住自己的手枪。

德伯莱克说道：

“稍等一下，亲爱的朋友……您等一会儿再开枪。请您先念一念我刚刚收到的这封电报。”

她犹豫了。她不知道他又要玩弄什么阴谋。但是，他果真从衣袋里掏出了一张蓝颜色的纸①。

---

① 法国的电报纸都是蓝色的。——译者注

“这关系到您的儿子。”

“吉尔贝？”她惊慌地问。

“对，吉尔贝……拿去看看吧。”

她发出一声绝望的叫喊。电报上写着：

“星期二处决。”

她向德伯莱克扑过去，嘴里喊道：

“这不是真的！您在骗人……是为了吓唬我……啊！我太了解您了……您是什么都干得出来的！快说真话吧……不是星期二，对吗？还要等两天呢！不，不……我跟您说，我们还有四天，甚至五天的时间可以救他……您快说实话呀！”

她被自己的激动弄得疲惫不堪，再也说不出话来，嗓子里只能发出些含糊不清的声音。

他看了她片刻，然后给自己倒了一杯香槟酒，一饮而尽。接着，他在房间里走了一会儿，最后停在她身边，说道：

“你听我说，克拉利丝……”

他竟敢对她称呼‘你’！这种放肆的口吻气得她浑身发抖。她怒气冲冲地站起身，气都透不过来了：

“我不允许您……我不允许您用这种语气同我讲话。这是对我的侮辱，我不能容忍……啊！流氓……”

他耸了耸肩，说道：

“喏，我看您现在头脑还没有完全清醒，一定是因为您还对别人的帮助抱有幻想。大概您还在指望着普拉斯维尔吧？那个了不起的普拉斯维尔！您的左膀右臂……您选错了人，我的朋友。您知道吗，普拉斯维尔也在运河事件中受到了牵连！当然，不是直接的……也就是说他的名字并不在‘二十七人名单’上面。但是名单上有他的一个朋友，原议员沃朗格拉德的名字。斯塔尼斯拉·沃朗格拉德好像是普拉斯维尔的一个傀儡。至今我还一直没有动过这个可怜虫，原因就不必说了。我原来并不了解这些情况。今天早晨突然有人写信给我，揭发说有一包文件可以证明咱们的普拉斯维尔介入了运河事件。您知道是谁给我写这封信的吗？正是沃朗格拉德本人！沃朗格拉德穷困潦倒，想敲普拉斯维尔的竹杠，所以甘冒被捕的危险，一心要跟我合作。这样一来，普拉斯维尔可要完蛋了！哈哈！这下他可要完蛋了……我可以向您保证，他马上就要完蛋了，这个强盗！他妈的，从他开始让我讨厌的那一天起，我就这样发过誓。啊，普拉斯维尔，老家伙！这是你应得的下场……”

他为这场即将开始的新报复高兴得手舞足蹈。接着，他又说：

“您看，克拉利丝……从他这方面，您是无可指望了。那么还有谁呢？您还抓着哪根稻草呢？噢，看我竟然忘了……还有亚森·罗平先生呢！还有格罗戈纳尔！还有勒巴鲁……真是的，您应当承认，这几位先生也实在不怎么出色，他们的英勇行为没能阻挡我这个卑微小人实现自己的计划。这又有什么法子呢？这几个人自以为天下无敌，所以，当他们碰上我这样一个无所畏惧的人时，就全傻了。他们一件接一件地干蠢事，还自以为在用什么高明的手段把我打败了呢！简直是一群乳臭未干的娃娃！不过，既然您对这个罗平还寄托着幻想，还指望这个可怜虫来战胜我，来制造某种奇迹而拯救无辜的吉尔贝，那么好吧，您就继续对他抱有幻想好了！哈！罗平！上帝啊，她竟然会相信罗平！她竟然把最后一线希望寄托在罗平身上！罗平！等着我来摘下你的西洋镜吧！你这个外强中干的纸老虎！”

他拿起电话，拨通了旅馆的总机，说道：

“我是一百二十九号房间，小姐。请您让坐在您办公室对面的那位先生上来……喂……对，小姐，一位头戴灰色软帽的先生。他已经知道了……谢谢，小姐。”

他挂上电话，转过身对克拉利丝说：

“您不必担心，这位先生非常谨慎，他的座右铭就是‘迅速加谨慎’。他原是保安处的侦探，已经给我干过好几件事了。其中一件，就是在您跟踪我时跟踪您。从您来到南方之后，他没有再跟踪您，这是因为他另有任务。请进，雅可布。”

他亲自打开了门。一个身材瘦小，留着棕色胡须的人走了进来。

“雅可布，请简单向这位夫人汇报一下您星期三晚上以来的活动。那天晚上，在里昂车站把她送上我乘坐的开往南方的华丽列车以后，您留在了月台上。当然，我只要求您谈谈与这位夫人有关的，以及同我所交给您的任务有关的情况。”

雅可布先生从上衣口袋里掏出一个小本子，把它打开，然后用读报告的口气念起来：

“星期三晚。七点一刻，里昂车站。我等待着格罗戈纳尔先生和勒巴鲁先生。他们俩跟另外一位我不认识的先生一起来了，他肯定就是尼古尔先生了。我花了十法郎，跟车站上的一个搬运工借来一件工作服和一顶帽子，然后走近这几位先生，对他们说，有一位太太让我转告他们说她去蒙特卡洛了。这以后，我就打电话通知弗兰克林旅馆的那个仆人，要他偷阅全部寄给旅馆老板和由老板向外转的电报，必要时把它们截获下来。

“星期四。蒙特卡洛。三位先生巡查了所有的旅馆。

“星期五。闪电式的游览图尔比、阿伊角和马尔丹角。德伯莱克先生打来电话，认为把那几位先生送到意大利为宜。于是，我让弗兰克林旅馆的差役打电报让他们去圣雷莫。

“星期六。圣雷莫，车站月台上。我花十法郎向使节旅馆的门房借来一套制服。三位先生下车后，我走上前去，说一位叫梅尔基夫人的旅客让转告他们说，她去热那亚了，下榻在大陆旅馆。几位先生有些犹豫。尼古尔先生打算下车，别人把他拉住了。火车开了。我祝他们一路顺风。一小时之后，我乘上一辆回法国的火车，并在尼斯下车听候新命令。”

雅可布先生合上本子，说道：

“汇报完毕。今天的活动要到今天晚上才能记录下来。”

“您现在就可以写，雅可布先生。‘中午，德伯莱克先生派我去卧铺车票售票处订购两张两点四十八分开往巴黎的卧铺票。我把车票用快信寄给德伯莱克先生，然后乘十二点五十八分的火车去位于边境的凡蒂米尔站，整日在那里监视所有的入境旅客。如果尼古尔先生、格罗戈纳尔先生和勒巴鲁先生打算离开意大利，经尼斯返回巴黎，我奉命打电报通知巴黎警察局，就说亚森·罗平的同伙乘坐×次列车……’”

德伯莱克一边说着，一边把雅可布送出门外。他关上门，上了锁，插了门闩，走回克拉利丝身边，说道：

“现在，请你听我说，克拉利丝……”

这一次，她不再表示抗议了。在这样一个强大、狡猾、明察秋毫、轻而易举地击败所有对手的敌人面前，她还能有什么作为呢？如果说她刚才还对罗平寄托着希望的话，那么现在，当她得知他正在意大利捕风捉影时，她还能指望他些什么呢？

现在，她终于弄清了为什么自己发到弗兰克林旅馆的三封电报均无下文。原来是德伯莱克躲在暗处监视着她，使她陷于孤立，把她跟战友们分开，一步一步地把她降服，成为他的俘虏，并且把她引到这间屋子里的。

她感到了自己的软弱。她只能听凭这个魔鬼的摆布了，只能沉默不语，听天由命。

他则以恶毒而满足的心理，重复道：

“你听我说，克拉利丝。我要说的话是不能讨价还价的。现在是中午，最后一班车是下午两点四十八分开，你听见了吗？这是最后一班能使我在星期一赶到巴黎，及时拯救吉尔贝的火车。豪华列车已经满员，因此我必须乘两点四十八分的火车出发……你说我应当走吗？”

“应当。”

“咱们的卧铺票已经订好了。你跟我一起走吗？”

“是的。”

“你知道让我采取行动的条件吧？”

“知道。”

“你同意了？”

“是的。”

“你将成为我的妻子？”

“是的。”

啊！多么可怕的答复啊！这个不幸的女人是在一种极度的麻木状态中回答这些问题的。她甚至尽量不去想自己答应的是什么。让他先走吧，让他先把吉尔贝从那日夜折磨着她的血淋淋的断头台上救下来吧……至于以后嘛，那该怎么着就怎么着……

他却放声大笑起来，然后说：

“哈，你这狡猾的女人！看你答应得多痛快啊……你已经准备答应一切条件了。嗯，最重要的是拯救吉尔贝，对不对？然后，当那个天真的德伯莱克向你献订婚戒指时，就会落个一场空，你就可以把他嘲弄一番了。算了吧，我看，还是不要说这么多空话了吧！不要去许你并不准备兑现的诺言吧！还是现实一些，马上兑现吧。”

他坐到她身边，明确地说：

“下面就是我提出的建议……关于事情现在如何解决……将来如何解决……我要去请求的，更确切地说我要命令他们做的，还不是赦免，只是缓期，延缓死刑，缓期三四个星期。至于他们去寻找什么借口，跟我无关。等到梅尔基夫人成为德伯莱克夫人，只有到那个时候，我才会去要求赦免，也就是改变判决。你放心，他们会满足我的一切要求的。”

“我同意……我同意……”她喃喃地说。

他又笑了起来：

“是的，你同意。因为这是一个月以后的事……而在这之前，你还打算想一个什么诡计，指望得到什么人的帮助……亚森·罗平先生……”

“我用儿子的头颅发誓……”

“你儿子的头颅！我可怜的朋友，为了这颗头，你是宁愿遭受天刑……”

“呃，是的！”她浑身颤抖地轻声说，“为了这个，我可以心甘情愿地出卖自己的灵魂！”

他靠近她，低声说：

“克拉利丝。我需要的不是你的灵魂……二十年来我的整个生命都是被这种情欲之火燃烧着。你是我唯一钟情的女人……你可以憎恨我……讨厌我……这一切我都不在乎……但是不能抛弃我……还要我等待？还要我等一个月？啊？不，克拉利丝，我等的时间实在太长了……”

他大胆地去摸她的手。克拉利丝无法掩饰对他的厌恶。他禁不住火冒三丈，大声喊道；

“啊！我可以向上帝发誓，我的美人：等到刽子手去抓你儿子的脑袋时，他们可不会这么温情脉脉……你还在我面前装模作样！你还是想一想，这不过是四十个小时以后就要发生的事！四十个小时，一分钟也不会再多。你还在犹豫！还顾虑重重！这可是关系到你儿子的生命啊！好了，别再哭鼻子了，别再那么愚蠢地感情用事了……还是正视现实吧！根据你刚才许下的诺言，你将是我的妻子，从现在起已经是我的未婚妻了……克拉利丝，克拉利丝，快让我吻你的嘴唇……”

她伸出手，想要阻挡他，可是她的手是那样无力。德伯莱克则出于他那可憎的本性，厚颜无耻地说了下去。他的话既残酷又充满了情欲：

“救救你的儿子吧……想想在他生命最后一天的早晨上断头台之前的洗礼，衬衫领子要被剪开，头发要被剪掉……克拉利丝，克拉利丝，我会拯救他的……你放心好了……我的整个生命都属于你……克拉利丝。”

她不再反抗。一切都完了。这个可憎的男人的嘴唇就要触到自己的嘴唇了。事情只能如此，一切都不能改变了。听凭命运的安排是她的义务，这她早就知道了，她早就懂得了。于是她闭上眼睛，不去看自己面前这张无耻的面孔。她在心里喊着：

“我的儿子……我可怜的儿子……”

几秒钟过去了。十秒，也许二十秒钟过去了。德伯莱克一动不动，一言不发。她对这种沉默，这种突然而至的平静感到十分惊奇。难道这个魔鬼会在最后一刻突然良心发现?

她睁开了眼睛。

眼前的情景使她目瞪口呆。她本以为自己看到的会是一张狰狞的面孔，可此刻出现在她面前的这张脸却一动不动，由于极度的惊恐，脸都变了形，简直让人认不出了。那双挡在双重镜片后面的眼睛似乎在往上看，往比她瘫坐的那张椅子还要高的地方看。

克拉利丝转过身，发现椅子右上方有两支手枪对准了德伯莱克。她只能看到这些：两支又大又可怕的手枪紧握在两只大手中。还有德伯莱克那张由于恐惧而变得越来越苍白的脸。几乎与此同时，德伯莱克身后突然闪出一个人，用一只胳膊搂住他的脖子，另一只手用一股惊人的力量猛地将他打翻在地，把一块棉花团塞进了他的嘴里。棉花散发出一股氯仿的药味。

克拉利丝认出，是尼古尔先生。

“帮我一把，格罗戈纳尔!”他喊道，“帮我一把，勒巴鲁！把你们的手枪放下吧！我已经把他逮住了。他现在成了一堆软棉花了……把他给我捆起来!”

德伯莱克果然像个断了四肢的木偶似的弯下腰，跪了下去。由于麻醉剂的作用，这只可怕的野兽瘫倒在地，再也不能伤人了，样子十分可笑。

格罗戈纳尔和勒巴鲁把他裹在一床被子里，牢牢地绑起来。

“行了！行了!”罗平说着，一下子跳起来，一阵喜悦突然涌上心头。他在房间里胡乱跳起快步舞，里面夹杂着康康舞和玛特西什舞的扭摆动作、阿拉伯杂耍艺人的旋转动作、马戏团小丑的表演，以及醉汉的跌跌撞撞。他像杂耍歌舞班的报幕员一样报幕：

“囚犯舞……俘虏狂舞……踏在人民代表尸体上的荒诞舞！麻醉剂波尔卡

舞！战败的波士顿双重眼镜舞……加油！加油！讹诈大师西班牙舞……现在是奥地利蒂罗尔舞！来！来！啦！啦！前进，祖国的儿女①！”

他那顽皮和乐天的本性，几个月来由于焦虑不安和屡遭挫折而受到压抑，如今像火山一样突然爆发。他狂笑不止，激情奔放，用这种生动的、孩子般的吵闹表达自己由衷的喜悦。

他最后出脚跳了两下之后，又在房间里转着圈翻起筋斗来。而后，他又把两手放在臀部上，一只脚踏在德伯莱克那一动不动的躯体上。

“这真是一幅寓意画！”他说道，“善良的天使战胜了凶恶的毒蛇！”

尤其使这种场面显得滑稽的是，罗平身上依然是尼古尔先生的装束：脸上化了妆，身上穿着辅导教师的紧身衣服，很呆板，好像被垫肩给束缚住了似的。

梅尔基夫人脸上掠过一丝苦笑。这是几个月以来她脸上第一次露出笑容。但她很快就又想到那可怕的现实，恳求道：

“我求求您……还是想想吉尔贝吧！”

他跑到她跟前，用两只胳膊抱住她，本能地用力吻了她的两颊，样子是那么天真。她也忍不住笑了。

“喏，夫人，这可是一个正直人的吻。这不是德伯莱克吻你，是我……你要是说一句不高兴的话，那我就再吻你一次。而且我是称呼‘你’……你要想生气就生好了……啊！我今天可真高兴啊！”

然后，他一条腿跪在她面前，充满敬意地说：

“请您原谅，夫人。现在发作完毕。”

他站起来，又用开玩笑的语气说下去。克拉利丝简直搞不清他到底要说什么。

“请问夫人有什么要求？大概是希望赦免您的儿子吧！可以，夫人！我荣幸地向您表示，同意赦免您的儿子。先从死刑改为无期徒刑，然后通过越狱获得自由。就这么决定了，可以吗，格罗戈纳尔？可以吗，勒巴鲁？咱们要赶在吉尔贝之前动身去努美阿②，提前作好一切准备。啊！可敬的德伯莱克，我们真要万分感激你呢！这样报答你实在太不应该了。不过你得承认，你的算盘打得太如意了点儿。怎么，竟把我这个堂堂的罗平先生当做乳臭未干的娃娃！一个可怜虫！而且是在他躲在门外听的时候说的！把罗平说成一个纸老虎！说说看，我这个纸老虎干得蛮漂亮吧！你可要担惊受怕呢，人民代表先生……喂，瞧你这副模样吧！什么？你要什么？要吃一粒维希糖丸？不是？想最后抽一口烟？对了，对了。”

他从壁炉台上的一堆烟斗中取出一支，向德伯莱克弯下腰，取出他嘴里

① 法国国歌《马赛曲》的第一句歌词。——译者注

② 位于太平洋中的新喀里多尼亚岛上，是旧时法国政府流放囚犯的地方。——译者注

的棉花，把琥珀烟嘴塞到他的牙缝儿里。

“吸吧，老伙计，吸吧。真的，看你那样多滑稽，鼻子里塞着棉花团，嘴里叼着个烟斗。喂，我说你倒是快抽啊！咳，真是的，看我竟忘了给你装烟丝了！烟丝放在哪里？你最喜欢的玛里兰烟丝呢？啊，在这儿呢……”

他从壁炉上抓起一包没有开包的褐色烟丝，撕掉上面的封口。

“这就是先生的烟丝！请注意！现在可是个庄严的时刻。我能为先生装烟斗，真是万分的荣幸！请大家都注意我的动作！我的手是空的，衣袋也是空的……”

他打开烟丝包，像个魔术师在一群目瞪口呆的观众面前表演一样，脸上带着微笑，挽上袖子，弯着胳膊，变着戏法。他用拇指和食指慢慢地、动作极为优雅地从褐色烟丝里掏出一个闪闪发光的东西，递给他的观众欣赏。

克拉利丝叫了一声：

“水晶瓶塞！”

她向罗平冲去，从他手里夺过瓶塞。

“就是它！就是它！”她大声喊着，激动异常，“这只瓶塞颈上没有划痕！还有，你们看，中间这条线刚好在金色晶体盖子下边停止了……就是它，这个金盖子可以拧开……啊！上帝啊！我一点儿力气都没有了……”

她的手抖得厉害。罗平只好把瓶塞拿过来，自己把它拧开。

瓶塞的上半部是空的，里面放着一个小纸团儿。

“是一张棉纸。”他轻声说着，声音激动得发抖。

接着是一片寂静。四个人都觉得自己的心脏快停止跳动了，对下面将要看到的东西十分担心。

“我求求您……我求求您……”克拉利丝喃喃地说着。

罗平打开了那个纸团儿。

上面写着一个接一个的人名。

共有二十七个名字。果然是那张众所周知的“二十七人名单”。朗日鲁、德绍蒙、沃朗格拉德、达尔布弗克斯、莱巴克、维克多里安·梅尔基，等等。

最下面是法国两海运河开发公司经理用血签的字……

罗平看了看表。

“差一刻一点。”他说，“咱们还足足有二十多分钟的时间呢……先吃饭吧。”

“可是，”克拉利丝已经急不可耐了，“您别忘了……”

他只说了一句：

“我要饿死了。”

他坐在圆桌前，给自己切了一大块肉馅饼，对另外两个伙伴说：

“格罗戈纳尔、勒巴鲁，咱们改善一顿吧！”

“我们不反对，老板。”

“不过，你们可得快点儿吃，孩子们，外加一杯香槟酒。今天是这位被麻醉的先生请客。为你的健康干杯，德伯莱克！你想喝点儿什么？甜香槟？白香槟？还是来一杯干香槟？”

第十一章　洛林十字

罗平一吃完饭，无需休息，就立即恢复了他的自制和威严。现在不是继续开玩笑的时候了，他不能再放纵自己，用那些戏剧性的动作或变戏法等引人发笑了。他已经在自己十分肯定的地方找到了那个水晶瓶塞，掌握了那张‘二十七人名单’。现在应当不失时机地采取最后的步骤。

最后的步骤可以说就跟小孩子做游戏一样轻而易举。尽管如此，他还是应当迅速、果断和准确无误地实现这些关键性的步骤。稍有疏忽，就可能功亏一篑，这一点罗平很清楚。此刻他头脑格外清醒，各种可能性都考虑到了。他要做的每一个动作，要说的每一句话，都已经过了深思熟虑。

“格罗戈纳尔，咱们雇的那个人和他的车还在冈贝达街等着呢！车上放着咱们买的那只箱子。你去把他领到这里来，让人把箱子抬上来。要是旅馆里有人问你，你就说是给一百三十号房间这位夫人买的。”

然后，他又对另外一个同伙说：

“勒巴鲁，你去停车场叫一辆六座轿车。价钱已经谈定，是一千法郎。你再去买一顶司机戴的帽子和一件长礼服，然后把车开到旅馆门口。”

“钱呢，老板?”

罗平从德伯莱克的上衣口袋里掏出钱包，从里面取出一大沓钞票，数了十张，说：

“给你一千法郎。看来咱们的朋友在俱乐部赢了不少钱呢。快走吧，勒巴鲁。”

两个人从克拉利丝的房间里走了出去。罗平趁克拉利丝没注意，急忙把钱包塞进自己的口袋里，心里非常满意。

“事情不会太坏，”他心里想，“所有费用都在他这里报销以后还绰绰有余。而且，这不算完。”

他转向克拉利丝·梅尔基，问道：

“您还有行李吗？”

“有。我到尼斯后，买了一个手提包、几件衣服和盥洗用具。我是匆匆忙忙离开巴黎的。”

“赶紧去把这些东西整理好，然后下楼到旅馆经理办公室去，就说您在等一个搬运工从行李寄存处给您取一只大箱子来，说您要把箱子搬进房间，打开重新整理。再过一会儿，您就说要离开这里了。”

等到房间里只剩下罗平，他仔细地观察起德伯莱克来。然后他又搜查了他的全部衣袋，把有用的东西全塞进了自己的腰包。

格罗戈纳尔先回来，把一只很大的仿皮漆布面柳条箱放在克拉利丝的房间里。罗平在克拉利丝和格罗戈纳尔的帮助下，把德伯莱克抬过来，放到箱子里，让他坐着，但低着头，好把箱子盖上。

“我不能说这跟坐在软席卧铺包厢里一样舒服，亲爱的议员先生。可这总比躺在棺材里舒服吧！至少里面有空气，箱子的每一面都有三个洞眼。”

他又打开一个瓶子，说：

“再来点儿麻醉剂吧，你好像很喜欢这玩意儿……”

他又把蒙在德伯莱克脸上的那块布用麻醉剂浸湿了。这时，克拉利丝和格罗戈纳尔把衣服、被子、椅垫等东西放在德伯莱克的四周，把箱子填满了。

“很好！”罗平说，“这只箱子简直可以用来进行环球旅行了。现在盖上，捆好吧。”

这时，勒巴鲁一身司机打扮进来了。

“汽车在楼下，老板。”

“好。”罗平回答，“现在你们俩把箱子抬下去。这差事交给旅馆的听差去办实在太危险。”

“我们碰到人了怎么办？”

“那有什么！勒巴鲁不是司机嘛！你是给住在一百三十号房间的女主人搬行李，而且这位夫人亲自下楼去乘自己的汽车……要在离这里二百多米远的地方等我。格罗戈纳尔，你帮他装车。啊！差点儿忘了把这两个房间中间的门关好。”

罗平走进德伯莱克的房间，关上中间的隔门，插上插销，然后走出去，坐上了电梯。

到了楼下的办公室，他说道：

“德伯莱克先生接到紧急通知去蒙特卡洛了。他要我转告你们，他后天才能回来。房间给他留着。他的东西还放在里面。这是他房间的钥匙。”

他大摇大摆地走了出去。等他找到汽车时，听到克拉利丝正在抱怨：

“咱们这个样子，明天早晨怎么也到不了巴黎！这简直是在发疯！万一出点儿什么故障……”

“所以，”他回答道，“您和我，咱们俩去乘火车……这更可靠……”

他把她送上一辆出租马车，又对另外两个人叮嘱道：

“你们平均每小时走五十公里，记住了吗？你们俩轮流开车，轮流休息。这样，你们就可以在明天，也就是星期一晚上六七点钟到达巴黎。你们不必开得太快。我留着德伯莱克，并不是因为他对我的计划还有什么用，而是要把他作为人质……同时，也是为防万一……我要把他留在手里两三天。所以，你们要好好照顾咱们这位可爱的先生……每隔三四个小时就给他来几滴麻醉剂。他最喜欢这玩意儿。开车吧，勒巴鲁……你呢，德伯莱克，你待在里面也不要烦恼，汽车顶篷很结实……如果你要恶心，尽管吐好了……开车吧，勒巴鲁！”

他看着汽车开走了，就让马车夫把自己拉到邮局，发了下面的电报：

“巴黎警察局，普拉斯维尔先生。人已找到。明十一时交您名单。有要事相告。克拉利丝。”

两点半钟，克拉利丝和罗平一起来到了火车站。

“但愿还有空位子！”克拉利丝着急地说。

“空位子！咱们的卧铺包厢早就订好了啊！”

“谁给订的？”

“雅可布啊……德伯莱克啊！”

“什么？”

“呃……在旅馆办公室，人家交给我一封寄给德伯莱克的快信，里面装着雅可布寄来的两张软席卧铺票，而且我手里还有议员证。咱们俩是以德伯莱克先生和夫人的身份旅行，别人会对咱们毕恭毕敬。您看，亲爱的夫人，一切都想到了。”

这一次，罗平反倒觉得旅途太短了。在他的询问下，克拉利丝叙述了自己这几天所做的一切。他向她讲了自己是如何奇迹般地出现在德伯莱克的房间的，这家伙还以为他在意大利呢。

“说是奇迹，也不是奇迹。”他说，“当我离开圣雷莫去热那亚时，一种特殊的感觉，一种神秘的预感，促使我先是想跳下火车——勒巴鲁把我拦住了——然后冲到车门前，放下门上的玻璃，注视那个把您的口信带给我的使节旅馆的搬运工。就在这时，那个所谓的搬运工正乐滋滋地搓着手，样子十分得意。我突然恍然大悟：我上当了。我上了德伯莱克的当，正如您也上了他的当一样。于是，很多细节一下子浮现在我的脑海里。我完全明白了敌人的意图，再拖延一分钟，后果就不堪设想了。我承认，当我想到自己的错误将不可挽回时，心里真是绝望极了。一切都取决于火车到达的时间，这关系到我能否在圣雷莫车站再找到德伯莱克的那个密使。这一次命运总算对我们有利。我们刚在下一站下车，正好有一辆开往法国的列车进站。等我们的火车到达圣雷莫时，那个人还站在那里。我完全估计对了，他头上果然没戴那顶搬运工的制服帽，身上也没穿搬运工的长礼服，而是换上了一顶便帽和一件短上衣。他上了二等车厢。从这时起，对我们来说，已经是稳操胜券了。”

“可是……您到底是怎么……”克拉利丝问道。她虽然忧心忡忡，可还是被罗平的叙述深深地吸引住了。

“怎么来到您身边的，对吗？上帝啊，因为我们紧跟着那个雅可布先生不放啊！我知道他一定是回来向德伯莱克先生汇报的，所以就没有打扰他。果然，他昨天在尼斯的一家小旅馆住了一夜之后，今天就在‘英国海滩’上会见德伯莱克了。他们谈了很长时间。我一直跟着他们。然后，德伯莱克又回到旅馆，让雅可布等在楼下电话总机室对面的走廊里，自己乘电梯上了楼。十分钟之后，我就打听到了他的房间号码，并且知道有一位夫人从前一天起就住进了他隔壁的一百三十号房间。

“‘我想这一次咱们总算大功告成了。’我这样对格罗戈纳尔和勒巴鲁说。我轻轻地敲了敲您房间的门。没人回答，门也锁着。”

“那么——”克拉利丝说道。

“那么，我们就把它打开吧。难道您认为世界上只有一把钥匙能开一把锁吗？于是，我就进了您的房间。里面空无一人，可是同隔壁房间相连的那道门却开着一道缝儿。于是，我们就从门缝里钻了过去。这样一来，在我和您、德伯莱克,以及放在壁炉台上的那包烟丝之间，就只隔了一道门帘。”

“您早就知道瓶塞藏在那里面吗？”

“我在巴黎搜查德伯莱克的办公室时发现这包烟丝不见了。还有……”

“还有什么？”

“还有，在情侣塔楼里，德伯莱克被迫交待的供词中，‘玛丽’两个字是整个事件的谜底。然而，‘玛丽’两个字实际上只不过是另外一个词的开头两个音节。这是我在发现烟丝不见了以后才意识到的。”

“另外一个什么词？”

“玛里兰……玛里兰烟丝。德伯莱克只吸这种烟丝。”

罗平说着，笑了起来：

“咱们大家都够笨的，您说是不是？而这个德伯莱克真是狡猾！咱们到处找，到处翻！我还把所有的灯座都拧开了，看里面是不是藏着一个玻璃瓶塞！可是我怎么也没想到，而且谁也不可能想到——不管有多敏锐的观察力——要把一包玛里兰烟丝打开，打开这条国家在间接税务局的监督下封口、黏合、盖章、贴上印花并注上日期的封带！请想一想，国家竟会成为这种丑恶勾当的同谋！间接税务局竟会参与这种阴谋活动！不可能！绝对不可能！烟草专卖局确实会干一些蠢事，它可以制造些划不着的火柴，香烟里可能会有草棍，然而由此就去怀疑烟草专卖局的人跟德伯莱克狼狈为奸，把‘二十七人名单’藏在里面，以逃避政府的合法搜查和亚森·罗平的耳目，这中间还有很大的距离！您看，只要像德伯莱克那样，先用手按一按这条封口的带子，把它弄松，然后拿下来，把这黄颜色的纸折一折，把烟丝向两边拨开，就可以把瓶塞放进去了。然后再按原样把它封好。在巴黎时，咱们本来只要把这包烟丝拿在手里仔细看一看就会发现这个藏东西的地方。然而这包烟丝，这包由国家和间接税务局检查通过的玛里兰烟丝是神圣不可侵犯的，是不容怀疑的！所以没有一个人想到要把它打开看看。”

罗平接着说：

“就这样，德伯莱克这个魔鬼把这包烟丝同那些纸张，以及其他没开包的烟丝一起，在桌子上放了好几个月。而且，竟没有哪一个神明能够唤起哪一个人去审视一下这个不引人注目的小立方体的念头，哪怕是模糊的念头。此外，我还请您注意……”

关于这包玛里兰烟丝和那个水晶瓶塞，罗平又说了很多。由于他终于战胜了德伯莱克，故而对自己的机智和卓识谈兴更浓了。可是克拉利丝感兴趣的不是这些，而是为拯救儿子所应采取的措施。所以，她根本就不怎么听他说话，而是全神贯注地在想着自己的心事。

“您有把握一定成功吗？”她反复这样问着。

“绝对有把握。”

“可是普拉斯维尔现在不在巴黎啊！”

“他不在巴黎就在勒阿弗尔①，我昨天看报了。不管是哪一种情况，咱们的电报都会立刻叫他回巴黎的。”

“您认为他有足够的影响力吗？”

“他不可能直接获得对沃什莱和吉尔贝的赦免，否则我们早就可以让他发挥这种影响力了。不过，他很聪明，会懂得我们带给他的这件东西的价值……因此会毫不迟疑地采取行动。”

“问题恰恰在于，您是否过高估计了它的价值？”

“难道德伯莱克会过高估计它的价值吗？难道德伯莱克不比任何人都更了解它的无与伦比的价值吗？对此，他不是已经有过二十几次一次比一次更有说服力的证据了吗？请回忆一下他至今为止所干的一切勾当，这一切都不过是因为他掌握着这张名单！大家知道他有这张名单，这就足够了。他用不着去使用它，但是他掌握着它。他掌握着它，于是杀害了您的丈夫。他靠着那二十七个人的倾家荡产和名声扫地而建立起了自己的财富。就在昨天，二十七个人中最勇敢者之一达尔布弗克斯在监狱里割断喉咙自尽了。所以，您就

---

① 勒阿弗尔是法国北部的重要港口。——译者注

尽管放心好了，只要交上这张名单，咱们提什么要求都会得到满足。再说，咱们还有什么呢？几乎是微乎其微……比这还要少……只不过是要求赦免一个二十岁的孩子。别人会把咱们当成傻瓜。怎么，咱们手里不是……”

他停住口。克拉利丝由于兴奋过度，已经在他对面睡着了。

早晨八点钟，他们到了巴黎。

在克里希广场罗平的住所里，有两封电报正等着他们。

一封是勒巴鲁前一天从阿维尼翁①打来的，向他报告一切顺利，可以如约于当晚准时抵达巴黎；另一封是普拉斯维尔从勒阿弗尔打给克拉利丝的，内容如下：

“星期一晨不能返巴黎。请于晚五时来我办公室。完全相信您。”

“五点钟，这太晚了！”克拉利丝说道。

“这个时间最好。”罗平说。

“可是，如果……”

“‘如果是明天早晨行刑呢？’您要说的是这个吧……现在您不要再怕说某些字眼儿了，因为死刑不存在了。”

“可是报纸上却说……”

“报纸嘛，您没看，我也禁止您看。报上所说的一切都毫无意义。现在只有一件事是重要的，就是我们同普拉斯维尔的会面。还有……”

他从橱柜里取出一个小瓶，把手放在克拉利丝的肩上，对她说：

“您在这张沙发床上躺一会儿，喝几滴这个瓶子里的药水。”

“这是什么？”

“一种能让您忘掉一切并且睡上几个小时的镇静剂……现在最需要的就是这些。”

“不，不！”克拉利丝抗议道，“我不要！吉尔贝睡不着，他不能忘掉一切。”

“快喝吧！”罗平语气温和地坚持着。

她马上就让步了，因为她害怕再去想这些事。这几个月来她实在太痛苦了。她驯服地躺到沙发床上，闭上了眼睛，几分钟之后就睡着了。

罗平按铃叫来了仆人。

“报纸……快……你买了吗？”

“这就是，老板。”

罗平打开一张，立刻看到下面几行字：

---

① 阿维尼翁是法国南方一城市。——译者注

“亚森·罗平的同伙。根据可靠消息，亚森·罗平的同伙吉尔贝和沃什莱将于明天，星期二，凌晨被处决。戴伯雷先生已检查过断头台。一切都已准备就绪。”

罗平挑衅地昂起了头。

“亚森·罗平的同伙！处决亚森·罗平的同伙！这场表演将会是多么精彩啊！明天一定会人山人海！很遗憾，先生们，大幕将不会被拉开。接到上峰命令，演出停止。‘上面’，就是我！”

他自豪地拍了拍胸脯，重复了一遍：

“‘上峰’，就是我！”

中午，罗平收到了勒巴鲁从里昂发来的电报：

“一切顺利。包裹将安全到达。”

三点钟，克拉利丝醒了。

她第一句话就问：

“是明天吗？”

他没有回答。她看到他泰然自若，满脸微笑，立刻感到一股暖流涌进心田，似乎觉得一切都已经结束，都已经解决，都按照这位伙伴的意愿实现了。

四点钟，他们出发了。

普拉斯维尔的秘书接到了上司的电报通知，把他们领进办公室，请他们在那里稍等一下。

当时是差一刻五点。五点整，普拉斯维尔跑着来到办公室，并立即冲他们喊道：

“您拿到名单了？”

“拿到了。”

“快给我！”

他伸出手来。克拉利丝站了起来，但是没有任何表示。

普拉斯维尔看了她一会儿，犹豫了一下，又坐了下去。他现在明白了，克拉利丝·梅尔基如此追逐德伯莱克，并不完全是出于报仇雪恨，她一定还有别的动机，因此她交出名单要有条件。

“请坐下吧。”他说道，表示他同意谈判。

普拉斯维尔很瘦，脸上骨骼粗大，眼睛老是眨个不停，嘴又有点儿歪，给人一种虚伪和叫人不放心的印象。他在警察局里让人难以忍受，因为别人随时都得弥补和挽回由于他的愚蠢所造成的损失。他属于那种并不受人重用、常被派去执行某种特殊差事，事一做完就被人像卸包袱一样打发走的人。

这时，克拉利丝也坐回了原处。看到她仍然一言不发，普拉斯维尔说道：

“说吧，亲爱的朋友，有话尽管直说吧。我可以毫不掩饰地承认，我很想得到这张名单。”

“如果只是想得到的话，”克拉利丝说道，罗平事先已详细地教给她应当如何说和如何做，“我很担心我们是否能够达成协议。”

普拉斯维尔笑了笑，说：

“当然，这种愿望会导致我们做出某种牺牲。”

“要做出一切牺牲。”梅尔基夫人纠正道。

“好吧，一切牺牲。当然，这种牺牲必须在可以被接受的范围之内。”

“甚至可以超出这个范围。”克拉利丝又说，显得坚定不移。

普拉斯维尔有些不耐烦了：

“请您解释一下，到底是怎么一回事嘛！”

“请原谅，亲爱的朋友。我必须首先了解您对这张名单的重视程度。并且，为了使我们的谈判富有成果，还要明确一下……怎么说好呢？明确一下我所带来的这件东西的价值。这是一件无价之宝。因此，我再重复一遍，交换的条件也应当是不受限制的。”

“就这么说定了吧。”普拉斯维尔不耐烦地说。

“这样，我就没有必要再去详细回顾这件事的历史，也没有必要去列举您掌握了这张名单之后将会避免哪些灾难，以及可以得到多少无法估量的好处了吧？”

普拉斯维尔做了很大的努力才克制住自己，尽量礼貌地回答：

“我接受这些条件，可以了吧？”

“我请求您原谅。如果不这样，我们就不能把问题谈得很明确。还有一点需要澄清，那就是您本人是否能够来跟我谈判？”

“这是什么意思？”

“我想问的，当然不是您是否有权马上解决这个问题，而是您是否可以在我面前代表那些了解这件事并有资格处理这个问题的人。”

“当然可以。”普拉斯维尔肯定地回答。

“就是说，在我向您说了我的条件之后一小时就能得到答复，是吗？”

“可以。”

“这将是政府的答复吗？”

“是的。”

克拉利丝稍稍向前俯下身，更加严肃地说：

“这将是总统的答复吗？”

普拉斯维尔有些惊奇。他考虑了一下，回答道：

“是的。”

克拉利丝最后又说道：

“下面，我要求您向我保证，无论我提出的条件使您感到多么不可理解，您都不能要求我向您做解释。我提出什么条件就是什么条件，您只要回答‘可’或‘否’就行了。”

“我向您保证这样做。”普拉斯维尔一字一句地说。

克拉利丝不由得一阵激动，脸色变得比平时还要苍白。她克制住自己，盯住普拉斯维尔的双眼，说道：

“‘二十七人名单’的交换条件是赦免吉尔贝和沃什莱。”

“嗯？什么？”

普拉斯维尔一下子站起来，表情甚为惊讶。

“赦免吉尔贝和沃什莱——亚森·罗平的同伙！”

“对。”她答道。

“赦免玛丽—特莱丝别墅的凶手！赦免明天早晨就要上断头台的人！”

“对，就是他们两个人。”她大声回答道，“我要求赦免他们。”

“可这实在太荒谬了！为什么？为什么？”

“我提醒您，普拉斯维尔，您已经向我保证过了……”

“对……对……的确……可这实在太出乎意料了！”

“为什么？”

“为什么？为了所有的原因！”

“哪些原因？”

“反正……反正……您好好想想嘛！吉尔贝和沃什莱都被判了死刑啊！”

“把他们关进监狱好了。”

“这不可能！这件事影响太大了，事关亚森·罗平的同伙。全世界都已经知道这次判决了。”

“那么……”

“那么，我们决不能去违反法庭的判决。”

“我并不要求您去违反法庭的判决，我只要求用赦免去代替这种刑罚。赦免是符合法律要求的。”

“赦免委员会已经否决了。”

“那没什么，还有共和国总统呢。”

“他也拒绝了。”

“他可以反悔嘛。”

“这不可能！”

“为什么不可能？”

“他没有借口。”

“他不需要借口，赦免权是绝对的。他可以随意行使这个权力而无须接受任何人的监督，无须有理由，无须有借口，无须进行任何解释。这是一种极大的特权，总统可以任意行使。更确切地说，他应当凭自己的良心，为维护国家的利益来行使这个权力。”

“可现在已经太晚了！一切都已准备就绪，再过几个小时就要行刑了。”

“您刚才对我们说过，您只要一个小时就可以得到答复。”

“这简直是发疯了，真的！您的要求遇到的是不可通融的原则。我再重复一遍，这实际上是不可能的。”

“这么说是不行了？”

“不行，不行，绝对不行！”

“这样，我们只好告辞了。”

她朝门口走去。尼古尔先生跟在后面。

普拉斯维尔一下子跳起来，挡住了他们的去路。

“你们这是到哪儿去？”

“上帝啊！咱们的谈话好像已经结束了嘛，亲爱的朋友。既然您认为，并且肯定总统也认为这张名单不足以……”

“请留下来。”普拉斯维尔说。

他把钥匙在门锁里转了一圈儿，然后在房间里走了起来，头低着，两只手放在背后。

到现在为止，罗平一直一言未发，始终谨慎地扮演着那个不引人注目的角色。他心里想：

“何必这么啰唆！何必这么扭扭捏捏！事情非这么解决不可！这位普拉斯维尔先生诚然不是一头雄鹰，可他毕竟也不是一个傻瓜，他怎么能放弃这个向自己的死敌复仇的机会呢？瞧，我怎么说来着，让德伯莱克坠入深渊的念头使他微笑了吧！行了，这一回我们又赢了。”

这时，普拉斯维尔打开通向他私人秘书办公室的门，大声命令道：

“拉尔迪格先生，请给总统府打个电话，就说我有极为重要的事要求总统接见。”

他关上门，走回克拉利丝身边，对她说道：

“总而言之，我的任务只不过是把您的要求转达给总统。”

“转达给他，就等于被接受了。”

下面是一阵长时间的沉默。克拉利丝的脸上流露出极大的喜悦。普拉斯维尔感到很惊讶，好奇地注视着她。克拉利丝到底出于何种神秘的原因要拯救吉尔贝和沃什莱呢？是一种什么不可思议的关系把她跟他们联系起来的呢？又是一种怎样的悲剧把这三个人的命运跟德伯莱克连在一起了呢？

“算了，老伙计！”罗平心想，“你不要为这个白白伤脑筋了，你是猜不出来的。啊，如果我们按照克拉利丝的愿望，只要求赦免吉尔贝一个人的话，你可能会猜得到其中的奥妙；可是如今又加上了个沃什莱，这个无赖沃什莱，真的，梅尔基夫人跟他之间是不可能有任何关系的……啊，啊，妈的！现在轮到我了……他在端详我呢！这个尼古尔先生，这个外省的小学监，他为什么对克拉利丝·梅尔基夫人如此忠心耿耿呢？这家伙的真实身份到底是什么呢？我没有对他的来历进行调查，这实在是犯了一个错误……现在我必须把这件事弄清楚……必须识破他的真面目……因为一个跟本案无直接利害关系的人会如此卖力是不正常的。他为什么也要救吉尔贝和沃什莱呢？为什么呢？”

罗平轻轻地转过头，心里继续想：

“哎呀！哎呀！这家伙脑子里闪过一个念头……一个模模糊糊、解释不清的念头……他妈的！无论如何也不能让他猜出尼古尔就是罗平，没必要把事情搞得更复杂……”

这时，发生了一件转移目标的事：普拉斯维尔的秘书报告说，总统将在一小时后接见他。

“很好，谢谢。”普拉斯维尔对他说，“您请出去吧。”

他又接着刚才的话题说下去，不再拐弯抹角，看样子是希望坦率地把事情谈清：

“我想我们是可以达成协议的。但是，为了更好地完成我所担负的这项使命，我需要掌握确切的情报、完整的材料。请问名单藏在哪里？”

“跟咱们估计的一样，藏在水晶瓶塞里。”梅尔基夫人回答道。

“这个水晶瓶塞又被放在什么地方呢？”

“被放在德伯莱克几天前从他拉马丁街心花园寓所的办公桌上取走的一件东西里。昨天，星期日，我又从他手里把它搞到了。”

“是件什么东西呢？”

“不是什么别的，只不过是随便放在桌子上的一包玛里兰烟丝。”

普拉斯维尔惊呆了。他天真地说道：

“啊！我要是早知道就好了！这包玛里兰烟丝我摸了不下十次！看我有多笨哪！”

“这没什么。”克拉利丝说，“重要的是现在已经把这个秘密揭穿了。”

普拉斯维尔的意思是，如果这个秘密是被他发现的，他就会更高兴。他又问道：

“这么说，名单已经在您手里了？”

“是的。”

“现在带在您身上吗？”

“是的。”

“请给我看一看。”

看到克拉利丝有些犹豫，他又说：

“噢，请您不要担心。这张名单是属于您的，我会还给您的。您要明白，我必须有绝对的把握才能采取行动。”

克拉利丝用询问的目光看了看尼古尔先生，这被普拉斯维尔注意到了。克拉利丝说道：

“给您看吧。”

他激动地抓住那张名单，仔细看了看，立刻说道：

“对……对……是出纳的笔迹……我认出来了。而且有公司经理的签名……红色的签名……我手里还有其他证据呢……比如从这张纸的左上角撕下来的那一块就在我这里。”

他打开自己的保险箱，从里面的一个小盒子里拿出一个小纸条，跟这张名单对起来。

“就是它。两块纸完全接上了，这个证据是确凿无疑的了。下面再看看这张棉纸的性质就行了。”

克拉利丝喜形于色。简直让人难以相信，多少个星期以来，她一直被一种极为可怕的痛苦折磨着，并且至今心灵上的创伤还未愈合，还在颤抖。

普拉斯维尔把那张纸贴在玻璃窗上看着。她对罗平说：

“咱们要让吉尔贝今天晚上就知道结果。此刻他不知多痛苦呢！”

“对，”罗平回答道，“而且您可以去见他的律师，把情况告诉他。”

她又说：

“我明天就去看吉尔贝。普拉斯维尔爱怎么想就怎么想。”

“好吧，但他必须在总统府取得成功才成啊。”

“他在那里是不会遇到麻烦的。您说是吗？”

“不会的。您不是看到他马上就对咱们让步了吗？”

普拉斯维尔继续用放大镜仔细看着那张纸，跟撕下来的那一条对比着，然后又把那张纸贴到窗子上。接着，他又从那个小盒子里拿出一些信纸，抽出一张对着光检验着。

“果然如此，现在完全证实了我的怀疑。请您原谅，亲爱的朋友，这件事很棘手……我一项一项地检验……因为我总是有点儿疑心……看来这不是没有道理的……”

“您这话是什么意思？”克拉利丝喃喃地问。

“请稍等一下，我必须先作一个指示。”

他又对秘书说：

“请马上给总统府打电话，就说我很抱歉，接见没有必要了，原因我以后再向总统解释。”

他关上门，回到了办公桌前。

克拉利丝和罗平站在那里，连气都透不过来了。他们吃惊地看着他，不明白他为什么突然改变主意。他是不是发疯了？是不是在耍什么花招？是不是说话不算数了？是不是把名单拿到手就不认账了？

可是，他却把名单还给了克拉利丝。“您把它拿回去吧。”

“拿回去？”

“把它还给德伯莱克吧。”

“还给德伯莱克？”

“如果您不想把它烧掉的话。”

“您说什么?”

“我是说假如我是您，就把它烧掉。”

“您怎么能这样说话？这实在太荒谬了。”

“正相反，这是非常合乎逻辑的。”

“为什么?”

“我马上就给您解释。关于那张‘二十七人名单’，我们是有确凿证据的。名单是写在运河开发公司经理的一张信笺上的；我的小盒子里有几张这样的信笺。所有这些纸上都印着一个作为商标的、小得几乎看不出来的洛林十字①，只有把纸对着光才能看到。可是您拿来的这张纸上却没有这个小洛林十字。”

罗平感到自己从头到脚都在颤抖。他不敢转过身去看克拉利丝，知道她一定绝望到了极点。他听见她轻轻地说：

“难道是德伯莱克……被人骗了?”

“这绝不可能!”普拉斯维尔说，“是您被他骗了，可怜的朋友。德伯莱克手里掌握着那张他从那个死人的保险箱里偷走的真名单。”

“那么这一张呢?”

“这一张是假的。”

“假的?”

“绝对是假的。这是德伯莱克耍的一个鬼把戏。他用这个水晶瓶塞在您眼前晃来晃去，把您搞得眼花缭乱，于是您就一心只想找这个他随便在里面塞了点儿东西的瓶塞……塞的就是这么块废纸。而他呢，则可以毫无牵挂地保存着那张……”

普拉斯维尔停顿了一下。克拉利丝像个机器人似的僵硬地向前迈着小步，嘴里说道：

“这么说——”

“说什么，亲爱的朋友?”

“这么说您拒绝了?”

“这是肯定的，我只能……”

“您拒绝去做这种尝试?”

“您看，这种尝试难道是可能的吗？我总不能凭着一张毫无意义的废纸……”

“您不想去吗？那么明天早晨……再过几个小时，吉尔贝就要……”

她的脸色惨白，两颊深陷，眼睛睁得大大的，牙齿咯咯作响……”

罗平担心她会说出没有意义的危险话，就扶住她的双肩，想把她拉走。可是她用一股不可抗拒的力量把他推开，又往前走了两步，身体摇晃着，眼

---

① 洛林十字是一种双十字：“‡”。——译者注

看就要倒下了。突然，一股绝望的动力支撑着她，使她用力抓住普拉斯维尔，大声叫喊道：

“您一定要去！您马上就去！您必须得去！必须拯救吉尔贝……”

“您冷静一下，亲爱的朋友……”

她尖声笑了起来：

“冷静！吉尔贝明天早晨就要……啊，不！我害怕……这太可怕了……您快点儿去呀，坏蛋！快去要求总统赦免！您难道还不明白吗？吉尔贝……吉尔贝……他是我的儿子啊！我的儿子！我的儿子！”

普拉斯维尔发出一声惊叫。克拉利丝手里的刀子闪着寒光，她举手要自杀。不过她还没来得及伤着自己，尼古尔先生就已经抓住她的胳膊，夺下她手里的刀，把她按住，声音激动地说：

“您发疯了！我不是已经发誓要救他脱险吗……您要为了他活下去……吉尔贝是不会死的……我既然已经向您发誓，他怎么还会死呢……”

“吉尔贝……我的儿子……”克拉利丝呻吟着。

他猛地抱紧她，把她的脸转向自己，用手按住她的嘴说：

“够了！住口吧！我求求您不要再说下去了……吉尔贝一定不会死的！”

他用一种不可违背的命令动作，把她向门口拖去。这时，她也突然像一个驯服的孩子一样百依百顺。开门之前，他又转过身来，用威严的语气命令道：

“请在这里等着我，先生，如果您坚持要那张‘二十七人名单’……那张真正的名单，就请在这里等着我。过一个小时，最多两个小时我就会回来。到时候咱们再谈。”

然后他又突然对克拉利丝说：

“您呢，夫人，请您再拿出点儿勇气来！我以吉尔贝的名义命令您这样做。”

他穿过走廊，走下楼梯，扶着克拉利丝，就像扶一个模特儿似的，两只手架着她，简直是在抱着她，步履维艰地走着，穿过一个院子，然后又是一个院子，这才来到街上……

这个时候，普拉斯维尔先是目瞪口呆，被眼前所发生的事弄得莫名其妙，后来才慢慢地冷静下来，开始思考。他回忆着尼古尔先生的所作所为。他先是扮演一个配角，克拉利丝的顾问——人们遇到困难时常常找这种人帮忙。后来，他突然一反麻木不仁的常态，走到前台，变得那么果断，那么有威力，那么有激情，那么有勇气，准备好去推翻命运设在他面前的一切障碍。

什么人能做到这些呢？

普拉斯维尔浑身一抖。还没等他提完这个问题，答案就已经展现在他眼前了。可以确认这个答案的往事也纷纷展现在他的脑海里，一件比一件更有说服力，一件比一件更确凿无疑。

只有一个问题让普拉斯维尔百思而不得其解，那就是尼古尔先生的外表跟自己所见过的罗平的照片毫无相似之处，可以说相距甚远。这完全是另外一个人，无论是身高、体形、脸形、口形、眼神、皮肤还是头发的颜色，都跟人们掌握的那个冒险家的相貌特征截然不同。普拉斯维尔不是也清楚罗平的最大特点就在于他具有这种改头换面的神奇本领吗？所以这也不足为奇。

普拉斯维尔急忙走出办公室。他碰上一个保安处的侦探，就问：

“你是刚从外面进来吗？”

“是的，秘书长先生。”

“你碰见一位先生和一位夫人了吗？”

“碰见了，就在院子里，几分钟以前。”

“你还认得出那个男人吗？”

“我想可以认出来。”

“那么你就一分钟也不要耽搁……再带上六名侦探，马上到克里希广场调查一个叫尼古尔的人，监视他的住房。他肯定要回去的。”

“他要是不回去呢，秘书长先生？”

“那就逮捕他。给你逮捕证。”

他回到办公室，在一张专用纸上写了一个名字。

侦探看了以后，大吃一惊：

“秘书长先生刚才跟我说的是一个叫尼古尔的人啊！”

“那又怎么了？”

“可是逮捕证上写的是亚森·罗平。”

“因为亚森·罗平和尼古尔本来就是一个人！”

第十二章 断头台

“我一定要救他，我一定要救他!”罗平在汽车里不停地向克拉利丝重复着，“我向您发誓，一定要救他脱险。”

克拉利丝没有听他说话，她好像已经麻木了。她被一场死亡的噩梦纠缠着，对周围发生的一切都无动于衷。罗平向她谈着自己的计划，尽力说服她，尤其是想要让她重新树立信心。

“不，不，这场斗争还不至于那么令人失望。咱们手里还有一张王牌，一张非常厉害的王牌，就是昨天早晨德伯莱克在尼斯跟您说起的原议员沃朗格拉德要交给他的那些材料。我可以从斯塔尼斯拉·沃朗格拉德手里买来这些材料……他要多少钱我就给他多少钱。然后咱们再去警察局，我就对普拉斯维尔说：‘快到总统府去……把那张名单当做真的去用。快救吉尔贝脱险，即使明天别人发现这个名单是假的也没关系，只要吉尔贝得救就行……快去!否则……我跟你说，否则，明天，星期二，沃朗格拉德的信件就会被刊登在一家大报上。沃朗格拉德早上被捕，晚上就会把你抓起来!’”

罗平说着，高兴得直搓手。

“他会去的……一定会去的……我第一次看见他就感觉到了这一点。这件事很有把握，可以说万无一失。我在德伯莱克的皮夹子里找到了沃朗格拉德的地址……开车吧，司机，到拉斯帕依街!”

他们到了那个地方，罗平跳下来，三步并做两步地跑上了四楼。

女仆回答说，沃朗斯格拉德不在家，要到第二天吃晚饭时才能回来。

“您知道他在哪里吗?”

“在伦敦。”

罗平回到汽车里，再也不说话了。克拉利丝连问都没问，一切对她来说都无所谓，儿子的死对她来说已经既成事实了。

他们让司机把他们拉到克里希广场。

罗平到家时，碰到两个人从门房里出来，可他心事重重，根本就没留意。这两个人就是普拉斯维尔派来包围罗平住所的侦探。

“有电报吗?”罗平问仆人。

“没有，老板。”阿希尔回答。

“勒巴鲁和格罗戈纳尔没有消息吗?”

“一点儿也没有，老板。”

“这也很自然，”他故作镇静地对克拉利丝说，“现在才七点钟，咱们不能指望在八点钟，甚至在九点钟之前见到他们。让普拉斯维尔多等一会儿好了。我这就给他打电话。”

他打完电话，放下了话筒。这时，他听见身后一阵呻吟。原来是克拉利丝站在桌旁，正看一张晚报。

她用手按着胸口，身体摇摇晃晃地倒了下去。

“阿希尔，阿希尔!”罗平喊着自己的仆人，“快帮我把她抬到这张床上……现在，你快把壁橱里那个小玻璃瓶拿来，第四号瓶，盛镇静剂的。”

罗平用刀尖撬开克拉利丝的牙齿，给她灌了半瓶药水。

“好了，”他说，“这样一来，这个可怜的女人就可以一直睡到明天……那以后才能醒来。”

他溜了一眼克拉利丝刚才看的那张报纸，报纸还被她紧紧地攥在手里。他看到了下面一段文字：

“为处决吉尔贝、沃什莱，已采取极为严密的防范措施，以防亚森·罗平把他的同伙救下断头台。从今天午夜起，桑台监狱周围的所有街道都将有武装警卫。行刑地点选择在监狱墙外阿拉果大街的平地上。我们了解了一些关于两名死囚犯的精神面貌的事。沃什莱始终是那么厚颜无耻。他勇气十足地等待着命运的安排。‘他妈的!这当然不会让我感到愉快。’他这样说，‘不过既然非得上去不可，那就应当像条好汉那样上去……’他还说：‘我对死并不在乎，让我心里不舒服的是把我脑袋给切下来。啊，要是我的老板能想个办法让我连‘哎哟’一声都来不及说，就把我给送到另一个世界该有多好啊!给我来点儿士的宁①吧，老板。’吉尔贝的镇静令人惊奇，尤其是联想到他在开庭审判时的颓丧状态，就更加让人感到他前后表现判若两人。他深信亚森·罗平无所不能。‘老板当众对我说不要怕，说他就在这里，一切由他负责。所以我就不怕了。我相信他，

---

① 士的宁是一种毒药。

直到最后一天、最后一分钟，直到站在断头台上。这是因为我了解他，我的老板！有他在，就没有什么可怕的。他许下了诺言，就一定要兑现。即使我的头被砍掉，他也会重新给我安上，牢牢地安上。亚森·罗平会看着他的小吉尔贝死去不管？啊，不！别开玩笑了！在这个孩子的这种激情里，有某种纯洁的、高尚的东西。亚森·罗平是否值得这孩子盲目信任，我们且拭目以待。”

罗平强忍着把文章读完，眼里浸满了感动、怜悯和绝望的泪水。

不，他不配受到他的小吉尔贝的这种信任。诚然，为了拯救吉尔贝，他已经尽了最大努力，但是在目前情况下，是需要做出能够改变命运的努力才行。然而这一次，命运的力量比他的力量强大。从这个不幸的事件一开始，事情就总是朝着与他的愿望相反的方向，甚至是与事物本身的逻辑相反的方向发展的。他跟克拉利丝虽然都是在为了同一目标而奋斗，却由于误解浪费了好几个星期的宝贵时间。接着，几乎与他们开始联合同时，灾难接踵而来：小雅克被绑架；德伯莱克突然失踪并被监禁在情侣塔楼；罗平负伤，因而被迫停止活动；接着是那些把克拉利丝（她后面跟着罗平）引到南方，引到意大利去的迷魂阵；最后是这个致命的灾祸——在他们凭着顽强的毅力和坚韧不拔的进取精神创造出那么多惊人的奇迹之后，当他们以为宝葫芦已经到手的时候，突然一切都土崩瓦解，那张‘二十七人名单’一下子变得跟一张废纸一样分文不值了……

“放下武器投降吧！”罗平对自己说，“失败已成定局。我白白向德伯莱克报了仇，战胜了他，消灭了他……但真正的战败者却是我，因为吉尔贝就要死了……”

他又哭了起来，不是因为难过，也不是因为愤怒，而是因为绝望。吉尔贝就要死了！这个被他称“孩子”，被他视为最亲密的战友的人，再过几个小时就要兰摧玉折了。他已经不能拯救他了，他已经江郎才尽了，甚至不想再做最后的尝试。那样做还有什么用呢？

他知道赎罪的一天迟早要降临，没有哪一个罪人敢说自己能够永远逃避惩罚。可是，今天被选来赎罪的，却是这个可怜的吉尔贝。他将含冤而死！这实在太可怕了！这里面不是有某种可悲的东西更加说明罗平的无能吗？

罗平对自己的无能已经深信不疑，所以当他收到勒巴鲁下面这封电报时，也丝毫没感到失望：

“马达出故障。一个零件损坏。修理需很长时间。明晨抵达。”

这件事再一次证明命运已经做出裁决，他已不再想去违背命运的决定了。他看了看克拉利丝，她睡得非常安详，那忘却一切痛苦的无忧无虑的样子令人羡慕。突然，他也感到一阵极度的困乏，便拿起剩下的那半瓶镇静剂，一饮而尽。

他回到自己的卧室，躺到床上，摇铃叫来仆人，对他说：

“你也去睡吧，阿希尔，出什么事也不要叫醒我。”

“这么说，老板，救吉尔贝和沃什莱是毫无希望了？”阿希尔问。

“毫无希望。”

“他们要上断头台了？”

“他们要上断头台。”

二十分钟之后，罗平就昏昏睡去了。

这时是晚上十点钟。

这一夜监狱四周人声鼎沸。从凌晨一点钟起，桑台街、阿拉果大街以及监狱四周的所有街道都被警察戒严，一律不准通行。

不久，天又下起瓢泼大雨。这样的天气，来观看的人不会很多的。监狱附近的酒店接到特别命令，一律在早晨三点钟关门。两个连的步兵把守着人行道，遇有紧急情况，马上还会有一营人被派来占领阿拉果大街；军队与军队之间有市卫戍警备队在巡逻，还有治安警察在往来穿梭。总之，这一次是兴师动众，与以往不同。

在肃穆的气氛中，断头台被安装在阿拉果大街与桑台街交界处的一块空地上。人们可以听到阴森的铁锤敲击声。

然而，清晨四点钟，人群开始冒着倾盆大雨集拢来了。有人唱着歌。人们要求点亮灯笼，拉开遮住断头台的帘子。由于距离太远，前面放了很多障碍物，看不清断头台的架子，所以观刑的人都很着急。

有几辆汽车开来了，里面坐着身穿黑衣服的官方人士。人群中传出鼓掌声和叫喊声。为此，开来一队骑兵，卫戍队，驱散了人群，使断头台前留出一块三百多米宽的空地。接着又有两连士兵被调来加强警戒。

嘈杂声戛然而止。这时，漆黑的夜幕开始发亮了。

雨也突然停了。

监狱里面，走廊尽头，死囚牢房外边，穿黑衣服的官员们在低声谈话。

普拉斯维尔正在跟检察官谈着，检察官有些不放心。

“用不着担心，”普拉斯维尔说，“我可以向您保证，绝不会出任何事故。”

“下面打来的报告里有没有说到什么可疑迹象，秘书长先生？”

“一点儿也没有。而且，我们已经控制住罗平，他们当然不可能发现什么可疑迹象了。”

“这是真的吗？”

“是真的。我们知道了他的隐居处，他在克里希广场的住所已被包围。他在昨晚七点钟回到那里。此外，我已经了解到他要救两个同伙的计划，这个计划在最后一刻失败了。所以，我们不必再担心，处决将会顺利进行。”

“总有一天人们会为这件事感到后悔的。”吉尔贝的律师听到他们的话以后，这样说道。

“您真的认为您的委托人是无辜的吗，亲爱的律师先生？”

“我对此坚信不疑，检察官先生。这个将要被处死的人是无辜的。”

检察官不说话了。过了一会儿，他像是自言自语地说道：

“这个案件审理得是过分匆忙了。”

律师声音激动地重复着：

“一个无辜的人就要死了。”

可是行刑的时间已经到了。

先被带来的是沃什莱。监狱长打开了他的牢门。

沃什莱从床上跳起来，瞪着两只惊恐的大眼睛看着进来的人。

“沃什莱，我们来向你宣布……”

“住口，住口，”他喃喃地说，“用不着说了。我知道你们要干什么。走吧。”

他那样子好像巴不得了结这桩公案，所以非常顺从地作行刑前的准备。但他不允许别人对他说一句话。

“什么都不用说了，”他重复着，“……什么？让我忏悔？这没有必要。我杀了人，你们就杀死我，这是理所当然的。咱们的账就算清了。”

可是过了一会儿，他突然停下来，问道：

“告诉我，我的同伴是不是也要……”

当他得知吉尔贝将跟他一同上断头台时，他稍稍犹豫了一下，看着在场的人，似乎要说什么。但最后他耸了耸肩，轻声说：

“这样更好……我们是一起干的……那就一起‘倒霉’吧。”

当人们走进吉尔贝的牢房时，他也没有睡着。他坐在床上，听完那可怕的宣判，想要站起来，可是全身都颤抖起来，就像一具被人摇晃着的骷髅。接着，他又哭着倒了下去。

“啊！我可怜的妈妈！我可怜的妈妈啊！”他呜咽着说。

人们想向他询问这个他从未提到过的母亲时，他突然停止哭泣，大声喊道：

“我没有杀人！我不想死！”

“吉尔贝，”别人对他说，“拿出点儿勇气来。”

“是的……是的……可是，既然我没有杀人，你们为什么要杀死我呢？我没有杀人……我向你们发誓……我没有杀人……我不想死……我没有杀人……你们不应当……”

他的牙齿抖得太厉害了，他说的话已经听不清了。他任人摆布着，做了忏悔，听了弥撒。这时，他平静一些了，甚至很驯服了，像个听话的孩子似的呻吟着说：

“应当告诉妈妈，我请求她原谅。”

“你的妈妈?”

“对……你们把我的话登在报上……她会明白的……她知道我并没有杀人。但是我请求她原谅我所犯的一切过错，还有……”

“还有什么，吉尔贝?”

“还有，我希望‘老板’知道我对他并没有失去信心……”

他仔细端详着在场的人，似乎还在怀着一种近乎癫狂的希望，希望“老板”就在这些人当中，化了装，让人认不出来，并且正准备带着他逃走。

“是的，”他轻轻地说着，声音里含着信仰宗教般的虔诚，“是的，我仍然对他非常信赖，甚至在现在这种时刻……请把这话告诉他，好吗？我深信他是不会让我死的……我深信不疑。”

从他那一动不动的目光中，人们感到他好像看到了罗平，看到罗平的影子正在外面徘徊，想寻找一道缝隙钻进来，来到他身边。

没有什么能比这个身穿囚服，被捆着手脚，被几千人看守着，被无情的刽子手按在手下的孩子仍然抱着活下去的希望更令人感动的了。

所有在场人的心都紧缩着，眼中浸满了泪水。

“可怜的孩子！”一个人轻轻地说着。

普拉斯维尔也跟所有的人一样，被深深地感动了。他想到了克拉利丝，也轻轻地说着：

“可怜的孩子！”

吉尔贝的律师哭泣着，不停地对周围的人说着：

“一个无辜的人就要死去了。”

最后的时刻到了。一切准备都已就绪。人们开始行动了。

两批人在走廊里相遇。

沃什莱看到吉尔贝，嘲笑道：

“喂，小家伙，老板把咱们给扔下不管了。”

他又补充了一句，除了普拉斯维尔，别人谁也听不懂：

“他一定是想独吞水晶瓶塞给他带来的好处。”

人们走下楼梯，停在监狱的书记室，填写了例行表格，然后穿过院子。这段可怕的路显得没完没了……

蓦然，昏暗的天空下，雨水、街道、屋影暴露在敞开的门外。在死一般的寂静中，传来阵阵的嘈杂声。

他们沿着围墙，走到两条街交会的地方。

又向前走了几步……沃什莱突然向后倒退了一步。他看到了！

吉尔贝低着头，由神甫及一个助手搀扶着慢慢向前走着。神甫拿着十字架让他吻着。

断头台就矗立在面前……

“不，不，”吉尔贝反抗着，“我不想死……我没有杀人……我没有杀人……救命啊！救命啊！”

这最后的呼救声回荡在广场上。

刽子手打了一个手势。有人抓住沃什莱，拖着他，几乎是用跑步的速度往前走着。

就在这时候，发生了一件令人十分惊讶的事：突然从对面的房子里传来一声枪响。

沃什莱左右的人一下子停住了脚步。

他们手中拖着的人向下倒去。

“出了什么事？他怎么了？”人们纷纷问道。

“他受伤了……”

沃什莱的头上鲜血直流。

他咕咕哝哝地说：

“行了……打得真准！谢谢您，老板，谢谢您……我的头不会被切下来了……谢谢您，老板！您可真是个好人啊！”

“快把他处死！快把他抬上去！”慌乱的人群中有人这样说道。

“可是他已经死了！”

“快把他抬上去……快把他处死！”

在那一小群法官、官员和警察的队伍里，争吵声更是达到了极点。每个人都在下着命令。

“快把他处死！处决应当继续进行！我们没有权力后退！那样做我们显得太怯懦了……快把他处死！”

“他已经死了！”

“那也没关系！法庭的判决应当得到执行！快处决吧！”

神甫抗议着。两名警卫和警察们看守着吉尔贝。这时，有两个人拖起沃什莱的死尸往断头台走。

“快！”行刑者喊着，被吓得声音都沙哑了，“快！然后把另外一个也拉上来……快……”

他的话还没说完，第二声枪响了。他摇晃了一下就倒下去了，嘴里呻吟着：

“不要紧……伤在肩上……下一个！”

可是这时，那些副手们纷纷吼叫着逃跑了，断头台四周立时变空了。只有警察局长还保持着清醒的头脑，他尖声下达着命令，把手下人又集合起来，然后像赶羊一样，把乱作一团的法官、政府官员、死囚犯、神甫，以及所有那些两三分钟之前从监狱里出来的人又都赶了回去。

这时，一队警察、侦探和士兵，不顾危险，冲进对面那座古老的四层楼房里。楼下是两个店铺，早已关门。刚才第一声枪响过，人们模模糊糊地看到这座楼三层的一个窗口有个人手里握着枪，周围是一片火药的烟雾。

人们立刻向他开枪，但没打中。他则不慌不忙地跳上一张桌子，又举起枪，瞄准，开了第二枪。

然后，他走进房子里。

由于这幢楼的楼下没人应声，人们就撞坏了门板。

他们冲上楼梯，可是立刻就遇到了障碍物。原来，在二楼楼梯口堆满了椅子、床和家具，像一道壁垒挡在那里。他们足足用了四五分钟的时间才给自己打开一条出路。

这四五分钟的时间足以造成整个追捕的失败。等他们跑上三楼，听到一个人在上面喊道：

“在这儿，朋友们！还有十八级。我为刚才给你们制造的不便深表歉意！”

那些人跑上那十八级台阶，速度惊人！可是四楼上面是阁楼，要爬上一个梯子，钻进一个拉窗才能上去。然而，那个逃跑者已经撤走梯子，关上了推拉窗。

人们忘不了这一传奇式的举动所引起的轩然大波。报纸连篇累牍地进行报道、评论，报贩们奔跑在大街小巷高声叫卖，整个首都都被激怒，或者说被一种惶惶不安和好奇心震撼了。

警察局所受的震动就更大了：上上下下一片混乱，信件、电报、电话络绎不绝。

最后，到上午十一点时，在警察局长办公室举行了秘密会议。普拉斯维尔也出席了。

由保安处长汇报调查结果。汇报内容大致如下：

前一天晚上半夜前，有人按阿拉果大街上那座房子的门铃。睡在楼下店铺后间小屋里的看门女人拉了开门绳。

一个男人来敲她的门，自称是警察局派来执行有关第二天处决囚犯一事的紧急任务。她刚把门打开，就被那人推倒在地，堵上嘴，捆住了手脚。

十分钟之后，住在二楼的一位先生和一位太太回到家时，也被那人捆绑起来，分别关进楼下的两家店铺中。住在四楼的房客也遭到同样的命运，不过是被关在自己家里，自己的卧室里；那个人是悄悄走进这个家里来的，他们一点儿也没发觉。三楼没人住，于是那人就在那里安营扎寨，成了这座楼房的主人。

“事情就是这样，”警察局长苦笑起来，“就是这样！根本就不复杂！不过，让我感到惊奇的是，他怎么能够那么轻而易举地逃掉呢？”

“我请您注意，局长先生，他从凌晨一点就成了这座房子的唯一主人。从那时到早晨五点，他有足够的时间为自己的退却作好充分准备。”

“那么他是从什么地方逃走的呢？”

“从屋顶。那儿与相邻的拉西尔街的房屋不太远。那边房子的屋顶与这座房的屋顶之间只有三米左右的距离，高低也只差一半。”

“那么——”

“那么，这个人就拿走了阁楼上的梯子，把它当吊桥用了。到了那一片屋顶上之后，他只需观察一下那些天窗，找一个空阁楼，进入拉西尔街的一座房子，然后就可以两手插在衣袋里，大摇大摆地走了。就这样，在他作了充分的准备之后，逃跑进行得非常顺利，没有遇到任何障碍。”

“您事先不是作好了一切必要的准备吗？”

“遵照您的指示，局长先生，我手下的人昨天晚上用了整整三个小时，搜查了所有的房子，以证明确实没有一个生人藏在里面。在他们搜查完最后一座房子之后，我下令挡住了路口。可就在这短短的几分钟内被那人钻了空子。”

“很好。这么说在您看来，这毫无疑问是亚森·罗平了？”

“毫无疑问。首先，因为这事关他的同伙。其次……除了亚森·罗平，没有人能策划出这样的举动，并且以如此惊人的胆量实施它。”

“那么……”警察局长嘟嘟囔囔地说着。

他转过身来，对普拉斯维尔说：

“那么，普拉斯维尔先生，您跟我谈到的那个人，您同保安处长一起从昨晚就派人看守的克里希广场上那座房子里的人……他不是亚森·罗平？”

“是他，局长先生，毫无疑问。”

“那他夜里出来时为什么没逮捕他呢？”

“他没有出来。”

“噢！噢！这倒越来越复杂了。”

“这很简单，局长先生。这座房子跟所有亚森·罗平住过的房子一样，有两个出口。”

“这您事先不知道吗？”

“不知道。直到刚才我进去搜查这座房子时才发现。”

“房子里有人吗？”

“没有。今天早晨，一个叫阿希尔的仆人离开了那里，并带走了一个住在罗平家里的女人。”

“这个女人叫什么名字？”

“我不知道。”普拉斯维尔迟疑了一下，这样回答。

“可您总该知道亚森·罗平住在那里所用的化名吧？”

“知道，叫尼古尔，无任职教师，文学学士。这是他的身份证。”

普拉斯维尔刚说完话，一名联络员就进来报告警察局长，说总统府紧急召唤，议会主席已经在那里等他了。

“我马上就到。”他回答道。然后他又小声说了一句：

“肯定是要讨论吉尔贝的命运问题。”

普拉斯维尔试探着问：

“您认为会赦免他吗，局长先生?”

“绝不可能！在发生了昨天夜里的事之后再赦免他，后果将极为可悲。明天一早吉尔贝就要抵命。”

这时，联络员递给普拉斯维尔一张名片。他看过之后，吓了一跳，嘴里咕哝着：

“他妈的！这家伙可真有胆量……”

“您说什么?”警察局长问道。

“没什么，没什么，局长先生。”普拉斯维尔回答。他想要把彻底查清此案的功劳留给自己一个人。“没什么……一次意外的来访……我很快就会把结果告诉您。”

他嘴里叽里咕噜，表情痴呆地走了。

“真的……这家伙，好大的胆量啊!”

他手里的名片上写着：

“尼古尔先生：无任职教师，文学学士。”

第十三章 最后的战斗

普拉斯维尔回到办公室，看到候客室的长凳上坐着那位尼古尔先生。他依然驼着背，脸上一副病容，手里拿着旧布伞、破帽子和单只手套。

“是他。”普拉斯维尔心里想着，他刚才还担心罗平会给他派另外一位尼古尔来呢，“他亲自来了，这说明他没想到自己已经被我认出来了。”

他第三次对自己说：

“不管怎么说，这家伙可真有一点儿胆量啊！”

他关上办公室的门，把秘书叫来，说道：

“拉尔迪格先生，我等一下要在这里接见一个非常危险的人。他很可能要被戴上手铐才能离开这里。他一进来，您就马上作好一切必要的准备，并且叫十二名侦探来，让他们等候在前厅和您的办公室里。我的命令很明确：我一按铃，你们就赶快持枪而进，把他包围起来。听明白了吗？”

“明白了，秘书长先生。”

“一点儿也不能犹豫，要一下子冲进来。大家一齐进，手里举着手枪，要非常严厉，听见了吗？现在请尼古尔先生进来吧。”

等剩下他一个人时，普拉斯维尔用书把桌子上的电铃按钮盖上，又在书后面藏了两支口径相当大的手枪。

“现在要谨慎行事了。他手里要是有名单，我就把它留下；要是没有名单，我就把他留下。罗平将和‘二十七人名单’在同一天被我拿到，而且是在发生了早上那一场风波之后。这下子可要轮到我名扬天下了。”

有人敲门。他大声说道：

“请进！”

然后，他站起身来，说道：

“请进，尼古尔先生！”

尼古尔先生缩手缩脚地走进来，坐到普拉斯维尔指给他的那把椅子上，说道：

“我来是继续……咱们昨天那场谈话……请原谅我来晚了，先生。”

“请稍等一下，可以吗？”普拉斯维尔说道。

他朝前厅走去，看到秘书，就对他说：

“我刚才忘了，拉尔迪格先生，让人到走廊和楼梯上去检查一下……以防还有他的同伙。”

他又走回来，舒舒服服地坐下来，似乎准备着一场饶有趣味的长谈，说道：

“您刚才说什么，尼古尔先生？”

“我说昨天让您久等了。我深感抱歉。我被一些事情耽搁了。首先，梅尔基夫人……”

“对，是您把她扶走的。”

“是的，我不得不照看她。您应该理解这个不幸的女人有多么失望，她儿子吉尔贝马上就要死了！是怎样一种死法啊！当时，我们唯一的希望就是出现一种奇迹……一种不可能出现的奇迹……我本人也只好听天由命……不是吗？当一切都已然命中注定的时候，我们也只能顺从啊！”

“可是，”普拉斯维尔说，“您离开我时，似乎是要不惜一切代价地从德伯莱克手中得到他的秘密！”

“是这样的。可是德伯莱克不在巴黎。”

“啊！”

“他不在巴黎。我正让他乘汽车旅行呢。”

“这么说您自己有汽车，尼古尔先生？”

“是专门为此买的。一辆破车，过时的老爷车。他正在乘汽车旅行。说得确切些，是被我装在一只大箱子里，放在汽车顶篷上。而这辆汽车……咳！只能在吉尔贝被处决以后才能到达。于是……”

普拉斯维尔吃惊地观察着尼古尔先生。如果说在这以前他对这个人的真实身份还有点儿怀疑的话，那么现在了解到他对德伯莱克所采取的这种手段时，他已经完全消除了这种怀疑。天哪！把一个人装在箱子里，放在汽车顶篷上！只有罗平才干得出这种异想天开的事！只有罗平才能用无所谓的语气坦率地讲述这件事！

“于是，”普拉斯维尔说，“您又做出了什么样的决定呢？”

“我又想出一个别的办法。”

“什么办法？”

“秘书长先生，我认为您应当跟我一样了解这个办法啊！”

“什么？”

“真是的！难道您没有参加行刑仪式吗？”

“参加了。”

“那您就应当看见沃什莱和刽子手各挨了一枪，一个被打死，一个受轻伤。所以，您也就一定会想到……”

“啊！”普拉斯维尔被弄得目瞪口呆，“是您……是您开的枪……今天早晨？”

“您想想看，秘书长先生，难道我还能有别的选择吗？那张‘二十七人名单’经您检验证明是假的。德伯莱克掌握着真正的名单，可他要在死刑执行之后才能到达。这样一来，只剩下一个办法能够拯救吉尔贝，使他得到赦免，就是使处决拖延几个小时。”

“当然……”

“您说是不是？我打死了沃什莱这个罪恶累累的惯犯，并且打伤了刽子手，制造了恐怖和混乱，从而无论从精神上还是从物质上都使得对吉尔贝的处决成为不可能，而我也就争取到了对我来说是必不可少的几个小时。”

“当然……”普拉斯维尔重复着。

罗平接下去说：

“您说是不是？这样一来，就使得我们大家，使得政府、国家元首和我都有考虑的时间，故而可以把这个问题看得更清楚一些。您想想看，怎么能去处死一个无辜的人呢？不，绝不可以。必须采取行动。于是乎我就采取了这个行动。您怎么想呢，秘书长先生？”

普拉斯维尔确实想到很多事，尤其是想到这位尼古尔先生竟如此胆大妄为，简直可以让人把尼古尔和罗平混为一人。

“我想，尼古尔先生，要从一百五十步远的地方把人打死，或者把人打伤，枪法必须很准才行啊！”

“我在这方面受过一点儿训练。”尼古尔先生谦虚地说。

“我还想，您这个计划一定是酝酿了很久。”

“完全相反，这绝对是灵机一动才想到的权宜之计。要不是我的仆人，或者说把克里希广场那座房子借给我住的那位朋友的仆人拼命把我叫醒，告诉我他过去曾在阿拉果街那座房子的商店里当过伙计，说那座房子里房客不多，也许可以从那里进行尝试的话，那么现在，可怜的吉尔贝的脑袋一定已经掉下来了……梅尔基夫人也一定会死去了。”

“啊？您认为？”

“我肯定。正因为如此，我才立刻按照这位忠实仆人的建议办了。只是，秘书长先生，您可给我带来不少麻烦！”

“我？”

“当然是您了！难道不是您想出了那个古怪的主意，让十二个人守在我们门口吗？故此我不得不从后门爬上五层楼，穿过仆人的走廊，然后从别人家的房子出去。你让我从事了不少无效劳动!”

“我很抱歉，尼古尔先生，下一次……”

“今天早晨也是。本来我八点钟等着那辆载着德伯莱克的汽车到达就行了，可您这样一来，我不得不早早就等在克里希广场，以免汽车停到我门口会招引您那些侦探介入。那样的话，吉尔贝和克拉利丝又要丧命了。”

“可是，这种……悲惨的结局，在我看来也只能拖延一两天，最多三天而已。要想彻底避免，还必须有……”

“真正的名单，是吗?”

“完全正确。而您可能还没有拿到……”

“我已经拿到了。”

“是那张真正的名单吗?”

“真正的名单，绝对没错。”

“上面有洛林十字?”

“有洛林十字。”

普拉斯维尔心里非常激动，因为他要跟一个比自己强大得多的对手——对此他深有自知之明——展开决斗。一想到亚森·罗平，那个可怕的亚森·罗平，如今就坐在自己面前，犹如一个全副武装的人面对一个被解除武装的人那样泰然自若、毫无惧色，他的心就怦怦直跳。

普拉斯维尔不敢公开同罗平交锋，怯生生地问：

“这么说，德伯莱克把名单交给您了?”

“德伯莱克什么都不会交出来，是我从他手里夺来的。”

“也就是说，您使用了暴力?”

“上帝呀，绝不是。”尼古尔先生笑着说，“噢，当然了，我已经决定不择手段。当我把德伯莱克从那个带着他快速旅行的箱子里——他这次旅行中的全部食品就是几滴麻醉剂——取出来时，我的确作好了准备，要让他马上给我‘跳舞’。呃，我用不着拷打……用不着让他受苦……用不着……只想让他死……把一根长针的针尖扎进他的前胸，然后轻轻地、慢慢地、缓缓地往里刺。用不着别的刑具……而这根针将握在梅尔基夫人手中……您明白吗?一个母亲在这种时刻将是无情的……一个就要失去儿子的母亲!‘快说，德伯莱克，否则我就要往里刺了……你不想说吗?那好，我往里刺一厘米……再刺一厘米……’就这样，这家伙的心脏就会被吓得停止跳动，这颗感到针离它越来越近的心脏……一厘米……再进一厘米……啊!我可以向上帝发誓，他一定会说的，这个强盗!我们当时俯身看着他，焦急地等着他苏醒，真是心急如焚啊……您能想象出当时的情景吗，秘书长先生?那个强盗躺在床上，被捆得结结实实，裸着前胸，拼命挣扎着想从麻醉剂的作用下清醒过来。他呼吸开始变快了……他喘起气来……他恢复知觉了……他的嘴唇开始翕动了……这时，克拉利丝跟他说起话来：‘是我……是我，克拉利丝……你愿意

回答我吗，流氓？'

“她把手指放到德伯莱克的胸上，放在那颗像在皮下藏着一条小虫子似的轻轻跳动的心脏上面。突然，她对我说：

“‘他的眼睛……他的眼睛……他戴着眼镜，我看不清……我想看看他的眼睛……'

“我自己也很想看看这双我从没见过的眼睛……我想在听到他说话之前，就从他的眼睛里看到由于恐惧而即将泄露出来的秘密。我很想看看，甚至非常渴望看到他的眼睛。这即将出现的场面使我非常激动。我觉得只要看到他的眼睛，秘密自然就会被揭开。我马上就可以知道谜底了。这是一种预感，是对那使我深为激动的事实真相的一种强烈的预感。他的夹鼻眼镜早就不在了，但那副不透明的宽大眼镜还戴在上面。我猛地把它摘了下来。猛然，我被一种意外的场面所震动，被一束强烈的光照得眼花缭乱。我笑了起来，笑得下巴都要掉了。我用拇指一用劲，嗨！一下子把他的左眼给抠出来了！”

尼古尔先生真的笑起来，并且像他自己说的那样，下巴都要笑掉了。他不再是那个胆怯的、热情而又狡猾的外省小学监，而是一个有胆有识、充满活力的人了。他边说边表演，绘声绘色地描绘了当时的场面，并且发出刺耳的笑声，使普拉斯维尔听起来很不舒服。

“嗨！出来吧，大人！从你的窝里出来吧！两只眼睛，要那么多干什么？有一只是多余的。嗨！克拉利丝，快来看这只在地毯上动的小球！当心，这是德伯莱克的眼睛！上帝保佑！”

尼古尔先生站起来，在房间里表演着当时追逐这只眼球的动作。然后他又坐下，从口袋里掏出一件东西，把它放在手上，像转一只球似的转动着。接着，他又把它向空中抛去，再接住，然后放回衣袋里。他冷冷地说：

“这就是德伯莱克的左眼。”

普拉斯维尔惊愕万分。这位怪客到底要说什么呢？他这番话到底是什么意思呢？普拉斯维尔面色苍白地说：

“您能解释一下吗？”

“可是，好像一切都解释得很清楚了。完全符合事情的本来面目，符合很久以来我情不自禁地所作的那些设想。要不是这个该死的德伯莱克那么巧妙地把我给引入歧途的话，我早就可以达到目的了。这是真的。请您想一想……您想听听我当时是怎么想的吗？‘既然在德伯莱克身体之外找不到那张名单，'我心里想，‘那就是说名单不在他身外。既然在他的衣服里也找不到，那就是说它被藏在更深的地方。说得明确一些，就是藏在他体内，藏在他的皮肤下面……藏在肌肉里。”

“大概藏在他眼睛里了吧？”普拉斯维尔嘲笑地说。

“是藏在他的眼睛里。秘书长先生，您说得非常正确。”

“什么？”

“我重复一遍，藏在他眼睛里。我本当按照推理，自然地识破这个秘密，而不是这样意外地发现。因为德伯莱克已经知道梅尔基夫人发现了他写给那个英国玻璃匠的信，要求那个人‘把这块水晶玻璃从里面挖空，又不引起别人的怀疑’。所以他就更加谨慎，并故意转移别人的视线，才让人按照他提供的样品，把一个水晶瓶塞从里面挖空。我们花了几个月的时间寻找的就是这个瓶塞，我从那包烟丝里找到的也正是这个瓶塞……可是实际上，我们本来只需……”

“本来只需……”普拉斯维尔听得入了神，下意识地说道。

尼古尔先生捧腹大笑：

“本来只需注意一下德伯莱克的眼睛，这只‘从里面挖空，留出一个别人既看不出来又发现不了的藏物之处’的眼睛就行了。这就是那只眼睛。”

尼古尔说着，又从衣袋里掏出那件东西，用它敲了几下桌子，发出一种坚硬物体互相碰撞的声音。普拉斯维尔喃喃地说：

“是一只玻璃眼球！”

“我的上帝，就是这么回事！”尼古尔先生笑得更厉害了，“一只玻璃眼球！一个普通的水晶瓶塞被这个强盗放进眼眶里，代替了那只瞎了的眼睛。一个瓶塞，说得更确切一些，一个水晶玻璃瓶塞，不过是那个真正的瓶塞，被他伪造成眼球，并且用一副普通眼镜和一副夹鼻眼镜这双重障碍掩护起来，里面装着——现在仍然装着——那件怪物，那件德伯莱克仰仗它肆无忌惮地进行讹诈的怪物。”

普拉斯维尔低下头，把手放在前额以掩饰脸上泛起的红晕。他就要拿到‘二十七人名单’了！它就在他面前，就放在桌子上！他抑制住自己的激动，故意装成若无其事的样子说道：

“名单还在里面吗?”

“至少我认为应当在里面。”尼古尔回答。

“什么？您认为……”

“因为我还没打开过呢。我把这种幸福留给了您，秘书长先生。”

普拉斯维尔伸出手，接过那件东西看着。这是一只玻璃眼球，跟真的一模一样，包括眼球的全部构造：眼珠、瞳孔、角膜等。他立刻注意到眼球后面有一个能滑动的地方。他按了一下，眼球是空的，里面有一个小纸球。他把它打开，顾不上看上面的名字和签名，就抬起手，把纸放在明亮的玻璃窗上。

“上边有洛林十字吧?”尼古尔先生问。

“有。”普拉斯维尔回答，“这张名单是真的。”

他犹豫了一下，胳膊虽仍然抬着，心里却在想着下一步该做什么。他又把纸卷好，放回那个小玻璃首饰匣里，然后把玻璃球放进衣袋。

尼古尔先生看着他，说道：

“您完全放心了吗?”

“完全放心了。”

“这么说，咱们算达成协议了。”

“达成协议了。”

接着，两个人都不说话了，不露声色地互相观察着。尼古尔先生似乎等待着谈话继续下去。普拉斯维尔却在桌子上那堆书的掩护下，一手握着手枪，一手摸着电铃。他心里洋溢着极大的满足，尽情感受着自己掌握了这张名单后所具有的巨大威力。他成了名单的主人！成了罗平的主人！

“要是他动一下，”他心里想，“我就用手枪瞄准他，并且马上叫人来。要是他先动手，我就开枪。”

最后，尼古尔先生说：

“秘书长先生，我认为咱们既然已经达成协议，就应当赶快行动。处决是在明天吗?”

“是在明天。”

“那我就在这里等着。”

“您等什么呀?”

“等总统府的答复啊!”

“啊！难道您以为有谁会给您带来这种答复吗?”

“当然了。就是您啊，秘书长先生。”

普拉斯维尔摇了摇头，说：

“您不能指望我了，尼古尔先生。”

“真的吗?”尼古尔惊奇地问，“那我可以知道这是为什么吗?”

“我改变了主意。”

“就为这个吗?”

“就为这个。我认为事情既然已经到了这种地步，就是说在发生了今天早晨那场虚惊之后，再想救吉尔贝已经不可能了。再说，用这种方式到总统府交涉，也颇有些讹诈的味道。我绝不会干这种事。”

“您完全有您的自由，先生。您这些顾虑——尽管有点儿晚了，因为在这之前您不曾有过这些顾虑——还能说明您是一位正人君子。秘书长先生，既然我们的条约已被撕毁，那就请把‘二十七人名单’还给我吧。”

“还给您做什么用呢?”

“我好去找另外一个中间人。”

“那又有什么用呢?吉尔贝已经没救了。”

“哪里，哪里，我认为正相反。昨天夜里他的同伙已经死了，那么赦免他就会更容易。所有的人都会认为这次赦免是正确的和人道的。请把名单还给我。”

“不。”

“真是的，先生，您的记忆力可真差，又不讲信用。您不记得自己昨天许下的诺言吗？”

“昨天我是同尼古尔先生打交道。”

“那又怎么样？”

“而您不是尼古尔先生。”

“真的吗？那我是谁呢？”

“这还要我说吗？”

尼古尔先生没有说话，却笑了起来，似乎对这场奇特的谈话很满意。可是，普拉斯维尔却对尼古尔这种突如其来的喜悦隐隐感到一阵不安。他握紧了手枪柄，心里犹豫着是否应当呼救。

尼古尔先生把椅子挪到桌子旁边儿，把两只胳膊肘放在纸堆上，盯住对方，用奚落的语调说：

“这么说，普拉斯维尔先生，您已经知道我是谁，并决心跟我周旋到底了？”

“我有这个决心。”普拉斯维尔不动声色地接受了这个挑战。

“这就是说，您觉得我，亚森·罗平……咱们还是把这个名字说出来吧……亚森·罗平……您觉得我是个笨蛋，可以被您捆住手脚抓走？”

“我的上帝！”普拉斯维尔拍着装玻璃球的衣袋，用戏谑的语气说道，“既然德伯莱克的眼睛已经装在我的口袋里，并且在这只眼睛里藏着那张‘二十七人名单’，那么我实在看不出您还能有什么作为，尼古尔先生。”

“我能有什么作为吗？”尼古尔先生讥讽地反问道。

“当然了！这个护身符已经不能再保护您了，那么您现在不过是单枪匹马地跑到警察局的心脏来冒险的亡命之徒罢了！而我这里有十二条身强力壮的大汉把守着所有的门，只要我一声令下，还会有成百上千的人冲进来。”

尼古尔先生耸了耸肩，无限怜悯地望着普拉斯维尔，说道：

“您知道这样做的后果是什么吗，秘书长先生？我看您自己也被这件事弄昏头了！您拿到名单之后，灵魂一下变得跟德伯莱克和达尔布弗克斯同样卑鄙了。您连想都没有想过要把它交给您的上司，以便消灭这个耻辱与灾难的根源，根本没有。这张名单对您产生了极大的诱惑，使您忘乎所以。您心里想：‘它现在就在这里，在我的口袋里。有了它，我就变得法力无边；有了它，就有了财富，就有了至高无上的权力。我为什么不利用它呢？我为什么不可以让吉尔贝和克拉利丝去死呢？为什么不把这个傻瓜罗平送进监狱呢？为什么不抓住这个千载难逢的发财致富的机会呢？’”

他俯身向着普拉斯维尔，语气温和，甚至颇有些推心置腹地说：

“您不要这样做，亲爱的先生。”

“为什么？”

“这样做对您不利。请相信我的话。”

"真的吗?"

"如果您一定要这样做的话，也请您先看一眼您从我手里抢去的这张'二十七人名单'，好好考虑一下那第三个名字。"

"啊！第三个名字是谁的呢?"

"是您的一位朋友的。"

"谁的?"

"前参议员斯塔尼斯拉·沃朗格拉德。"

"那又怎么样?"普拉斯维尔说，他已经显得不那么自信了。

"怎么样？您问问自己。人们对这个沃朗格拉德的背景稍加调查，就会立刻发现那个跟他一起分赃的人!"

"那个人叫什么?"

"路易·普拉斯维尔。"

"您胡说些什么呀!"普拉斯维尔喃喃地说。

"我没有胡说。我是在跟您说正经话。我告诉您，您一旦去揭发我，那么您自己脸上的面具也戴不长了。这个面具后面的面孔可不怎么好看啊!"

普拉斯维尔站了起来。尼古尔先生用拳头猛地敲了一下桌子，大声喝道：

"够了，先生！咱们已经绕了二十多分钟的弯子了，够了！现在需要结论！首先，请您把枪放下！您以为用这一套能吓住我吗？算了吧，别来这个了，我着急着呢!"

他把手按在普拉斯维尔的肩上，一字一句地说：

"如果一小时之后，您不从总统府带回文字消息，肯定总统已经签署赦免令的话……如果我亚森·罗平在一小时十分钟之后不能平安、自由地离开此地的话，那么今天晚上，巴黎有四家报纸将分别收到从斯塔尼斯拉·沃朗格拉德和您的来往信件中挑选出的四封信。斯塔尼斯拉·沃朗格拉德今天早晨把这些信件交给了我。这是您的帽子、手杖和大衣。走吧，我等着您。"

下面发生的事既离奇又合乎情理：普拉斯维尔丝毫没有表示抗议，甚至丝毫也没想抗议。他突然深深地、彻底地意识到这个名叫亚森·罗平的人的强大威力。他连想都没想去杜撰——他至今为止一直是这样认为——说那些信早被沃朗格拉德议员销毁了，或者说沃朗格拉德无论如何也不敢把信交出来，因为如果这样做，就等于自取灭亡。不，他一句话都没有说。他觉得自己好像被一把钳子紧紧地夹住了，任何力量也不能使它松开。他无能为力，只好妥协。

他妥协了。

"一小时之后，还在这里见。"尼古尔先生重复了一遍。

"一小时之后见。"普拉斯维尔极为顺从地说。

不过，他还是问了一句：

"吉尔贝被赦免之后，这些信能还给我吗?"

“不行。”

“为什么不行？那我就没有必要去……”

“这些信将在我和我的朋友们帮吉尔贝越狱之后两个月内全部交还给您。这就是说，还需要您下达命令，放松对吉尔贝的监视。”

“就这些吗？”

“不，还有两个条件。”

“哪两个条件？”

“第一，您必须马上交给我一张四万法郎的支票。”

“四万法郎？”

“这是沃朗格拉德卖给我书信的价钱。因此，理所当然……”

“还有呢？”

“第二，你必须在半年之内辞去现任的职务。”

“辞职？为什么？”

尼古尔先生严肃地说：

“因为警察局最重要的职务之一被一个良心上有污点的人占据着，这是不公正的。让他们给你个议员、部长或者看门人的位子，反正你有多大本事就去混多大的差事吧！但是当警察局秘书长不行，这让我反感！”

普拉斯维尔考虑了一下。要是能突然消灭这个对手该多好啊！他确实在挖空心思地想要做到这一点。然而，他又能想出什么办法呢？

他走到门口，叫道：

“拉尔迪格先生！”

然后，他压低声音，却又让尼古尔先生能够听见，说道：

“拉尔迪格先生，让你那些警察都走吧。情报有误。在我离开之后，不要让任何人到我办公室来。这位先生在里面等我。”

他拿起尼古尔先生递给他的帽子、手杖和大衣，走了出去。

“我真得好好表扬您呢，先生。”当门关上时，罗平这样说道，“您改正得很彻底……我也一样……只不过有点儿过于明显地流露出对您的蔑视……太粗暴了点儿。可是，咳！这种事情干起来就是要虚张声势，先把敌人吓唬住。再说，我没做亏心事，跟这种人打交道就用不着太讲礼节。昂起头来吧，罗平，你是叛逆者之首！为你的事业自豪吧！现在，先躺下来睡上一觉，这是你应当享受的。”

普拉斯维尔回来时，发现罗平还在酣睡着。他不得不摇晃他的肩膀，把他叫醒。

“事情办成了吗？”罗平问。

“办成了。赦免令马上就签署。这是字据。”

“那四万法郎呢？”

“这是支票。”

“很好。现在只剩下向您表示谢意了，先生。”

“那么，那些信件?”

“斯塔尼斯拉·沃朗格拉德的信件将按照我所说的条件如期奉还。不过，为了表达对您的谢意，我可以现在就把我本来要寄给报社的那几封信交给您。”

“啊!”普拉斯维尔惊叫起来，“这些信原来在您身上!”

“因为我深信，咱们一定会达成协议的，秘书长先生!”

他从帽子里取出一个沉甸甸的大信封，上面盖着五个红印章。信是用别针别在帽子里的。他把信递给普拉斯维尔，后者赶紧把它装进了衣袋。罗平又说：

“秘书长先生，我不知道自己什么时候才会再荣幸地见到您。如果您有什么事要告诉我的话，只要在报上的广告栏里表示一下就可以了。您就写：尼古尔先生，我向您致意。”

说完，他就走了。

等到房间里只剩下普拉斯维尔一个人时，他忽然觉得自己好像做了一场噩梦，梦中自己的所作所为前后不很连贯，自己对自己完全失去了控制。他正要按铃，走廊里突然一阵混乱。这时，有人敲门，一个听差匆忙走了进来。

“什么事?”他问。

“秘书长先生，德伯莱克议员紧急求见。”

“德伯莱克!”普拉斯维尔惊呆了，“德伯莱克在这里?快让他进来!”

德伯莱克没等他下命令就一下子冲了进来。他气喘吁吁，衣服凌乱，左眼上戴了一个眼罩，没有系领带，像个刚从疯人院里跑出来的疯子。还没等门关上，他就用两只大手抓住了普拉斯维尔。

“你拿到名单了?”

“对。”

“你是把它买下来的?”

“对。”

“条件是赦免吉尔贝?”

“对。”

“已经谈妥了?”

“对。”

德伯莱克简直要被气疯了。

“傻瓜!傻瓜!你竟然答应了!是出于对我的仇恨，对吗?那么你现在打算报仇了?”

“而且是怀着极大的快慰。德伯莱克，你想一想我那个尼斯的女友，那个歌剧院的舞女……现在，轮到你‘跳舞’了。”

“这么说，我要坐牢了?”

“那倒没有必要。”普拉斯维尔说，“你已经完蛋了。失去了那张名单，你就崩溃了。而我呢，将亲眼看着你毁灭。这就是我的复仇。”

“你想得倒美！”德伯莱克气急败坏地喊道，“你以为别人会像杀小鸡一样把我给掐死，而我一点儿都不反抗吗？我已经毫无反抗能力了吗？我跟你说，小子，如果我被打败，那一定还得有一个人跟着我一起完蛋……这个人将是普拉斯维尔先生，也就是那个斯塔尼斯拉·沃朗格拉德的同伙，他将把那些对你不利的证据全部交给我。这些证据足以让你马上坐牢。啊！你已经被我抓在手心里了。有了这些信，你就给我蹲班房去吧，他妈的！我德伯莱克议员还有好日子过呢！怎么，你笑什么？你以为这些信不存在吗？”

普拉斯维尔耸了耸肩，说：

“不，它们确实存在。不过，沃朗格拉德已经不再掌握这些信了。”

“从什么时候？”

“从今天早晨。沃朗格拉德已经在两个小时之前，用四万法郎的价钱把它们卖了出去，我又用原价将它们买来了。”

德伯莱克突然狂笑起来：

“上帝啊，这有多么滑稽！四万法郎！你竟然花了四万法郎！付给了尼古尔先生，对吗？给了那个卖给你‘二十七人名单’的人，对吗？现在，你愿意让我告诉你这位尼古尔先生的真名实姓吗？他是亚森·罗平。”

“这我早知道。”

“也许是这样。不过你这个双料傻瓜，你并不知道我是刚刚从斯塔尼斯拉·沃朗格拉德家里出来；你并不知道斯塔尼斯拉·沃朗格拉德已经离开巴黎四天了！哈哈！这件事可真有意思！他卖给你的是一堆废纸！而且竟卖了四万法郎！真是个大傻瓜！”

他狂笑着走了，把垂头丧气的普拉斯维尔一个人留在屋里。

这么说，亚森·罗平没有掌握任何证据，他来这里进行威胁、发号施令、对普拉斯维尔如此无礼，这一切原来都是在演戏，是虚张声势！

“不……不……这不可能……”秘书长说着，“……我手里有这封封好了的信……它就在这里……我只要把它打开看看就知道了。”

可是，他不敢打开。他用手摆弄着那封信，掂量着……突然，他一切都明白了，以至于把信打开后发现里面装的是四张白纸也一点儿都没感到惊奇。

“算了吧，”他心里想着，“我不是他的对手。不过，现在还不知道鹿死谁手呢！”

胜负确实没定。罗平之所以敢于这样大胆，是因为那些信确实存在，并且他确实想要从斯塔尼斯拉·沃朗格拉德手里把它们买下来。可是，既然沃朗格拉德现在不在巴黎，普拉斯维尔的任务就只不过是要赶在罗平之前找到沃朗格拉德，并且不惜一切代价将这些危险信件买下来。

先下手为强。

普拉斯维尔又拿起他的帽子、大衣和手杖，下了楼，上了一辆汽车，让司机把车开到沃朗格拉德家。到了那里，人家告诉他，前参议员晚上六点从伦敦回来。

现在是下午两点。

因此，普拉斯维尔有足够的时间制订自己的行动计划。

五点钟，他来到北站，派了三四十名侦探守在候车室和车站各个业务室。

这样一来，他就放心了。

如果尼古尔先生先找到沃朗格拉德，那他就逮捕罗平。为了保险起见，他将下令逮捕所有被认为可能是罗平的人，或者有可能是罗平密使的人。

然后，普拉斯维尔又在整个车站仔细巡视了一番，但他并没有发现任何可疑的迹象。到了六点钟，陪他前来的布朗松警长对他说：

"瞧，德伯莱克！"

果然是德伯莱克来了。仇人相见，分外眼红。秘书长真恨不得立即下令逮捕他。可是凭什么呢？有什么权力？依据哪条法律呢？

而且，德伯莱克的出现更加证明了，现在一切都取决于沃朗格拉德。沃朗格拉德掌握着那些信件。问题就在于谁能把信搞到手，是德伯莱克，是罗平，还是他——普拉斯维尔？

罗平现在不在这里，也不可能出现在这里；德伯莱克不是他的对手。因此，结论毫无疑问：他普拉斯维尔将得到这些信件，从而可以摆脱德伯莱克和罗平对他的威胁，并恢复对他们采取行动的主动权。

火车进站了。

遵照普拉斯维尔的指示，车站警察分局局长命令，不准任何人进入月台。普拉斯维尔一个人走上月台，后面跟着由警长布朗松指挥着的几个警察。火车停了。

普拉斯维尔立刻看到，在中间一个一等车厢的门后，站着沃朗格拉德。

这位原参议员下了火车，然后伸手去扶一个跟他一起旅行的老者下车。

普拉斯维尔冲到他跟前，急忙说道：

"我有话跟你说，沃朗格拉德。"

与此同时，德伯莱克也挤到他们面前，喊道：

"沃朗格拉德先生，我已经收到了您的信。我可以帮助您。"

沃朗格拉德看了看他们，认出是普拉斯维尔和德伯莱克，就笑着说：

"啊！啊！看来有人正焦急地等待着我的归来呢！有什么事啊？是关于某些信件，对吗？"

"对……对……"两个人同时回答，都急不可耐地围着他乱转。

"太晚了。"沃朗格拉德说。

"嗯？什么？您说什么？"

"我说这些信已经卖了。"

“卖了？卖给谁了？”

“卖给这位先生了。”沃朗格拉德指着他的旅伴说。

“这位先生认为这件事值得他走动一下，就到阿米安车站去接我了。”

那位老者，一个裹着皮大衣、拄着手杖的小老头，向他们点头致意。

“是罗平，”普拉斯维尔心想，“毫无疑问，是罗平。”

他朝自己的警察那边看了一眼，打算招呼他们。可是这时，那位上了年纪的人说话了：

“是的，我认为这些信件值得我坐几个小时的火车，值得花两张往返车票。”

“两张车票？”

“一张给我自己，另一张给我的一个朋友。”

“您的一个朋友？”

“对。他在几分钟以前离开了我们。他穿过车厢过道，走到火车前面去了。他很着急。”

普拉斯维尔一切都明白了。罗平出于谨慎，带来了一个同伙。这个同伙把信带走了。无疑，在这场较量中他又败北了。罗平牢牢地掌握着他的战利品，而他则只能屈服，只能听从胜利者的吩咐。

“那就这样吧，先生。”普拉斯维尔说道，“咱们到时候会再见的。德伯莱克，回头见，你会听到我的消息的。”

他又抓住沃朗格拉德，说道：

“至于你呢，沃朗格拉德，你这可是在玩火啊。”

“为什么呢？我的上帝！”前议员说道。

他们俩都走了。德伯莱克一句话也没说，一动不动，像被钉子钉在了地上。

那位老者走近他，小声说道：

“喂，我说德伯莱克，你应当醒了，老伙计……大概麻醉剂还在起作用吧……”

德伯莱克攥紧了拳头，低声地咒骂着。

“啊！”老者又说，“看来你是认出我来了……那么，你还记得几个月前咱们之间的那次会面吗？当时，我来到你住在拉马丁街心公园的家里，请求你帮助赦免吉尔贝。那一天我曾这样对你说：‘放下武器，拯救吉尔贝，这样我就会让你安宁；否则，我就把‘二十七人名单’从你手里夺过来，到那时你就完蛋了。’现在，我想你是真的完蛋了。这就是不跟我这个善良的罗平先生合作的下场。不跟我合作，迟早会输个精光的。这对你来说是个多么沉痛的教训啊！对了，还有你的钱包，我忘了还给你了。要是你觉得它比以前轻了，就只能请你原谅了。钱包里除了有数目相当可观的钞票之外，还有你从我手里抢走的那些昂吉安家具被存到一家仓库里的收据。我觉得不应当再让你费神去取它们了，此刻一定已经有人替你取出来了。不，用不着感谢我，这没什么。再见了，德伯莱克。如果你需要一两个路易[1]再买一个新瓶塞的话，请一定不要客气。再见了，德伯莱克。”

说完，他就走了。

他还没走出五十步远，突然，一声枪响。

他回过头来。

原来是德伯莱克开枪自杀了。

“向你致哀。”罗平摘下帽子，轻轻地说道。

一个月之后，由死刑减为无期徒刑的吉尔贝在被带往圭亚那的前夕，从雷岛[2]越狱逃走了。

这次越狱很奇怪，越狱的经过始终是个谜。这次行动同阿拉果街的两声枪响一样，更加提高了亚森·罗平的声望。

“总之，”罗平在给我讲述了这个故事发展的各个阶段之后，这样说道，“从来没有哪一件事像这件事这样，办起来这样费力。你要是不反对，咱们就称它为《水晶瓶塞》或者《永远不要丧失信心》吧。从早晨六点到晚上六点，我在十二个小时之内挽回了两个月里所遭受的厄运：所犯的错误、所走的弯路，以及所遭到的惨败。这十二个小时是我一生中最美好、最光荣的时刻之一。”

“吉尔贝呢，他怎么样了？”

“他已改用自己的真名，自己唯一的名字——安托瓦纳·梅尔基，在阿尔及利亚耕种土地。他娶了一个英国妻子。他们有一个儿子。他给儿子起名叫亚森。我经常收到他热情而亲切的信。喏，这是今天收到的一封，你听听吧。‘老板，您知道一个本分人每天清晨起床，在自己的门前劳动一天，晚上劳累不堪地上床休息有多么幸福吗？亚森·罗平有自己独特的生活方式，只是有点儿不太循规蹈矩。但这并没有什么要紧。等到盖棺定论的那一天，您的功劳簿里将写满为您歌功颂德的篇章，那些美中不足的行为都会被谅解。我深深地热爱着您，老板。’多么好的孩子啊！”罗平沉思着说。

“梅尔基夫人怎么样了？”

“她和小雅克一起跟大儿子一块儿生活。”

“你后来又见过她吗？”

“我没有再见到她。”

“真的吗？”

---

① 路易是法国旧时的货币单位。——译者注

② 雷岛位于大西洋沿岸，是法国的领土。——译者注

罗平稍稍迟疑了一下，微笑着对我说：

“亲爱的朋友，我向你泄露一个机密，这可能会使我在你面前显得可笑。你知道我从来都像中学生那样多情，像一只白天鹅那样天真。那天晚上，当我回到梅尔基夫人身边，向她叙述一天的经过时，深深地体会到两件事：第一，我对她的感情远比我自己意识到的强烈；第二，与此相反，她对我的感情里既有轻蔑，又有怨恨，甚至有点儿厌恶。”

“真的吗？为什么？”

“为什么？因为克拉利丝·梅尔基夫人是一个正派人，而我只不过是……亚森·罗平。”

“啊！”

“当然了。一个博得她好感的、传奇式的、骑士般的强盗，心肠不坏……反正你愿意怎么说就怎么说吧……可是，在一个稳重的正派女人眼里，我只不过是一个……怎么说呢……一个小小的无赖而已。”

我知道，他自尊心所受的伤害远比他说出来的还要严重。我对他说：

“这么说，你曾经爱过她？”

“我好像还向她求过婚呢。”他用自嘲的口吻说，“不是吗，我刚刚救了她儿子的性命……于是……我就想入非非……多么让人失望！这件事使我们的关系变得冷淡了……从那以后……”

“从那以后，你就把她忘了，是吗？”

“噢，那当然了。不过这是多么困难啊！为了在我们之间制造一个不可逾越的障碍，我就结婚了。”

“什么？你结婚了？你？罗平？”

“而且是世界上最合法、最名副其实的结婚，跟法国最有名的世家结亲，一个独生女……家财万贯……怎么，你没听说过这件事吗？这还真值得一听呢。”

这时，正赶上罗平愿意向我倾诉衷肠，所以没等我要求，他就叙述起他同波旁公主昂若利克·萨尔估—旺多姆的婚事来。如今，这位小姐进了修道院，当了修女，取名为玛丽—奥古斯特……

可是，他讲了没几句就停住口，似乎对自己所讲的事不感兴趣。他开始沉默不语了。

“你怎么了，罗平？”

“我？没什么。”

“哪里……瞧，你笑了……是德伯莱克藏东西的地方，那个玻璃眼睛使你发笑吗？”

“不是。”

“那是什么呢？”

“没什么。我跟你说……我想起一件事……”

“一件令人愉快的事?”

“是的……是的……可以说非常令人愉快。那天夜里，在雷岛附近的海面上，我和克拉利丝乘一只小渔船去接吉尔贝……只有我们俩，在船尾上……我还记得……我对她说了，说了许多许多的话……把心里话全都倒出来了……然后……然后，是一阵令人不安、解除了一切戒备的沉默……”

“于是?”

“于是，我就把她搂在怀里……噢，时间并不长，只有几秒钟……那也不要紧！我可以向上帝发誓，当时她不只是一个向我表示感激的母亲，或者一个受了感动的朋友，同时还是一个女人，一个激动得浑身颤抖、心神激荡的女人……”

然后，他又解嘲地加了一句：

“为了不再见到我，第二天她就逃走了。”

他停了下来。过了一会儿，他喃喃地说：

“克拉利丝……克拉利丝……等到我觉得厌倦并且想悔过自新的那一天，我就到那座阿拉伯小房子里去找你……那座白色的小房子……你正在那里等我。克拉利丝……我知道你正在那里等着我……”

Maurice Leblanc
LE BOUCHON DE CRISTAL

本书译自法国 LE LIVRE DE POCHE 出版社 1965 年版